Et si on pouvait tout recommencer...

Robert Webb

Et si on pouvait tout recommencer…

Traduit de l'anglais par Samuel Sfez

roman

XO EDITIONS

Titre original : *Come Again*

Éditeur original : Canongate Books Ltd, 2020

ISBN : 9-782-37448-260-6

Pour maman.

« Éveille-toi, cher cœur ! Éveille-toi !
Tu as bien dormi ; éveille-toi ! »
Prospero dans *La Tempête*

Première partie

Tu ne m'as pas laissé le temps

Chapitre 1

Elle s'éveilla avec un seul mot à la bouche. *Toi.*

Quand elle rêvait de Luke, ça se terminait toujours ainsi. Les détails variaient, mais ils étaient toujours seuls dans sa chambre à lui, à l'époque de l'université. Deux adolescents encore qui se posent les premières questions, échangent les premières plaisanteries. Kate remarquait alors la tache de rousseur sur son genou à travers son jean déchiré ; son sourire vif ; sa manière de pencher la tête quand il écoutait. Cette conversation d'il y a vingt-huit ans marquait le premier soir de leur première semaine. C'était le début.

Ce soir-là, elle avait pris place dans le petit fauteuil dans un coin de sa chambre d'étudiant. Kurt Cobain la regardait avec un sourire intelligent sur le poster de Nirvana accroché au mur d'en face. En dessous, assis sur son lit, adossé contre le mur, Luke était tout aussi mince que le chanteur mais plus brun, les cheveux non peroxydés, le visage moins marqué par les soucis. Il remuait le pied au bord du lit. Kate venait de lui donner des raisons de s'agiter.

— Attends, il ne faut quand même pas que j'enlève *tous* mes vêtements ?

Kate ajusta le bloc A4 sur ses genoux et continua de tailler son crayon.

— Non, bien sûr, tu peux retirer juste ton tee-shirt si tu veux. Le truc, c'est que je ne suis pas douée pour dessiner les vêtements. Ton haut de pyjama me poserait de sacrés problèmes.

Elle leva les yeux de son crayon et croisa le regard de Luke, faussement offensé.

— Ce n'est pas un haut de pyjama, répondit-il d'un air boudeur. C'est une chemise de grand-père.

— Ah, oui, bien sûr, dit Kate, tout sourire, ce machin en coton à rayures avec quatre boutons près du col ne ressemble pas du tout à un haut de pyjama.

Luke tira sur sa chemise et l'inspecta en fronçant les sourcils.

— Admettons, acquiesça-t-il, tel un avocat. Il se peut qu'elle ressemble à…

Il se tourna brusquement vers elle.

— Attends, où est-ce que tu as trouvé ce taille-crayon ? On est dans ma chambre, non ?

Kate cessa de tourner le crayon et prit une inspiration.

Non, pas encore. Ne te réveille pas encore.

L'intrusion de la logique menaçait d'interrompre le rêve trop tôt – elle se sentait franchir le seuil de la conscience, mais y résistait en parlant. Elle voulait rester ici même, dans cette pièce, dans ce moment. Elle voulait rester ici pour toujours.

— Oh, c'est mon taille-crayon. Je l'emporte partout au cas où je rencontrerais un garçon que j'aie envie de séduire.

Luke cessa de remuer le pied.

— Je suis en train d'être séduit ?

— Tout à fait. À ton avis, pourquoi est-ce que je t'ai demandé de te déshabiller ? Tu ne crois tout de même pas que je sais dessiner.

Luke parcourut sa chambre du regard avec un mélange de surprise et d'excitation.

— Franchement, je pensais que tu ferais au moins un effort.

Kate posa son matériel de dessin et vint s'asseoir à côté de lui sur le lit.

— Et que se serait-il passé si j'avais fait cet effort ?

Elle glissa lentement une main sur l'épaule de sa chemise, suivit du doigt le V des boutons jusqu'à l'endroit où ils rencontraient une touffe de poils sur son torse. Elle connaissait ce corps comme aucun autre : Luke à dix-neuf ans, Luke à vingt ans, Luke à trente ans… puis un peu après quarante ans…

Il lui adressa le sourire interrogateur qui annonçait toujours la fin du rêve.

— Qu'est-ce qui se passe ? demanda-t-il.

Elle scruta son visage, désemparée.

— Tu es mort.

Il lui prit la main et dit doucement :

— Je sais, mon amour. Je sais. Mais tu dois te réveiller.

— Je ne peux pas. Je ne veux pas. Je ne peux pas.

— Tu peux, chérie. Lève-toi.

— Va chez le médecin ! Tu es encore jeune ! La tumeur est encore petite, ils peuvent l'enlever, tu peux…

— Kate, mon amour, c'est trop tard.

Luke baissa les yeux sur leurs mains. Elle suivit son regard : jusqu'à leurs alliances, puis vers le visage de son mari à quarante ans.

— Tout ira bien, Kate, dit-il. Allez, tu sais tout ça. Tu es la Fille du futur.

Elle retira doucement sa main et murmura :

— Je ne vais pas du tout aller bien.

— Tu as besoin d'aide.

— Non, répondit-elle d'une voix ferme. Personne ne peut m'aider. J'en ai marre du futur.

Elle serrait la chemise de Luke dans ses poings.

— Toi, souffla-t-elle.

Kate la porta à son visage, mais le tissu avait perdu l'odeur de Luke depuis longtemps. À présent, il était taché de mascara et rêche à force d'être imprégné de morve.

Il faut que je la lave. La flemme. Peut-être demain. Non, pas demain. Aujourd'hui.

Ma clé USB. Elle est où ? Les clés sont en bas.

Je me demande bien qui me trouvera. Peut-être les souris que j'entends la nuit. Je vous déconseille mon foie, les filles. Ça risque d'être trop pour vos petites têtes. Je ne voudrais pas que vous commenciez à faire n'importe quoi.

Kate roula en boule la chemise et la glissa sous son oreiller. Elle réfléchit à l'effort qu'elle devrait fournir pour sortir de son lit. Elle était trop engourdie pour pleurer, pour les mots il était bien trop tard – la seule personne avec qui elle voulait parler de la mort de Luke, c'était Luke. Elle regarda par la fenêtre à travers les rideaux qu'elle n'avait pas tirés – un seul nuage dans le ciel bleu de mars. Un cumulus cotonneux, pareil au cliché d'une explosion.

Parfois, au cours de ces neuf derniers mois, elle avait réussi à se rendormir. Elle dormait jusqu'à en avoir mal à la tête. Ce matin, en tout cas, elle avait déjà mal à la tête à cause de sa beuverie de pinot la veille au soir. Pendant ces toutes premières secondes de conscience, les griffes d'une monstrueuse gueule de bois commençaient à se resserrer autour de son cerveau. Il fallait qu'elle se lève. Une veuve suicidaire mieux organisée aurait gardé de l'ibuprofène à portée de main.

« Lève-toi », qu'il dit. Facile à dire, Luke.

Kate s'assit et observa ses mains abîmées et rougies sur la couette blanche, les poings serrés.

Elle se mit au défi de ne pas regarder du côté vide du lit. Peut-être que si elle ignorait l'insulte perpétuelle de l'absence de Luke et vaquait à ses occupations, quand elle reviendrait de la salle de bains, il serait là, sagement endormi. Elle vérifia quand même. Seulement le tas habituel de bouteilles de bière et de vin.

Un bruit de verre retentit quand ses pieds touchèrent le sol.

Chaussettes.

Au moins, elle avait retiré ses chaussures.

« Pars du bon pied, Kate. »

Son père lui disait ça. Allez, à la recherche du Nurofen au rez-de-chaussée. La migraine était la seule douleur à laquelle elle pouvait remédier.

La clé USB. Je dois vérifier que la clé USB est là. Non, d'abord il faut que je pisse. Mon Dieu, cette journée est épuisante.

Elle grimaça dans le miroir de la salle de bains. Au moins, elle n'aurait pas à se regarder déshabillée ce matin, puisqu'elle s'était endormie tout habillée. Un jean ample, un tee-shirt à manches longues et un pull en laine noire, délavé à force d'être porté. Elle avait un vague souvenir de ce dont ce corps d'un mètre soixante avait été capable – gagner des médailles et des trophées. Elle vit ses sourcils noirs se lever à cette idée, ni fiers ni amers. Le sport appartenait à une autre vie.

Ce qu'on ne t'apprend pas, à l'école des veuves, c'est à quel point tu vieillis. On rencontre quelqu'un, on tombe amoureuse à dix-huit ans, vous êtes encore ensemble le lendemain, puis encore le jour d'après... jusqu'à ce que toutes les journées des vingt-huit années se soient écoulées. Une partie de toi se considère encore à travers ses yeux à lui – une partie de toi qui a toujours dix-huit ans. Quand l'un des deux meurt, quand ce lien est rompu, tu commences à voir ce que les autres voient. Kate regarda fixement cette femme d'âge moyen, presque une inconnue. Un cruel voyage dans le temps, mais pour elle ce n'était que justice. Luke avait disparu, emportant son innocence à elle. Très bien. Mais quel besoin Kate Marsden avait-elle de l'innocence ?

Le maquillage qu'elle avait appliqué cinq jours plus tôt était maintenant répandu sur tout son visage. Pourquoi diable s'était-elle maquillée ? Elle s'en souvint en frissonnant. Sa mère lui avait rendu l'une de ses visites royales et Kate s'était dit qu'elle devrait faire un effort. L'eye-liner avait fui vers le sud, comme pour refaire sa vie loin d'une zone de guerre. Ses cheveux n'étaient qu'un amas négligé. Avec un peu de soin, on pouvait les dompter pour qu'ils forment une vague châtaine jusqu'aux épaules. Pour l'instant, ils se dressaient fièrement sur sa tête tel un chapeau fou. Elle songea à chercher une brosse, mais l'idée faillit la renvoyer droit au lit.

Non, cherche la clé USB. Dans la cuisine. Ah, oui, pisser.

Elle habitait une maison mitoyenne de trois pièces à Clapham. Trop grande pour un couple sans enfants, mais raisonnable vu l'âge et le salaire de Kate. Ou plutôt, son ancien salaire. Elle s'était fait virer la veille.

— Charles, dit-elle, assise sur les toilettes.

Elle encouragea timidement son côlon.

Allez, Charles.

Elle attendit son verdict quotidien, tout ou rien. Rien, donc. Elle en était à quoi... quatre jours ? Pas vraiment surprenant. Ce n'était pas comme si elle avait mangé quelque chose. Elle s'apprêtait à remonter sa culotte et son jean mais décida de les abandonner au sol tellement ils étaient répugnants. Inutile de les mettre dans le bac à linge, puisque la distinction entre l'« endroit réservé aux vêtements sales » et le « reste de la maison » n'avait plus cours. Se pencher pour glisser le tissu à ses pieds lui donna envie de vomir. Elle se mit debout et s'appuya au lavabo pour reprendre son souffle.

Elle se lava les mains avec ce qui restait du savon noir qu'elle avait trouvé dans le placard de la salle de bains quelques jours après l'enterrement. Ce n'était pas son préféré, mais Luke s'en servait parfois quand son eczéma s'enflammait à mesure que les jours raccourcissaient. La mince savonnette moussa à grand-peine. Elle passa un long moment à se rincer sous le jet froid, hypnotisée par l'eau.

Elle leva les yeux et se trouva de nouveau nez à nez avec cette femme effrayante. Ses yeux cobalt étaient encore animés d'une étincelle de vie, comme s'ils n'avaient pas reçu le message que tout le reste allait fermer. Sans se quitter du regard, elle dirigea sa main vers le robinet et étrangla le jet. Vue comme ça, elle paraissait entièrement habillée, et au fond elle s'en fichait : elle cracha un rire sans joie à l'idée que la question de la pudeur puisse se poser dans une maison aussi vide que la sienne. Son pull tombait jusqu'aux hanches, et elle n'attendait pas de visite.

Kate reprit doucement le savon de Luke d'une main et agrippa le bord du lavabo de l'autre. Elle ferma les yeux et se rappela sa confrontation de la veille avec Charles. À quoi s'attendait-elle ? Ce type était un voyou. Dans son bureau, elle avait réussi à invoquer une version antérieure d'elle-même : la femme courageuse et déterminée qu'elle était avant que le ciel lui tombe sur la tête. Un baroud d'honneur qui avait sévèrement entamé ses réserves d'énergie. Aujourd'hui, elle se sentait comme Yoda se baissant pour ramasser sa canne après avoir bondi dans tous les sens telle une grenouille enragée armée d'un sabre laser.

Elle s'attendait à une dispute. Elle ne s'attendait pas à des menaces de représailles.

Kate croisa à nouveau son propre regard.

Charles – le lieutenant du gangster russe. Comment tout ça avait-il commencé ?

— Merci d'être venue, Kate, je tiens à dire que je suis désolé pour Luke, etc.

Chapitre 2

Kate enfonça les mains dans les poches de son jean baggy. Son regard fila vers la fenêtre derrière Charles et se concentra sur les toits de l'ouest de Londres.

— Merci, Charles, c'est bien aimable, etc., dit-elle.

Son travail consistait à réécrire l'histoire. C'est ainsi qu'elle l'avait présenté à Luke quand elle avait accepté le poste, mais ce n'était pas ainsi que l'envisageait Charles Donnard tandis qu'il faisait pivoter son fauteuil, tout en se demandant comment il allait la virer.

Charles hocha la tête avec gravité pendant quelques secondes de trop. Après une étude approfondie des séries médicales, il semblait avoir opté pour cette manière d'exprimer la compassion. Il avait un visage pâle, anguleux, les joues toujours rouges et une mèche blonde clairsemée qui n'exigeait aucun entretien, ce qui ne l'empêchait pas d'y passer régulièrement la main. Son bureau était une grande pièce décorée de nombreux éléments familiers – un canapé ancien que sa mère lui avait offert, un grille-pain qu'il utilisait pour ranger son courrier. Il aimait donner à ses clients l'impression que son travail était un hobby. Kate se trouvait face à une imposante table en acajou, dont il avait longtemps dit que c'était un cadeau d'Harvey Weinstein, mais qu'il prétendait maintenant avoir lui-même taillée dans la coque du *Mary Rose*, fleuron de la flotte des Tudors.

Elle le regarda réfléchir à ce qu'il allait dire. Son imagination lui jouait-elle des tours, ou la chaise sur laquelle elle était assise était-elle de deux centimètres plus basse que d'habitude ? À moins que le fauteuil de Charles ne soit plus haut ? Elle n'y avait jamais fait attention. Neuf mois plus tôt, Charles lui avait donné deux semaines de congé puis l'avait appelée pour dire... Qu'avait-il dit, au juste ? Elle était perdue dans des brumes d'alcool et de manque de sommeil.

Un message sur le répondeur : « Kate, comme d'hab je suis vraiment désolé pour Luke et tout, mais on aurait besoin de toi ici au plus vite. Vu que tu es une femme, il te faudra sûrement plus de temps que les autres. Je peux comprendre. Prends tout ton temps... Enfin, le plus tôt sera le mieux à mon avis parce que avec ma mère – bon sang, les veuves buguent. Comme Windows. On clique sur la croix en haut à droite d'un tableur Excel et ça plante. Sans vouloir te vexer. Enfin, prends tout le temps qu'il te faut. Tu es une femme. Je comprends. »

Dans le bureau, Kate attendait en souriant. Elle savait ce qui allait se passer : cet abruti avait noté « Virer Kate » sur un calendrier partagé auquel il croyait qu'elle n'avait pas accès. Dommage qu'elle n'ait pas démissionné plus tôt. Elle qui avait attendu son heure de gloire, s'imaginant sortir du bureau, le sourire aux lèvres, sous le regard de ses collègues, avec Aretha Franklin en fond sonore ! Elle ne l'aurait pas, et elle avait toutes les raisons de penser qu'elle n'en était pas digne. Mais au moins, elle allait emporter quelque chose. Elle croisa les jambes, et sa main droite effleura la clé USB accrochée à son trousseau.

Charles avait fondé Belgravia Technologia avec ses seuls mérite, talent, travail, et les 394 000 livres héritées de son père, ancien ministre de la Défense d'un gouvernement conservateur. Kate avait rencontré Charles en même temps que Luke, pendant le premier semestre à l'université de York. Mais au fil des ans, elle l'avait entendu mentionner, auprès de ses clients, « New York ». Dans son esprit à lui, ajouter « New » était un enjolivement inoffensif, et Kate était sûre que lui-même s'était mis à y croire. Son entreprise était pionnière dans la gestion de l'e-réputation. Kate était responsable informatique, mais Charles lui devait bien plus que l'intitulé de son poste ne le suggérait, et davantage encore que le salaire qu'il lui versait. Elle avait créé le site Internet, érigé et optimisé ses défenses numériques imprenables, conçu et sans cesse amélioré l'architecture logicielle qui faisait tourner la machine. Et, bien sûr, elle expliquait à tout le personnel comment redémarrer son ordinateur en cas de problème.

En 1992, Kate avait mis les pieds à son premier cours d'informatique. Si quelqu'un lui avait alors dit qu'elle consacrerait l'essentiel de sa vie professionnelle à remanier la biographie en ligne d'hommes puissants, elle aurait ri. Enfin bon, la vie est longue et pleine de surprises. Et puis c'était quoi, cet « Internet » dont tout le monde parlait ? Mais si on lui avait dit qu'elle le ferait sous la direction de Charles Donnard, son amusement aurait tourné à l'incrédulité.

Charles était une blague ambulante. À côté de lui, Bart Simpson faisait pâle figure. Charles DeMontford Alphonso Donnard, remarquablement riche, parfaitement insensible, totalement imbu de lui-même, insondablement con. Charles, qui avait fréquenté le Matthew Chatsworth College, un internat destiné aux fils les moins doués de la haute bourgeoisie anglaise. Kate aurait presque eu de la compassion pour Charles s'il n'avait pas été un menteur invétéré. Il ne pouvait ouvrir la bouche sans déverser aussitôt un flot irrépressible de conneries immédiatement réfutables. Sa Jaguar était une Bentley. Son nom de famille signifiait « royal » en latin. Lors de sa journée d'appel, il avait conduit un tank. D'ailleurs, il s'en était tellement bien tiré qu'il avait été « enrôlé par l'armée territoriale en Irlande du Nord » (où il avait tué un homme). Il possédait un QI de 176. Le personnage de Richard Attenborough dans *La Grande Évasion* était inspiré par son grand-oncle. Son père était ministre dans un gouvernement conservateur (ce qui était vrai), mais il avait aussi été un célèbre entraîneur d'escrime, la plume de Martin Luther King et l'ambassadeur de Sa Majesté en Corée du Nord. Sa mère, quant à elle, s'était contentée d'inventer le jeu de bridge. Charles reconnaissait avec émotion que cet exploit était « assez impressionnant, quand on y pense ».

BelTech avait démarré de manière plutôt innocente. *Parce que tout le monde mérite une seconde chance*, voilà un principe auquel Kate pouvait souscrire, malgré les italiques foireuses au-dessus du guichet d'accueil. Une infirmière injustement accusée de négligence par-ci, un membre du Rotary qui perd son sang-froid et frappe une contractuelle par-là – autant d'humains imparfaits qui avaient besoin que la boue de l'histoire cesse de coller aux pages de résultats de recherche les concernant. Injustement accusés ou coupables et condamnés, ils avaient besoin d'aller de l'avant. Dans tous les cas, Kate avait réussi à se persuader qu'elle n'était qu'une technicienne qui réparait des photocopieuses. Mais dans ses moments de lucidité, elle se rendait compte que sa collaboration allait nettement au-delà de ça. En tant que spécialiste de la sécurité numérique et détentrice du moindre mot de passe de l'entreprise, Kate avait accès à tous les documents que recevait Charles. De temps à autre, elle avait suivi en cachette les activités de BelTech. Poussé par une avidité insatiable, Charles avait récemment commencé à exploiter les contacts de son père dans le monde merveilleux des ventes d'armes. Kate s'était dit que son rôle était de le maintenir dans lc droit chemin. Certes, elle savait parfaitement qu'il était la personne la moins honnête qu'elle ait jamais rencontrée, mais ce constat était contrebalancé par cet autre fait : Charles était un crétin doublé d'un abruti. Les types comme lui ne pouvaient pas être les méchants.

— Kate, tu sais que je n'étais pas toujours en phase avec Luke, ses drôles d'idéaux et tout. Mais tu l'aimais, ça doit compter pour quelque chose, et puis c'était un chic type.

Kate hocha la tête, avec bienveillance.

— Eh ben, Charles, si j'avais su que tu l'aimais tant, je t'aurais demandé de faire son éloge funèbre.

— Comme tu sais, j'ai raté l'enterrement parce que je conseillais le prince Andrew sur une question particulière. Tu m'as écrit une carte pour dire que tu comprenais.

— Et je comprenais.

— D'ailleurs, je l'ai scannée, j'ai la copie ici même…

Charles ouvrit un tiroir et se mit à chercher le papier dont Kate savait pertinemment qu'il venait de l'inventer.

— Ne t'inquiète pas, Charles. Je me souviens de cette carte.

Charles claqua le tiroir.

— Tant mieux.

Elle le regarda tenter de se rappeler le speech qu'il avait répété. Au cours des premières années, quand elle pouvait encore entrer sans frapper dans son bureau, il lui était arrivé de surprendre Charles au beau milieu de sa seule activité créative : répéter l'appel qu'il s'apprêtait à passer.

Sa voix artificiellement chaleureuse pour les clients, sa bonhomie enjôleuse, son empathie niveau Teletubbies, les noms de célébrités qu'il lâchait à tout bout de champ et qui étaient repérables depuis la stratosphère.

Elle gratta un morceau d'épinard imaginaire entre ses dents. Il allait devoir se montrer gentil. Très gentil. Il avait besoin d'elle pour mettre la main sur le dossier de Nestor Petrov mais n'avait pas encore trouvé le moyen de le lui demander.

— Comme tes collègues disent que la qualité de ton travail ne s'est pas ressentie de la situation avec Luke, j'ai choisi de fermer les yeux sur ton manque de ponctualité. Il y a des jours où tu te présentes à quatre heures de l'après-midi.

— Ah, oui. Rappelle-moi, par « situation avec Luke », tu veux dire que mon compagnon depuis vingt-huit ans est tombé raide mort pendant qu'il vidait le lave-vaisselle ? Cette situation-là ?

— Bingo. Et puis, évidemment, il y a aussi ton apparence échevelée.

Pour la première fois depuis neuf mois, Kate rit. Elle s'était aperçue dans le miroir des toilettes à l'heure du déjeuner. Elle ressemblait à Amy Winehouse qui aurait été poursuivie par des chiens après deux mois sur une île déserte.

— Je ne vois vraiment pas de quoi tu parles, répondit-elle d'un ton neutre.

— Mais ce n'est pas la question.

Charles sortit une enveloppe kraft de son tiroir et la posa sur son bureau, ostensiblement intacte. Il la regarda comme s'il venait de poser une quinte flush royale.

Bon sang, il va se la jouer à la James Bond. Déjà. Maîtrise-toi.

Kate arrêta de se ronger les ongles et inspecta l'enveloppe.

— Qu'est-ce que tu as là, Charles ? J'espère que ce n'est pas ta toute dernière lettre de refus de la fédération de cricket.

Charles n'aimait même pas le cricket, mais elle savait qu'il ne supportait pas l'idée que le moindrc club en Angleterre puisse ne pas vouloir de lui.

— Ha ha. Non, encore plus déprimant, je le crains. C'est le message que tu as envoyé à Mr. Petrov.

— Il y a tellement de Petrov, répondit-elle d'une voix égale. Le fraudeur fiscal ?

— Tu sais de qui je parle.

— Oh ! Le pédophile. Je croyais avoir fait plutôt un bon boulot avec lui.

— Tu es technicienne. Ce n'est pas ton boulot de parler aux clients. Où as-tu trouvé son contact ?

— Hmm. J'ai eu de la chance.

Charles fit un effort pour contenir sa colère. Kate vit qu'il avait compris qu'elle l'espionnait depuis des années, mais sans pouvoir se l'avouer, encore moins le dire à voix haute. Il ouvrit l'enveloppe, en tira une feuille A4 qu'il manipula comme s'il portait une paire de gants chirurgicaux, la posa devant lui et commença son laïus.

— Comme tu sais, ces allégations ont été lancées par des femmes uniquement intéressées par l'argent et la publicité. Mr. Petrov s'est adressé à nous en toute bonne foi et, comme toujours, j'ai conçu une stratégie d'e-réputation globale. Mettre l'accent sur ses œuvres de charité. Valoriser les témoignages attestant de sa moralité sur toutes les plateformes. Remanier son site Internet et augmenter de cinq cents pour cent les liens qui y redirigent par les méthodes habituelles. Fournir une copie conforme de tout ça en russe et en anglais, en insistant sur les résultats économiques impeccables et la vie de famille exemplaire de Mr. Petrov. Expurger les alllégations d'agressions sexuelles sur mineures des trois premières pages de tous les moteurs de recherche, sauf quand l'intégrité de ses accusatrices est mise en cause, ou quand on peut légitimement discréditer la moralité de ces femmes. De fâcheuses informations concernant la vie privée et la santé mentale fragile des journalistes couvrant l'affaire auraient continué de circuler par les canaux usuels. Mr. Petrov aurait été blanchi ou presque. C'est pour cela qu'il nous a payés.

Kate croisa à nouveau les jambes et pencha la tête sur le côté.

— Et alors, ce n'est pas ce qu'on a fait ?

Charles prit la feuille de papier et lut.

— « Cher Mr. Petrov, je suis une simple employée, mais je vous fais part de mes réflexions. Votre place est clairement en prison. Je ne peux pas vous garantir que vous y finirez, mais si tel est le cas, j'espère que vous vous ferez sodomiser tous les jours par des Cosaques baraqués. Voici mon conseil pour votre réputation : essayez de ne plus être une sous-merde à l'avenir. Bisous bisous. Kate. »

Kate regarda par la fenêtre, les sourcils froncés.

— Je reconnais que ça manque légèrement de tact.

— Mr. Petrov est extrêmement mécontent.

— Pas assez de bisous ?

— Kate, ne sois donc pas si…

— Je sais que le passage sur la sodomie est un peu homophobe, mais je me suis dit que ça ne le dérangerait pas, vu ses opinions joyeusement réactionnaires sur le sujet. Si tu veux, je pourrais…

— Kate !

Charles frappa de la main sur la table. Elle attendait qu'il retrouve son calme, ce qui ne prendrait pas longtemps, car il frottait déjà sa paume rougie sur son pantalon. Dans un nouvel accès de violence, il tenta de lui jeter la feuille au visage, mais elle fut balayée par sa manche et retomba à plat devant lui. Il fixa son regard sur le mur derrière elle et se calma, se souvenant visiblement d'une réplique qu'il avait mémorisée.

— Tu sais, je suis surpris qu'une femme de ton intelligence fasse quelque chose d'aussi stupide.

Kate hocha la tête.

— C'est amusant, parce que je suis surprise qu'un homme de ton intelligence ne vive pas dans une benne à ordures.

— Très drôle, dit Charles avec un mince sourire.

Il fit à nouveau pivoter son fauteuil. Pour une raison ou pour une autre, il considérait Kate comme son égale sur le plan intellectuel et ne voyait dans ce genre d'échange qu'une plaisanterie. Elle pouvait lui dire ce qu'elle voulait, il parvenait toujours à le prendre comme un compliment. Pendant des années, cela leur avait parfaitement convenu à tous les deux.

Kate prit une inspiration et attendit la suite, se rappelant que sa main avait tremblé quand elle avait volé le dossier Petrov.

La semaine précédente, comme à son habitude, Kate avait piraté la boîte de réception de Charles et fouillé ses messages. Brusquement, quelque chose avait changé. Elle avait eu la sensation diffuse, extracorporelle, que sa vie allait bientôt se terminer. Que faisait-elle là ? Qu'avait-elle fait pendant toutes ces années ?

Il y avait du nouveau. Un homme en particulier apparaissait dans les e-mails, un millionnaire basé à Londres. Son nom était célèbre, elle le connaissait : Nestor Petrov, propriétaire d'un club de foot de Ligue 1, régulièrement invité dans des émissions de divertissement où son charme de quinquagénaire et ses sorties loufoques lui avaient valu la sympathie de millions de téléspectateurs. Ou du moins de quelques producteurs télé et du conseil d'administration d'un club de foot en difficulté.

À mesure qu'elle lisait, sa curiosité avait été piquée. Du fait de ses activités, BelTech prônait la discrétion, pourtant les deux hommes se livraient à une véritable débauche de cachotteries.

Petrov : « Le sujet extrêmement sensible dont nous avons parlé de vive voix », « le dossier disparu dans des circonstances odieuses », « le besoin urgent de rectifier cette aberration épineuse ».

Quant à Charles, Kate avait dû se concentrer pour le comprendre, en raison de son exploit sans cesse renouvelé de s'exprimer comme Google Trad : « notre plus profond regret vis-à-vis que la question reste à ce jour irrésolue », « nos équipes les plus dédiées opèrent 24/7 pour apaiser cette déconfiture », « le dossier sera localisé avec une diligence premium ».

Quel dossier ?

Kate ouvrit le premier message de Petrov – sa requête initiale adressée à BelTech.

Ses avocats se désolaient de le voir récemment accusé pour des faits de harcèlement sexuel survenus au début des années 1990, à son arrivée à Londres. Il voulait faire peau neuve, rafraîchir son image. Il comptait employer Charles pour se mettre du bon côté des *fake news*.

Bien qu'elle n'ait pas eu grand-chose dans l'estomac, Kate avait failli vomir. Recluse dans les oubliettes de son deuil, elle n'avait pas suivi les informations depuis des mois. Mais à présent, elle avait lu les témoignages des femmes qui accusaient Petrov. Elle les avait crues. Bien qu'elle ne soit ni juge ni partie, elle avait droit à une opinion personnelle : cet homme était un prédateur. Il fallait l'arrêter, non le protéger. En acceptant de travailler avec lui, Charles avait touché le fond. Et ce n'était pas tout.

D'après ce qu'elle avait découvert, Petrov, ou l'un de ses employés, avait par mégarde partagé avec BelTech un document extrêmement compromettant, que Charles s'était empressé de perdre. Elle comprenait sa panique. Elle avait bâti sur mesure le système d'échange de fichiers de l'entreprise, et elle seule savait où chercher en cas de problème. C'était une manière très imprudente de gérer un système de sécurité, mais Charles avait montré fort peu d'intérêt pour la question et Kate ne faisait confiance à personne sur son terrain. Il lui avait fallu environ quatre-vingt-dix secondes pour apprendre ce qui s'était passé et localiser le fichier crypté tout en jetant des regards inquiets par-dessus son épaule.

Cela ressemblait à un fichier vidéo ordinaire, de quatre minutes et quarante-deux secondes. Kate avait attendu que tout le monde ait quitté le bureau avant d'en lancer la lecture.

Quatre minutes et quarante-deux secondes plus tard, Kate Marsden fixait son écran, en état de choc. La découverte qu'elle venait de faire avait de quoi renverser les rares gouvernements civilisés restants. Et Charles était dedans jusqu'au cou. Elle était furieuse contre elle-même d'avoir passé toutes ces années chez BelTech comme une somnambule cherchant à se convaincre de son innocence.

Elle rêvait de Luke toutes les nuits, et le moment du réveil était devenu insupportable. Elle avait pris sa décision. Mais d'abord, elle ferait le nécessaire pour expier le rôle qu'elle avait joué dans cette usine à merde, où elle avait gâché ses dons extraordinaires. Elle devait au monde un cadeau d'adieu, ou plutôt un baiser d'adieu.

Petrov devait tomber. Et Charles avec lui.

Kate attendit que Charles affronte sa principale source d'inquiétude. Il la regarda d'un air méfiant et reprit l'e-mail qu'elle avait adressé à Petrov.

— « P.-S. : J'ai adoré la vidéo que vous avez envoyée à Charles. Très créative. Même si je fais un usage différent de la semoule. »

Il lui demanda une explication sur un ton qui se voulait goguenard.

— C'est quoi, cette histoire ?

Cette tentative de légèreté était embarrassante, mais Kate joua le jeu en gloussant.

— Oh, ça ! Oui, c'était à hurler de rire. J'étais en train de mettre de l'ordre dans le serveur quand je suis tombée sur une vidéo marrante envoyée par Mr. Petrov.

Charles restait immobile.

— Une vidéo… marrante ?

— Très.

— Quoi ?

— Rien d'important. J'étais en train de faire du ménage, je *crois* que je l'ai effacée. Je me rappelle pas.

— Tu l'as effacée.

— Je *crois*.

Kate feignit soudain l'inquiétude.

— Oh, Charles, ne me dis pas que tu ne l'avais pas vue ! Quel dommage. Tu as raté quelque chose.

Fascinée, Kate observait Charles qui tentait de digérer cette nouvelle information. Il ne savait pas quelle stratégie adopter. Finalement, il continua avec sa première idée.

— Je crains de devoir considérer ceci comme une lettre de démission, dit-il en désignant l'e-mail à Petrov.

Kate serra le poing sur la clé USB.

— Je comprends.

Charles la regarda attentivement.

— Je ne suis pas vraiment disposé à te verser des indemnités de départ, mais…

Kate vit là le signal d'ouverture de négociations à rallonge. Elle n'avait aucune intention de se laisser acheter pour rendre les fichiers.

— Non, coupa-t-elle. Je ne veux rien de plus que ce que tu me dois.

— Tu es sérieuse ? Enfin… d'accord, je vois. Eh bien, c'est…

— Voici ce que tu me dois.

Elle sortit à son tour une feuille de papier. Une liste manuscrite, soigneusement pliée en quatre, qu'elle déposa devant lui.

Charles la déplia. Il lut à voix haute, balbutiant, confus.

— « Maison des femmes de Camden, 50 000 ; Lutte contre la censure, 50 000 ; Save the Children, 50 000 ; Suicide Écoute, 50 000… »

Il regarda Kate, une peur sincère dans les yeux.

— C'est quoi, ces conneries ?

— Tu vas donner deux millions de livres à des associations. Plus précisément, 50 000 livres à chacune des quarante qui figurent sur cette liste.

Charles cligna des yeux, la bouche ouverte.

— Tu as perdu la tête ?

— Oui, c'est très probable.

— Et pourquoi est-ce que je ferais ça ?

— Tu vas le faire parce que sinon je balance certaines des choses qu'on a faites ici. Et ensuite, toi et Mr. Petrov irez en prison.

Charles eut un rire étranglé. Kate lui rendit un sourire radieux. Il se leva de son bureau et se mit à faire les cent pas.

— Personne ne te croira.

— J'ai des preuves.

— Les preuves ne sont plus ce qu'elles étaient.

— Tout à fait d'accord. Par la faute de gens comme nous. L'heure du changement est venue.

— Tu n'oserais pas.

— Tu crois ? Voyons un peu.

Kate sortit son téléphone et sélectionna un contact.

— Qui est-ce que tu appelles ?

Kate porta son portable à l'oreille.

— Le *Guardian*.

— Arrête…

— Allô ? Bonjour, passez-moi la rédaction, s'il vous plaît. Pardon ? Oh, oui, ce serait super, mais ça peut aussi ne pas être elle.

— Arrête ! OK, arrête, putain !

Kate raccrocha. Charles, s'apercevant qu'il triturait les manches de sa chemise, enfonça les mains dans ses poches. Il les en ressortit aussitôt, saisit la liste de Kate en secouant la tête, incrédule. Il la repoussa, se tourna vers la fenêtre, puis à nouveau vers Kate. Celle-ci prit un chewing-gum et contempla le spectacle.

— C'est scandaleux. Et d'abord, pourquoi moi ? geignit-il. Si tu aimes tant ces gens, pourquoi tu ne leur donnes pas deux millions, toi ?

— Je n'ai pas deux millions. Mais j'ai légué ma maison à l'ONG Shelter. J'ai rédigé mon testament, tout est en règle.

Charles la regarda fixement. Il comprit enfin la gravité de la menace. Si quelqu'un était plus dangereux que Kate Marsden, c'était bien Kate Marsden qui n'avait rien à perdre.

— OK, tu peux garder ton boulot.

— J'en veux pas, répondit Kate en mâchant. C'est un boulot de merde.

— Mais qu'est-ce que tu veux, alors ?!

— Je te l'ai dit. Utilise le compte secret – je surveillerai les mouvements. Tu as jusqu'à demain.

Charles écarta rapidement sa mèche.

— Attends. Écoute. Eh, attends.

Kate se contenta dc mâcher son chewing-gum.

— Tu connais l'adage… Tout le monde mérite une seconde chance. C'est notre devise, non ? Tout le monde commet des erreurs, qui se retrouvent sur Internet, et les gens ont besoin de nous pour qu'elles ne restent pas en première page. Hein ? C'est à ça que sert une entreprise de gestion d'e-réputation honnête.

— Super. Sauf qu'on n'est plus honnêtes depuis des années, Charles. Quelle ironie, tu ne trouves pas ?

— Oh, arrête. Tu es là depuis le début, Kate. Tu te rappelles cette infirmière qu'on a aidée ? Injustement accusée d'erreur professionnelle. C'était une femme ! Noire ! Hein ? Le bon vieux temps. Tout le monde mérite une seconde chance, Kate.

Il ferma les yeux pour enfoncer le clou.

— Tout le monde.

Elle regarda son ancien collègue avec une sorte de tendresse.

— Certaines personnes, oui, répondit-elle d'un ton égal. Mais toi et moi, non.

Une étincelle s'alluma enfin dans le cerveau de Charles. Il réagit par un brusque accès de rage.

— Tu ne peux rien prouver. Je te retire ton accès au système. Immédiatement.

— Tu ne sais pas faire ça, Charles.

— Immédiatement !

Il décrocha le téléphone sur son bureau et appuya sur une touche.

— Colin, je supprime immédiatement l'accès de Kate. Je veux que tu… Non, pas Kate de la compta.

Kate Marsden. Je veux que tu l'exclues du système, qu'elle n'ait plus accès à rien. À rien du tout... Colin, tu m'écou... ? Oui, Kate Marsden ! Arrête, avec ton jargon informatique, c'est du chinois. Fais en sorte que son ordinateur ne fonctionne plus. Jette-le par la fenêtre s'il le faut.

Charles raccrocha brutalement. Il s'assit et adressa un rictus à Kate.

— Ne crois pas que tu puisses me faire chanter.

— Charles, il y a à peine un mois, tu me demandais de pirater le MI6. Ce n'est pas juste de demander à Colin de m'interdire l'accès au système. Ce garçon est doué, mais il ne serait pas fichu de m'empêcher l'accès à une Ford Focus.

— Tu ne sais pas à quoi tu t'attaques. On ne s'en prend pas impunément à un homme comme Nestor Petrov.

— Un bon conseil pour un ado.

— Je ne sais pas ce qu'il y a sur cette vidéo, mais il ne te laissera pas la publier. Il risque de te faire du mal.

— Tu ne m'as pas écoutée. Je suis déjà morte.

Elle cracha son chewing-gum et le colla sur le D de la plaque « Charles Donnard », dont il prétendait que c'était un cadeau de Lucian Freud. Puis elle le modela pour former un C. Elle était loin d'être une artiste, mais elle s'appliqua. Toujours à l'œuvre, elle s'exprima calmement, choisissant ses mots.

— Tu étais un gentil garçon quand je t'ai rencontré, tu sais ? À York, tout le monde croyait qu'on pourrait faire quelque chose de toi. Tu étais un peu devenu notre projet, tu te souviens ?

Elle n'avait jamais vu Charles autant en colère. Elle retournait le couteau dans la moindre de ses plaies, et le résultat était spectaculaire. Il avança la mâchoire, découvrant ses dents du bas.

— Espèce de sale sorcière. Je ne me rappelle pas avoir été un « projet ». Je me rappelle que Luke, Amy, Kes, Toby et toi, vous vous foutiez de moi au bar pendant que je vous payais des tournées. Tout ce que je me rappelle, c'est une bande de gauchistes profiteurs.

— Oui, c'est exactement ce que nous étions. Mais en même temps, tous tes copains bourges se foutaient de toi parce que tu n'appartenais pas à la lignée du troisième duc des Culands. Au moins, on te faisait rire, Charlie. C'est pour ça que tu restais avec nous. Tu pensais qu'on pourrait t'être utiles plus tard. Dans mon cas, tu avais parfaitement raison. Mais maintenant, tu as parfaitement tort.

Charles cherchait à formuler l'idée la plus blessante qui soit.

— Le pire, c'était Luke. Une vraie merde.

Kate prit une profonde inspiration pour calmer la fureur qui montait et mit la dernière touche à son « Charles Connard ». Elle reposa la plaque sur le bureau, face à lui. Charles eut un gloussement moqueur.

Sa pique visant Luke tournait dans la tête de Kate tel un boomerang. Heureusement, ses pensées s'interrompirent quand quelqu'un frappa à la porte. Heureusement pour Charles surtout, car Kate, qui savait très bien comment lui casser le nez, s'apprêtait à bondir sur son bureau.

Colin passa la tête dans l'entrebâillement.

— Pardon de vous déranger. Il y a un problème.

— Entre, lança Charles d'un ton brusque. C'est quoi, le problème ?

Colin, l'informaticien assistant de Kate, était un homme large d'épaules, la trentaine, avec une longue barbe et un tee-shirt noir élimé où l'on pouvait lire : « Javascript aussi a des sentiments »…

Il referma la porte derrière lui, l'ordinateur de Kate sous son bras massif : puissance musculaire contre puissance de calcul.

— Salut, Colin.

— Salut, Kate ! Comment ça va ?

— Pas trop mal, Col. Et la petite Carly ?

— Ah, elle aura sept ans vendredi. Elle parle encore du jour où elle est venue au bureau. T'as été adorable avec elle, Kate. Elle n'arrête pas de demander : « Quand est-ce que Kate vient jouer à la maison ? »

— Je ne peux rien lui promettre, mais fais-lui un bisou et dis-lui de s'entraîner aux raccourcis clavier.

Charles s'agita dans son fauteuil comme si un bébé scorpion venait de se glisser entre ses fesses.

— Qu'est-ce qu'il y a, Colin ?

— Ah ouais ! Chef, le truc c'est que j'arrive pas à ouvrir les fenêtres. Comme vous le savez sûrement, elles sont pas activées manuellement. Certaines le sont dans le reste du bâtiment... Doug, de chez Aztec, au deuxième, m'a dit...

Colin remarqua que son chef écumait de rage.

— Ce que je veux dire, c'est que quand vous vous êtes installés ici, Kate a décidé de mettre les fenêtres en circuit. Sans doute pour ne pas interférer avec la clim, pour que ça reste harmonieux et écolo en quelque sorte...

— Pour être honnête, je regrette cette décision, fit Kate. Les employés devraient pouvoir ouvrir la fenêtre de leur bureau s'ils veulent sauter.

— Exactement, renchérit Colin.

Il se tourna de nouveau vers Charles.

— Le problème, c'est que Kate a mis un code pour déclencher la commande d'ouverture, donc je ne peux pas jeter son ordinateur par la fenêtre comme vous me l'avez suggéré.

— Mais bordel…, commença Charles.

— Colin, c'est 1832, l'interrompit Kate.

Colin lui lança un regard malicieux.

— La date du *Reform Act* ?

— Non, celle de la pandémie de choléra.

— Joli.

Charles se leva d'un bond, tout son visage soudain assorti à ses joues rouges.

— Colin, espèce d'abruti ! Je ne veux pas que tu jettes littéralement son ordinateur par la fenêtre ! Je veux juste qu'il ne fonctionne plus ! À coups de marteau s'il le faut !

Colin examina la machine sous son bras d'un air dubitatif.

— Ouais. Le truc, c'est que c'est un Fusion Drive. Alors avec un marteau, même…

— Pose-le…

—… même un maillet…

— Pose ce truc par terre et dégage !

— Comme vous voulez, chef.

Colin posa respectueusement le PC au sol et fit volte-face.

— On boit un coup avec l'équipe ce soir, Kate, lâcha-t-il par-dessus son épaule. J'imagine que tu ne viens pas ? Ça fait longtemps.

— Désolée, Colin.

— Pas de problème.

Il sortit.

Charles fixait avec désespoir l'ordinateur de Kate. Elle se leva et se dirigea vers la porte.

— Bon, je te laisse. Tu y arriveras peut-être mieux avec un tournevis qu'avec un marteau. Attention aux courants résiduels – je ne voudrais pas que tu te prennes un coup de jus.

Il lui adressa un regard haineux.

— Tu as déjà pris ce dont tu as besoin, hein ?

Ignorant sa remarque, elle lança :

— Occupe-toi des virements, Charles. Fais une bonne action, pour une fois. Peut-être même que ça te plaira.

— Tu as volé des données confidentielles.

— Dénonce-moi à la police, dans ce cas.

— Tu sais aussi bien que moi que ce n'est pas la police qui viendra chercher ce que tu as pris.

Kate sortit calmement, laissant la porte grande ouverte. Elle attendit l'ascenseur la peur au ventre, mais personne ne la suivit. Charles avait beau être tombé très bas, il n'avait pas encore embauché une armée de gorilles pour surveiller l'immeuble. Quoi qu'il en soit, elle avait sous-estimé la peur que lui inspirait Petrov et commençait à se demander si tout cela n'était pas une mauvaise idée.

Voilà ce qui se passe quand les hommes prévoient de s'endormir pour très longtemps, et juste au moment de fermer les yeux... ils déclenchent une guerre.

Chapitre 3

Kate reposa le savon noir dans sa coupelle et s'essuya les mains sur son pull. Lorsqu'elle fut descendue dans la cuisine, elle plissa les yeux pour lire l'heure sur le four : 10 h 23. Bien plus tôt que d'habitude, pas étonnant qu'elle se sente vaseuse. Un rayon de soleil filtrant de la baie vitrée illuminait la pièce dans toute sa misérable splendeur.

Va te faire foutre, Charles. Viens me chercher, si tu savais à quel point je m'en balance.

Elle glissa sur des vêtements sales et des emballages de plats cuisinés, et eut un haut-le-cœur au contact d'une vieille linguine froide entre ses orteils. Elle se baissa, se frotta le pied avec un torchon crasseux. Sa tête allait éclater. Sa gueule de bois montait en puissance, elle appelait en renfort la nausée et les brûlures d'estomac pour soutenir la migraine. Kate ouvrit un placard à hauteur d'yeux et en tira la boîte argentée remplie de calmants. Alors que ses doigts se refermaient sur cette sainte boîte, elle aperçut sur l'étagère du haut un sac en papier de la pharmacie du quartier. Il contenait les antidépresseurs que son médecin lui avait prescrits quatre mois plus tôt, après l'unique intervention couronnée de succès de ses amis. Elle n'avait suivi leurs conseils que pour les faire taire. Au médecin, débordé, ils avaient donné le minimum d'informations, de façon aussi neutre que possible. Au cours des dix minutes qu'avait duré la consultation, il lui avait posé quelques questions. Son expression était passée de l'inquiétude d'usage, ponctuée de « Hum », à une panique mal dissimulée. Il lui avait prescrit un traitement et une posologie que sa copine Amy – qui avait lutté toute sa vie contre l'angoisse et la dépression – avait qualifiés de « vachement hardcore ».

— Kate, ce type est un abruti, avait dit Amy. Jette ces saloperies à la poubelle et va voir quelqu'un d'autre. Qu'est-ce qui t'en empêche ?

Kate avait hoché la tête vigoureusement, mais elle n'en avait rien fait. Elle n'avait pas consulté d'autre médecin ni touché aux pilules. Ce soir, elle ferait plus qu'y toucher. Ses yeux s'attardèrent sur le sac en papier.

Pas tout de suite. En tout cas, pas ce matin.

Elle avala un Nurofen et referma le placard.

Quelques instants plus tard, elle avait dégagé un espace juste assez grand pour loger une tasse de café au milieu de la montagne de détritus qui avait autrefois été la table de la cuisine. Elle balança par terre un soutien-gorge posé sur la chaise et s'assit lourdement. La lumière du printemps se reflétait sur les clés de sa maison, à moitié enterrées dans le pot d'un arbre de jade mort.

La clé USB.

Elle tendit la main vers le pot. Pourquoi y avait-elle planté les clés ? Par mesure de précaution, dans un moment fortement alcoolisé, au cas où Petrov aurait envoyé des gros bras pour la cambrioler. Elle regarda la porcherie qui l'entourait. Peut-être qu'elle avait déjà été cambriolée, difficile à dire. Elle prit son trousseau et inspecta la clé USB qui pendait au porte-clés Tiffany que Luke lui avait offert des années plus tôt. Elle la sortit de son étui orné du drapeau britannique et jeta instinctivement un coup d'œil derrière elle. Elle ne vit que la fenêtre donnant sur son petit jardin de ville. Elle fut tentée de regarder une nouvelle fois la vidéo.

Non, pas maintenant. Cache-la. Moi aussi, je me cache.

Elle jeta les clés dans un bol bordé de riz fossilisé qu'elle retourna comme pour piéger une guêpe. Puis elle appuya sur la barre d'espace de son ordinateur portable.

Elle avait dû s'offrir une soirée post-licenciement. Encore une nuit bercée par la playlist « Easy 90s » de Spotify. Et les photos, bien sûr, dont les plus anciennes étaient des scans – la dernière bringue avec Luke en 2D. Puisque tout lui rappelait Luke, elle pouvait bien choisir à son gré les moments pour se plonger dans ses souvenirs. Mieux valait se jeter à pieds joints dans le tourbillon qu'y être aspirée par un bulletin météo à la télé, par les marrons au pied des arbres, par l'odeur de cannelle, par les mots « cancer », « tumeur », « lave-vaisselle », « effondrer », « pouls », « ambulance », « hôpital », « décédé », « désolé »… Partir sciemment à la recherche de souvenirs ne permettait pas de raréfier ceux qui venaient sans crier gare, mais cela donnait à Kate l'illusion de maîtriser quelque chose.

Le voici donc : Luke posant derrière une marmite de bolognaise à l'université ; Luke désignant fièrement une guirlande verte solitaire pendue au plafond de sa chambre, à la fin de leur premier semestre à York ; Kate et Luke dans la même pièce, au garde-à-vous, après avoir échangé leurs vêtements. Qui avait pris cette photo ? Toby, sans doute.

Luke, cet abruti, un bandana sur la tête, en train de jouer de la guitare, dans le jardin de ses parents dans le Wiltshire, torse nu, ses épaules ridiculement dorées sous le soleil de l'après-midi. Kate et Luke le jour de leur remise de diplôme en 1995 ; Kate et Luke à Brighton ; Kate et Luke à Ibiza. Luke concentré sur une vieille édition scolaire de *La Tempête*, son corps d'un mètre quatre-vingt-dix replié inconfortablement dans la petite baignoire de leur premier appartement. Une photo volée de Luke endormi le matin de son trentième anniversaire, ses cheveux rasés comme ceux d'un GI Joe, ses cils (« Un gâchis chez un garçon », avait commenté la mère de Kate) très noirs sur l'oreiller. Kate et Luke le jour de leur mariage devant l'église St. Nicholas à Deptford ; et près d'eux, leur ami Toby, radieux dans son kilt et sa veste en velours.

Kate referma doucement son ordinateur et but une gorgée de café.

Toby. La pièce de monnaie brillante perdue au fond du canapé.

Un mouvement interrompit sa rêverie. Elle retint son souffle : une souris traversa avec désinvolture le tas de détritus sur la table. C'était une souris domestique, marron clair avec le ventre blanc, d'environ trois centimètres de long, sans compter la queue. Réprimant un mouvement de dégoût, Kate forma un « Oh » avec ses lèvres et expira calmement. La respiration « qi », comme l'appelait son premier professeur de karaté.

— Salut, toi, dit-elle d'une voix monocorde. Désolée, je ne suis pas de très bonne compagnie. Tu réussiras à être gentille au début, mais personne ne peut le rester longtemps avec quelqu'un de déprimé. On finit par vous assommer et vous partez. Ou alors on pète les plombs et vous nous dégagez.

Elle porta la tasse à ses lèvres mais la reposa aussitôt.

— D'où est-ce que tu viens ?

La souris avait trouvé un paquet de crackers renversé et commença à en grignoter les miettes. Elle émit un couinement entre deux bouchées.

— Désolée, je n'arrive pas à identifier ton accent, répondit Kate. Tu dois être du coin. Tu n'as pas l'air d'une souris du nord de Londres. Elles peuvent être un peu snob. Tu ne viendrais pas de mon patelin quand même ? Du côté de Deptford ?

La souris l'ignora. Kate posa un coude sur la table, appuya son visage dans le creux de sa main. Le mouvement fit tomber son téléphone avec fracas. La souris disparut en un éclair.

— Merde, désolée.

Elle se pencha lentement pour le ramasser. À sa grande joie, elle découvrit sous la table une bouteille de merlot pleine couchée à terre. Elle se redressa, posa la bouteille sur la table et regarda l'heure sur son téléphone. Pour autant qu'elle s'en souvenait, ses règles personnelles lui imposaient de « ne pas boire avant l'heure du déjeuner », même si l'heure du déjeuner n'impliquait plus nécessairement l'idée d'un repas. *Fait chier*, songea-t-elle en dévissant la capsule avant de boire au goulot.

Selon ses nouvelles habitudes, il s'agissait de se soûler suffisamment pour pouvoir se rendormir.

La souris réapparut. Elle reniflait maintenant les restes poussiéreux d'un risotto sur une assiette.

— T'es sacrément culottée, toi, lâcha-t-elle.

Les yeux rivés sur la bouteille, elle ajouta :

— Excuse-moi de picoler à cette heure. Mais on soigne le mal par le mal.

Elle but une autre gorgée, maladroite et paresseuse, les gouttes de vin dégoulinant sur son menton. Discuter avec un animal tout en buvant du rouge au goulot lui rappela un film que Luke et elle adoraient. Elle suivit le cours de ses pensées.

Qu'est donc devenu Withnail après le générique de fin ?

Elle posa à nouveau le coude sur la table, plus doucement, appuya son visage sur sa paume et poussa le soupir le plus triste qu'elle s'était autorisé ces derniers jours.

— « J'ai, depuis peu, je ne sais comment, perdu toute ma gaieté, renoncé à tous mes exercices accoutumés ; et, vraiment, tout pèse si lourdement à mon humeur, que la terre, cette belle construction, me semble un promontoire stérile... », déclama-t-elle, citant Hamlet de mémoire.

Elle regarda autour d'elle.

— En réalité, je sais très bien comment. Ou plutôt pourquoi. Ce n'est pas : « Comment vas-tu, Roméo ? », mais : « Pourquoi c'est toi, Roméo ? » Genre, pourquoi il faut que ce soit toi, Roméo ? Pourquoi est-ce que je ne pouvais pas tomber amoureuse de quelqu'un de plus... sûr ?

Elle désigna le lave-vaisselle d'un hochement de tête.

— En tout cas, il s'est écroulé ici même.

La tumeur cachée avait fini par se déclarer. Un méningiome spontané, avait affirmé le médecin. Un cancer à la croissance extrêmement lente.

— Il était gros comme ça à la fin.

Elle forma un cercle de la taille d'un grain de raisin avec son pouce et son index.

— Il était déjà en train de mourir avant qu'on se rencontre. Et je ne l'ai jamais remarqué. Je n'ai rien fait.

Elle trouva une tasse vide parmi les détritus qui encombraient la table, l'essuya grossièrement avec la manche de son pull, puis la remplit de vin.

— Tu sais combien de jours se sont écoulés depuis que je l'ai rencontré ? demanda-t-elle à la souris, qu'elle aimait désormais parce qu'elle se contrefichait que Kate vive ou meure. Depuis que le plus bel homme de la terre est entré dans le bar de la fac et qu'on a parlé pendant trois heures, puis que j'ai réussi à le faire se déshabiller dans une chambre d'étudiant le soir même ?

La souris reniflait un morceau de chewing-gum durci.

— Je vais te le dire. Je tiens le compte, évidemment, mais je pourrais le calculer de tête. Je suis assez douée en maths, tu sais. En informatique et pour les langues aussi. Je l'ai toujours été, même si ça ne me rend pas très populaire. En tout cas, pas à Deptford. Tu peux me traiter de lâche si tu veux, mais ne me reproche pas d'être une geek.

Elle but une longue gorgée de vin et ferma les yeux, accueillant l'acidité au fond de sa gorge. Elle inspira et reprit.

— Aujourd'hui ça fait exactement dix mille jours. Je l'ai rencontré il y a dix mille jours.

La souris trottina à l'autre bout de la table, mais Kate continua à parler.

— Dans le rêve, ça tourne toujours mal. Mais ce soir-là, ça n'a pas mal tourné. On était dans ma chambre, pas dans la sienne. Il a enlevé son haut et j'ai dit : « Désolée, je ne sais pas dessiner les pantalons ni les chaussettes, il va falloir que tu m'aides. Les toilettes sont juste là. » J'imagine qu'il voyait où je voulais en venir, mais il a joué le jeu. Quand il est revenu des toilettes, il portait uniquement son boxer aux couleurs des drapeaux du monde entier. Une petite tension en diagonale vers la gauche. La Norvège, la Finlande et le Danemark étaient un peu gonflés.

Elle reprit une rasade de vin et trouva un paquet de cigarettes sous un cardigan oublié. Depuis l'enterrement, elle avait fourni des efforts considérables pour recommencer à fumer. Ça n'avait pas été une partie de plaisir, mais elle avait réussi. Elle s'alluma une Marlboro Gold et constata avec dégoût que la veille elle avait utilisé l'un de ses trophées de karaté comme cendrier. Tant pis. Quelle importance, maintenant ? Il n'y avait pas encore de cendre au bout de sa cigarette, mais elle s'entraîna à la tapoter au-dessus du sol.

— J'espère que ça ne te dérange pas qu'une vieille femme te raconte ses histoires de cul, ma petite. Un peu triste, peut-être. Moi aussi, j'étais jeune à l'époque. J'ai quarante-cinq ans aujourd'hui, mais j'ai l'impression d'en avoir un million.

Elle fit semblant de ne pas remarquer le début d'érection scandinave de Luke tandis qu'il regagnait timidement la chambre pour reprendre sa position sur le lit.

— Ah, oui, ça sera beaucoup plus facile, dit-elle.

Tous les hommes naissent égaux. Cela semble plausible jusqu'au jour où on se retrouve dans une petite pièce avec Luke Fairbright en slip. Elle n'était pas tant époustouflée par sa beauté que par le fait qu'il paraissait ne pas en avoir la moindre conscience. Un peu plus maigre et moins musclé que le David de Michel-Ange, mais Kate ne trouvait pas la comparaison déplacée. Et, contrairement à David, Luke respirait. Il avait une odeur, un esprit et un caractère : nerveux, brillant, hésitant. Il était vivant.

Kate traça quelques traits sur la feuille A4 pour la forme.

— Je parie que tu as eu un tas de copines, pas vrai ?

— Ouais, une ou deux.

Kate sourit par-dessus son dessin.

— Plutôt une… ou deux ?

— Deux, répondit-il, solennel.

Leurs yeux se croisèrent à nouveau et ils éclatèrent de rire.

— Si tu veux dire « partenaires sexuelles », c'est plus que deux. Mais des vraies copines – ouais, exactement deux.

— Pareil pour moi, plus ou moins.

— Et les partenaires sexuels ?

— Arrête de dire « partenaires sexuels ». J'essaie de me concentrer sur mon dessin.

Ils gardèrent un silence confortable, dans une atmosphère chargée d'ironie et d'ivresse après leurs trois heures passées au bar de la fac.

— C'est une question de confiance, après tout, lança Luke.

Kate s'arrêta de dessiner pour le regarder.

— De confiance ?

— Quand quelqu'un qu'on apprécie devient quelqu'un qu'on aime. Ou quand...

Ses grands yeux noisette scrutaient le rideau orange comme s'ils y cherchaient les mots.

— ... on partage quelque chose d'intime, comme ses secrets. Ou son corps.

— Ou les secrets de son corps.

— Ouais, répondit-il simplement.

— Tu es assez mature, Luke, si je peux me permettre. Pour un garçon.

Il se hérissa légèrement, mais son sourire n'était jamais loin.

— Un garçon ? Excuse-moi, mais j'ai presque vingt ans, tu sais.

— Oh, je ne mets pas en doute ton âge avancé. Je voulais dire quelqu'un de ton sexe.

— Arrête de dire « sexe », tu te concentres sur ton dessin.

Elle leva une main comme pour s'excuser.

— Bon, d'accord, dit Luke. Les filles ont l'air d'avoir un don occulte pour comprendre les choses mystérieuses. Pourquoi, à ton avis ?

Kate ne savait pas trop s'il se moquait d'elle ou si ce mec était une perle.

— Ma mère appellerait ça l'intuition féminine, répondit-elle. Moi, j'appelle ça de l'attention. Les femmes s'intéressent à la manière dont fonctionne l'esprit bizarre des hommes parce que cette connaissance peut être utile à notre survie. Donc nous anticipons, et ça ressemble à un tour de magie.

Il ne cilla pas – un nouveau signe encourageant. Il pouvait supporter une pointe de féminisme sans se plaindre. Ou presque.

— Je vois, tout s'explique. Tu es la Fille du futur.

Kate esquissa un sourire contrit et murmura :

— Toutes les filles le sont.

Elle avait atteint les limites de son talent artistique. C'est-à-dire qu'elle avait dessiné un bonhomme bâton au visage souriant et doté d'une énorme bite avec des boules. Elle attendait le moment idéal pour dévoiler son chef-d'œuvre.

— En fait, tu es presque un vieillard : j'ai eu dix-huit ans la semaine dernière.

— Bon anniversaire. Attends, alors… dans ton année, tu devais être la plus jeune ?

Kate n'aurait pas dû dire son âge. Ça ne la dérangeait pas de parler des championnats de karaté aux garçons – ils étaient généralement plus fascinés qu'intimidés, et puis la plupart ne la croyaient pas. Mais York constituait un nouveau départ pour elle : ses nouveaux camarades n'avaient pas besoin de savoir qu'elle avait eu son bac en avance. Elle avait bien l'intention de ne pas être prise pour une bête de foire.

— Je sais pas, répondit-elle, il y a eu un problème quand on m'a inscrite à l'école.

Il se montrait ouvertement charmant avec elle, et elle regretta ce mensonge. Il aurait mérité qu'elle lui livre un de ses secrets.

— En tout cas, tu as raison, pour la confiance. Les combats dont on parlait tout à l'heure, au bar…

— La Karaté Kid de Deptford ! s'écria Luke.

Kate fronça le nez, tout en poursuivant.

— Exactement. Eh ben, tout a commencé lorsque j'ai décidé d'apprendre à me défendre après une expérience désagréable avec un homme en qui j'avais confiance.

Le visage de Luke se décomposa.

— Oh, non, je suis désolé.

Kate se demanda à quoi elle jouait. Règle n° 1 pour coucher : « Ne pas raconter aux garçons qu'on a été agressée. »

— Merci. Ça va.

Elle le sentit lutter contre son inquiétude et vint à son secours.

— Il m'a juste tripotée, rien de grave. Enfin si, c'était grave – on n'est pas censé tripoter une ado de treize ans pendant un voyage scolaire…

— Oh merde, c'était un *prof* ?

Kate hocha la tête.

— Mais rien d'affreux. Enfin c'est ce que je croyais. Peut-être que je minimisais un peu.

— Peut-être que tu continues à minimiser.

Kate fixa la pointe émoussée de son crayon. Voilà que resurgissait son audace affective. Ce garçon avait décidément plus qu'un beau visage. Et un beau torse. Et de belles jambes.

— Désolé, je n'avais pas à dire ça…, commença-t-il.

— Non, tu as peut-être raison.

Kate aimait se considérer comme peu susceptible : l'une des rares qualités qu'elle appréciait chez sa mère.

— D'ailleurs, mon père avait envie de tuer ce salaud.

— Naturellement.

— Je ne pouvais pas en parler à ma mère. Elle aurait dit : « Ma chérie, voilà ce qui arrive quand on porte des jambières rouges. » Mais je pouvais en parler à papa. Il était prêt à écraser cet enfoiré avec son taxi.

Luke se pinça les lèvres pour étouffer un rire.

— Je sais, dit-elle en souriant. Je lui ai fait remarquer que ce serait une mauvaise idée et je lui ai demandé de plutôt m'inscrire à un cours d'autodéfense pour qu'il n'ait plus à s'inquiéter. Tout ça pour lui, quelle bêtise. On peut être Rambo et rester paralysé sur le moment par... par une trahison pareille.

Luke semblait ne pas comprendre : pourquoi ne s'était-elle pas battue ? Mais elle le laissa se débrouiller avec son imagination.

— Oui... ouais, je crois que je vois.

— Et je sais que c'est ridicule, mais j'adorais *Karaté Kid* et la série *Kung Fu* avec David Carradine, alors j'ai passé des semaines à éplucher l'annuaire téléphonique avec papa et à me balader dans son taxi une fois qu'il avait terminé son service. On a dû parcourir la moitié de Londres avant de trouver un sensei qui acceptait d'enseigner à une fille.

Elle éprouva une pointe de satisfaction en voyant Luke la regarder comme s'il se trouvait face à Debbie Harry.

— Bref, blablabla, moi, moi... toujours moi. Mais tu as raison, c'est une question de confiance.

— Je te fais confiance, dit Luke.

Kate le dévisagea.

— Comment peux-tu me faire confiance ? Tu me connais seulement depuis trois heures.

Il haussa les épaules. Son innocence était irrésistible.

— Je te fais confiance, c'est tout.

Ils se dévisagèrent – s'accordant une pause pour que chacun puisse s'ouvrir. Une longue pause. Kate détacha son regard du visage de Luke pour le promener sur son corps.

— Je crois que je ne sais pas dessiner les slips non plus. Il va falloir que tu l'enlèves.

Luke hésita. Il scruta ses genoux et un sourire vulnérable se dessina au coin de ses lèvres.

— Tu me fais vraiment confiance ? demanda Kate.

Luke croisa son regard et répondit en passant lentement ses pouces sous l'élastique de son boxer. Il prit une inspiration et recula, réprimant un frisson lorsque ses épaules touchèrent le mur froid derrière lui. Ses talons trouvèrent le bord du lit et il se souleva un instant, faisant glisser les drapeaux du monde vers Kate une fois qu'ils eurent franchi ses cuisses, ses genoux, qu'ils furent descendus le long de ses tibias puis de ses pieds. Dans un mouvement de bravade, il les jeta au loin tel un strip-teaseur timide, mais ils atterrirent sur le coussin, ce qu'il jugea indélicat : il se précipita donc pour les poser par terre. Kate rit en mâchonnant le bout de son crayon. Il se redressa le long du mur, la jambe droite encore pliée, une demi-érection tremblante émergeant de ses poils pubiens et trouvant un appui temporaire contre sa cuisse gauche.

— Désolé, je crois que j'ai changé de position.

— Quoi ?

— Je devais rester immobile.

— Ah, oui ! Ce n'est pas grave, dit Kate en reprenant un peu ses esprits. Tout ton corps n'a pas besoin d'être totalement immobile.

Et si on pouvait tout recommencer...

Luke entrouvrit les lèvres. Sa respiration devenait plus forte à mesure que cette fille étonnante, cette fille qu'il venait tout juste de rencontrer examinait franchement sa nudité. Elle savait qu'il combattait toujours sa pudeur, mais elle avait décidé de profiter du spectacle, tandis que sa gaule grandissait vers son nombril avec des pulsations languides. Elle croisa les jambes en réponse à sa propre excitation, puis elle les décroisa et se leva. Elle s'approcha de lui en remontant lentement le bas de sa robe en jean. Veillant à ne pas marcher sur les pieds nus de Luke avec ses grosses bottes, elle s'assit à califourchon sur lui, les genoux de chaque côté de ses cuisses, les doigts serrés autour de sa bite chaude et dure. En sentant les mains de Luke sur ses seins, elle se pencha vers son oreille et prononça la première phrase sérieuse à son intention :

— Moi aussi, je te fais confiance.

Chapitre 4

Kate parcourut du regard les ruines de la cuisine de dix mille jours. Elle remarqua une carte fichée au milieu d'une pile de dossiers. Le faire-part de Luke. Elle l'avait réalisé elle-même – l'une des nombreuses tâches techniques qui l'avaient sauvée au cours des premières semaines. Les pompes funèbres, les factures ; décider quoi faire des vêtements de Luke, des différents manuscrits de son roman interminable, jamais publié. Tout cela l'avait distraite du règlement de comptes qui l'attendait. Elle savait que le chagrin arriverait, mais le chagrin n'était pas ce qui la préoccupait.

Dans son bureau, le médecin lui avait parlé de la tumeur.

— Vous n'auriez rien pu faire, avait-il conclu. Le souci, avec ce cancer, c'est qu'il est quasi asymptomatique.

Kate s'était figée comme si on venait de lui présenter par hasard un ennemi mortel.

— Quasi ? avait-elle demandé.

— Oui, on ne le remarque presque jamais.

— Mais il y a des symptômes ? Parfois on peut le remarquer ?

Le médecin avait décollé ses mains jointes et effleuré la surface de son bureau.

— Dans l'intérêt de votre tranquillité d'esprit, je ne suis pas sûr que…

— Quels symptômes ? avait-elle insisté.

Il avait soupiré en reculant dans son fauteuil en cuir.

— Des migraines par exemple ? Des maux de tête fréquents ?

— Pas de migraines. Pas plus de maux de tête que la moyenne.

— Très bien… Luke faisait-il preuve d'une irritabilité excessive ? De sautes d'humeur ?

Kate avait froncé les sourcils comme si on venait de lui poser la question la plus stupide du monde.

— Il était écrivain.

— Ah, oui, je vois. J'ai une amie autrice, et elle peut être très… enfin bref. Sinon, des engourdissements fréquents de la même zone ? Des picotements ?

Des picotements !

— Oui, avait répondu lentement Kate. Il… Il se plaignait de picotements dans le pied droit.

— Quand est-ce que ça a commencé ?

Kate avait secoué la tête, confuse.

— Il en a toujours eu. Enfin, seulement de temps en temps quand on s'est connus, mais… c'était devenu plus fréquent ces dernières années, à mesure qu'il…

La terre se dérobait sous ses pieds.

—… qu'il devenait plus grincheux, mais je croyais que c'était à cause de son livre. Ce sale bouquin ! On ne va pas chez le médecin parce qu'on a des picotements, non ? Hein !?

Le médecin avait baissé le regard vers son bureau.

— Non, bien sûr que non.

10 000 jours depuis que nous nous sommes rencontrés, et il a été vivant pendant les 9 732 premiers. Soit 9 732 occasions de lui dire d'aller chez le médecin. Ce qui fait 9 732 jours pendant lesquels je n'ai pas remarqué qu'il était malade.

Elle retourna le faire-part entre ses doigts. Il lui rappelait une carte d'embarquement – ce document vital qui se transforme rapidement en déchet encombrant. Elle avait espéré que l'enterrement aurait une fonction cathartique, qu'il lui permettrait d'accéder à un monde d'apaisement. En réalité, ça avait été une fête pourrie – où les gens drôles cessaient soudain de boire et où les gens sérieux lançaient des regards appuyés et faisaient des blagues pour la première fois depuis leur enfance.

Ensuite, et jusqu'à ce qu'elle découvre le dossier Petrov au bureau, elle avait accompli ses tâches de manière mécanique. Elle consacrait l'essentiel de son énergie à éviter ses amis.

Avec Kes, c'était facile. Il était acteur à la télé et directeur artistique du London Theatre. Un soir, ivre, il avait envoyé un e-mail d'une page, où il évoquait surtout sa tante décédée. Il l'avait appelée pour s'excuser trois jours plus tard. Kate avait répondu chaleureusement, mais pas au point qu'il puisse ignorer qu'elle était vexée. Elle n'était pas vexée : elle voulait juste être seule. Ensuite, il s'était contenté de lui envoyer des cartes postales humoristiques. Grand bien lui fasse.

Avec Amy, ça avait été plus dur. Difficile de venir à bout de la loyauté d'une femme du Yorkshire, mais pas impossible. Pendant trois mois, elle avait fait des apparitions régulières devant la porte de Kate avec des soupes maison et des bouillons de légumes. Elle lui parlait de son travail dans une ONG, lui racontait le dernier coup foireux de son chef, lui apportait de vieux numéros du magazine *Smash Hits* consacré à la musique et des billets pour des comédies musicales qu'elle ne pouvait pas vraiment s'offrir. Pendant une visite importune à l'heure du déjeuner, Kate avait attendu qu'Amy aille aux toilettes pour pirater son téléphone. À l'aide d'une feuille de plastique séparant deux tranches de saumon fumé, elle avait prélevé l'empreinte digitale d'Amy sur son verre de vin pour activer son iPhone, puis s'était autorisée à recevoir ses informations de géolocalisation. Depuis ce jour, Kate s'arrangeait pour sortir dès qu'Amy se trouvait à moins de deux kilomètres de chez elle. Elle avait culpabilisé, surtout quand elle avait reçu un texto disant : « Eh, tu sais pourquoi mon portable sent le poisson ? » Mais ses intrusions étaient devenues insupportables. Parfois, comme une adolescente, Kate se contentait de ne pas répondre quand on sonnait à sa porte. Au bout du cinquième mois, Amy avait abandonné.

Et puis il y avait Toby. Rien à craindre avec lui, il n'était jamais là. Sa vie de fonctionnaire l'avait englouti dans le tourbillon du Brexit. Quand elle s'était mariée, un certain nombre d'années plus tôt, Kate lui avait demandé de prendre la place de son père pour la mener à l'autel. Mais ce degré d'intimité semblait avoir disparu en même temps que Luke – le monde révolu de son ancien moi.

Si Kes, Amy et Toby avaient imaginé que Kate se tenait pour responsable de la mort de Luke, leur réaction aurait été aussi rapide qu'unanime : a) c'est ridicule ; b) en y réfléchissant, c'est sans doute assez courant ; c) est-ce qu'on t'a déjà dit qu'il est affreusement malvenu de se noyer dans la culpabilité ?

C'était mon mari. Il me faisait confiance. J'étais censée veiller sur lui. Mon homme, beau et intelligent, aurait pu épouser n'importe qui, mais il a choisi la geekoïde de Deptford.

« Tu n'as rien à te reprocher », avait dit la mère de Kate comme si elle avait entendu cette phrase quelque part et l'essayait pour la première fois.

Pour Kate, cela sonnait comme une accusation. Une excellente remarque, sur laquelle elle s'était empalée.

D'instinct, elle prit la clé USB. Elle ouvrit son ordinateur, déconnecta le wifi, inséra la clé et appuya sur « Play » pour mettre en route la vidéo cryptée, pour la dix-huitième fois depuis qu'elle l'avait volée.

Une salle de conférence d'hôtel de taille moyenne où étaient assises une cinquantaine de personnes. Depuis un point fixe au milieu de la pièce, la caméra était braquée sur une petite estrade. Le public applaudissait tandis que la vice-ministre des Affaires étrangères, Fiona Moncrief, montait sur scène. Kate n'avait pas d'opinion particulière sur cette politicienne de cinquante-neuf ans, même si elle n'appréciait guère son expression figée d'orgueil blessé, telle une duchesse dans une friterie. La caméra zoomait pour prendre un plan américain de Moncrief, qui parlait sans notes sur l'estrade. Après avoir débité les formalités d'usage, elle déclarait : « Il est juste que je sois présente à Newcastle ce matin, à l'occasion du soixante-quinzième anniversaire du débarquement. De nombreux bateaux ayant participé à cette opération capitale ont été bâtis dans cette grande ville navale. Ce jour-là, les nazis se sont frottés à l'esprit de la Tyneside, et comme nous le savons tous, ça leur a pas plu ! »

Ce n'était pas la citation hasardeuse du film *La British Compagnie* qui avait retenu l'attention de Kate, mais l'évocation plutôt déconcertante du lieu et de la date : vérification faite, il s'avérait que ce matin-là Fiona Moncrief ne se trouvait pas à Newcastle. Elle était à Bayeux. Des reportages en direct l'avaient montrée devant la cathédrale pendant la cérémonie de commémoration. Si une dizaine de reportages confirmaient sa présence à cet endroit, il n'était question de Newcastle absolument nulle part. Certes, elle s'était déjà exprimée à Newcastle ou dans des endroits comme celui-là. Mais pas dans cette salle de conférence, ce jour-là. Alors c'était quoi, cette histoire ? Puis, environ à la moitié de son discours, Moncrief prononçait les mots suivants :

« ... que nous honorons fièrement notre histoire. Et c'est aussi pour cela que j'adore la semoule. J'en mangerais à tous les repas. Parfois, quand je suis à la cuisine et que mon pervers de mari est excité, on se tartine de semoule et on la lèche sur nos sexes, et nous rions jusqu'à en vomir. C'est ça qui nous fait vibrer. Complètement tordu, non ? Mais on est comme ça. La Grande-Bretagne doit aussi regarder vers l'avenir. Ne pas se reposer sur ses lauriers, affronter les défis de... »

Le reste du discours redevenait anodin, avec une autre référence gratuite à la date et au lieu. Moncrief tournait ensuite le dos à l'auditoire, levait sa jupe en tweed et montrait ses fesses nues. Sous les applaudissements, elle faisait à nouveau face au public, lui adressait un doigt d'honneur puis mimait une fellation. Après quoi elle saluait comme tout politicien normal et quittait le pupitre.

Kate retenait encore sa respiration en regardant la dernière image. Bien sûr, cette vidéo était inconcevable. Fabriquée de toutes pièces. Kate se força à éliminer l'ensemble des autres possibilités. Moncrief avait perdu la tête : ça peut arriver à n'importe qui, mais le public ? On se serait attendu à ce que la rumeur se répande. Se pouvait-il vraiment qu'ils rient et crient face à une telle folie ? Et pourquoi insister sur le fait qu'elle se trouvait à un endroit où elle ne pouvait pas matériellement être ce jour-là ? Non, Kate était face au meilleur exemple d'hypertrucage qu'elle ait jamais vu : d'anciennes images avaient été traitées pour donner l'impression que la protagoniste faisait ou disait tout autre chose. D'après les connaissances de Kate, jusqu'à présent les intelligences artificielles n'étaient pas en mesure de tromper l'œil humain. Mais là, c'était différent.

Kate but une gorgée de vin tout en essayant de garder son calme. La prouesse technique était époustouflante, mais ses implications la glaçaient. Celui qui avait créé cette vidéo voulait que le spectateur comprenne la supercherie. Ce n'était pas pour rire. C'était un avertissement. S'ils étaient capables de ça, ils étaient capables de n'importe quoi : une caméra cachée montrant Robert De Niro en train de faire des blagues racistes à une fête ; une conversation où George W. Bush planifiait la destruction des tours jumelles ; une photo volée de la chancelière allemande en vacances donnant la fessée au maître nageur ; un aveu de meurtre par-ci, une déclaration de guerre par-là. De quoi donner le tournis. Le message était sans équivoque : rien ne va plus – vous ne pourrez plus jamais vous fier à ce que vous voyez à l'écran.

Si personne ne fait confiance au journal télévisé dans une dictature, ce n'est pas grave parce que nul ne s'attend à ce qu'il dise la vérité. Mais en démocratie, si *tout* devient soudain possible et que *rien* n'est vrai…

Pas surprenant que Petrov veuille à tout prix récupérer ce fichier : les métadonnées liaient la vidéo à son organisation aussi sûrement qu'une paire de palmes en béton. Il s'agissait formellement d'une bourde : l'équipe responsable de la vidéo n'avait même pas pris la peine de masquer l'adresse IP – qui correspondait à un serveur situé dans un bureau de Mayfair loué par une succursale médias de Petrov. La vidéo qu'elle avait récupérée était une version de travail que l'équipe de Petrov avait envoyée par inadvertance à BelTech. S'il devenait notoire que Petrov – qui devait sa richesse et sa situation au Kremlin, et qui était fortement soupçonné d'être l'un de ses relais les plus actifs – disposait de techniciens capables d'une chose pareille, c'en était fait de lui. Cette technologie était imparable, à condition que personne ne sache qui la manipulait. Si Kate lançait l'alerte maintenant, toute vidéo douteuse produite jusqu'à la fin des temps serait attribuée à l'État russe, qu'il soit ou non à l'origine de tel ou tel mensonge. Ça n'arrangerait pas l'affaire de Mr. Petrov. Charles n'était pas le seul à chier dans son froc.

Kate éjecta la clé USB et l'observa tandis qu'elle la faisait paresseusement tourner sur son anneau.

— Oserai-je déranger l'univers ? marmonna-t-elle.

Accablée par le deuil, au bord du suicide, à moitié soûle, elle essayait de sonder la fâcheuse responsabilité qui lui était tombée sur la tête.

Charles jouait un rôle marginal dans ce scandale précis, mais d'une manière générale il avait favorisé l'action des voyous et des escrocs en étant fasciné par les tyrans, émoustillé par la proximité d'hommes violents. L'argent, les yachts, la vulgarité plaqué or l'enivraient. Non, songea amèrement Kate, jamais Charles Donnard ne donnerait 50 000 livres à la Maison des femmes de Camden.

Ce qui la blessait le plus était que tout cela se passait à Londres : une tumeur de mensonges qui métastasait discrètement dans sa ville bien-aimée.

Elle allait devoir le faire. Il faudrait brancher à nouveau la clé USB dans son portable et envoyer la vidéo à cinq journaux, en expliquant brièvement comment l'ouvrir, qui l'avait produite et ce qu'elle signifiait.

Elle plongea la tête dans ses mains. Sa cuisine semblait s'être transformée en une serre étouffante.

— Pourquoi ne me laissent-ils pas mourir en paix ? grogna-t-elle.

Elle redressa la tête et ouvrit le journal intime qu'elle tenait sur son portable, en essayant de ne pas lire les derniers mots de la veille au soir.

> ... parce qu'il est parti, parti, parti.

Elle se mit à taper, mais le rythme de ses doigts ne suivait pas la vitesse de ses pensées.

> Et puis c'est pas mon boulot de sauver la démocratie. On a fait notre temps, non ? Soixante-dix ans et quelques depuis la dernière débauche de barbarie génocidaire ? Sept décennies ? C'est quoi, la « crise des soixante-dix » ? Allez, on oublie tout. Je n'ai rien à voir là-dedans. Bien joué, tout le monde, mais les meilleures choses ont une fin, non ? Allez, gentilles Chemises noires, marchez sur Clapham ! Mettez un fasciste à la Maison-Blanche. Des enfants en cage. Les meilleurs d'entre nous sont morts, alors allons-y... finissons-en.

Elle s'arrêta pour allumer une cigarette. Elle trouvait un réconfort morbide dans le cynisme. Elle ne faisait que se donner du courage, elle le savait. Où avait-elle lu ça ? « Un homicide tue une personne. Un suicide tue le monde entier. » Elle posa la cigarette en équilibre sur le bord d'un trophée de karaté vide et poursuivit.

> Dans tous les cas, ni Charles ni Petrov ne s'en sortiront indemnes. Ces gens-là finissent toujours par se planter. Quelqu'un mettra la main sur la clé USB. Sans doute quand Wallace la petite souris se sera mise à me grignoter les oreilles un matin au petit déjeuner. Je n'en suis pas responsable. Je suis occupée à ne rien faire. Ou plutôt à rassembler tout mon courage pour ne rien devenir.

C'était peine perdue. Elle allait trouver une enveloppe et renvoyer la clé USB à Charles. Que l'histoire suive son cours. Elle ne voulait pas s'en mêler. Elle voulait dormir.

Elle saisit tout de même son téléphone et se mit à réfléchir.

Qui était-elle ?

Soudain, l'appareil s'alluma, annonçant un appelant inconnu. Elle sursauta. La cigarette dégringola du trophée pour atterrir sur un collant, qui se mit à fumer. Avec un soupir impatient, Kate éteignit l'incendie miniature d'une main et répondit de l'autre.

— Allô, maman.

— Kate, chérie, c'est mes reins.

— Quoi ? Qu'est-ce qu'ils ont, tes reins ?

— C'est leur tour. La femme médecin voilée me l'a confirmé hier.

— D'accord.

Kate était incapable d'ignorer un appel d'un numéro inconnu, et sa mère le savait. Un voisin de sa mère que Kate adorerait étrangler avait appris à Madeleine à glisser des cartes SIM rechargeables dans son téléphone. Elle devait en avoir acheté un lot, qu'elle épuisait patiemment une à une.

— Ce n'est pas grave, mais on connaît la chanson, poursuivit Madeleine. Après ces problèmes sans fin avec mon foie, je savais que les reins y passeraient aussi. Ils ne m'ont pas laissé un seul jour de répit depuis ce maudit aligot à Clermont-Ferrand…

Kate s'installa confortablement pour écouter la dernière version de ce monologue familier. Elle l'appelait le « récital des organes ».

— … parce que comme tu sais mon pancréas est aux abonnés absents depuis Lady Di. Les médecins ne servent à rien, ils n'arrêtent pas de me dire de boire moins de brandy, comme si j'étais un clochard tout droit sorti de *L'Assommoir*. Enfin bref... tu dois te demander pourquoi je t'appelle.

Kate se crispa légèrement. La question était pour le moins inhabituelle. Madeleine n'avait jamais eu besoin d'excuse pour l'appeler, et sa voix exprimait une espièglerie menaçante.

— Hier après-midi, on a reçu de la visite, minauda Madeleine.

Kate s'empressa d'allumer une autre cigarette.

— Ah oui ?

— Oh, oui. Un beau visiteur avec des fleurs. Quelqu'un qui vient de ton passé.

— Le chat Isidore ? La princesse She-Ra ?

Sans se décourager, Madeleine improvisa un accent écossais atroce.

— Un beau jeune homme !

OK, j'ai trouvé.

Kate était sincèrement étonnée.

— Toby ?

— Lui-même ! Le beau Toby. Des œillets. Un petit bouquet blanc. Comme tu sais, je ne supporte pas les bouquets mélangés. Un homme comme Toby sait d'instinct ce genre de choses.

— Ça, c'est gentil, articula Kate.

Elle devait réfléchir davantage qu'elle n'aurait voulu et tenta de ne pas se laisser distraire par le snobisme de sa mère. Si son père, Bill, appréciait Toby parce qu'il était prometteur et plein de bon sens, sa mère aimait qu'il sache employer correctement le subjonctif et que son père ait été vice-amiral dans la Royal Navy. Il avait toujours été difficile d'en tenir rigueur à Toby. Il ne s'excusait pas de ses origines, mais il ne les prenait pas pour du « mérite ». Beaucoup faisaient cette confusion, dont Charles Donnard.

Mais à quoi jouait-il donc ? La dernière fois qu'elle avait vu Toby Harker, c'était à l'enterrement de Luke. Depuis, il avait joué l'un de ces numéros de disparition dont il était coutumier. Seulement pour les grandes occasions, notre Toby. Les enterrements et quelques anniversaires...

Et bien sûr, les mariages.

— Ne bouge pas ! dit Toby en faisant le tour de la voiture pour lui ouvrir la portière.

En 2003, ils étaient assez jeunes pour trouver que le mariage était une formalité ridicule, mais assez âgés pour bien faire les choses.

— Merci, Keith, dit Kate au vieil ami de son père qui conduisait.

— Tout l'honneur est pour moi, Kate. T'es magnifique, si je peux me permettre. Ton vieux serait fier.

Toby ouvrit la portière du taxi noir de Keith, qui avait été lustré jusqu'à l'os. Il s'exécuta avec une précision militaire mais moqueuse et lui offrit sa main avec un grand sourire. Elle la prit et descendit de voiture au bruit des cloches de St. Nicholas.

Toby s'écarta quand l'essaim des demoiselles d'honneur se matérialisa pour s'affairer sur la robe blanc cassé sans fioritures. Amy ajusta une bretelle et scruta la taille de Kate. Elle se pencha vers son oreille.

— Je t'avais dit de ne pas t'embêter à porter une culotte.

— Je ne peux pas entrer à l'église sans culotte.

— Pourquoi pas ? lança Amy à voix haute. Toby n'y voit pas d'inconvénient.

Elle indiqua le magnifique kilt de leur ami.

Toby avait l'habitude de voir les Anglais se préoccuper de ses parties génitales dans de telles occasions et fut ravi de jouer le jeu.

— Vous ne le saurez jamais.

— Tu crois ça, Toby ? répliqua Amy en inspectant les chaussures de Kate avant de lui prendre les deux mains. Il perdra peut-être un peu de son mystère si on lui fait danser la conga tout à l'heure.

Kate saisit les mains de son amie et les embrassa. Elle sourit pour braver sa nervosité, reconnaissante de cette distraction bienvenue.

— Je ne suis pas sûre qu'un gentleman danse la conga.

Toutes deux se tournèrent vers Toby.

— Il faudrait demander à un gentleman, dit celui-ci. Allons en trouver un.

Quelques instants plus tard, Toby et Kate se tenaient sur le seuil de l'église en attendant la marche nuptiale, ou dans ce cas précis *Today* des Smashing Pumpkins.

— Une recommandation de dernière minute ? demanda Toby.

— Ne dis rien que mon père aurait dit. Je ne veux pas me mettre à pleurer.

— D'accord.

Ils regardèrent devant eux et sourirent aux derniers rangs qui se retournaient pour lever le pouce et leur envoyer des baisers.

— Qu'est-ce qu'il aurait pu dire que je ne dois absolument pas dire dans un moment comme celui-ci ?

— Je ne vais pas te répondre, dit Kate en tendant le cou pour repérer Luke au premier rang.

Le marié regardait résolument devant lui, se balançant sur ses talons tandis que Kes parlait à Kate avec animation.

Toby aperçut Madeleine qui, au premier rang, leur adressait un salut royal, et le lui rendit avec une révérence facétieuse.

— Donc je ne dois pas dire quelque chose du genre : « Tu es magnifique aujourd'hui et je suis très fier de la femme extraordinaire que tu es devenue » ? demanda-t-il. C'est ça que je ne dois absolument pas dire de peur que tu aies un jour l'impression que ton père était présent au mariage ?

Kate comprenait ce que Toby essayait de faire, mais elle le trouvait agaçant.

— Il n'aurait jamais dit une chose pareille, répliqua-t-elle avec un semblant de retenue, bien que les mots de Toby l'aient touchée. Tu as réussi à me distraire dans le taxi avec ton faux accent russe, mais ne te sens pas obligé de singer Bill.

— Tu as raison. Excuse-moi.

— Pas de problème.

Toby continuait de saluer les invités comme la reine mère.

— C'était stupide. Je ne t'ai jamais vue parler avec ton père et je n'ai aucune idée de ce qu'il aurait pu dire.

— Tu nous as déjà vus et tu le sais, mais...

Le charmant prélude que les Smashing Pumpkins offraient aux mariés de la génération X retentit dans les haut-parleurs de l'église, et le brouhaha se tut.

À cet instant, Kate se raidit.

Toby se tourna vers elle.

— Tu sais, Luke est le garçon le plus gentil que j'aie jamais rencontré.

Elle le regarda, sonnée.

— Oui.

— Et d'une beauté rageante.

— Eh bien... oui, c'est vrai.

— Et puis il t'aime comme un fou et a besoin de toi comme une fleur du soleil.

— Oui.

— On va le voir ? On dirait qu'une fête se prépare au bout de l'allée, et Luke sait êtrc dc bonne compagnie. Qu'est-ce que tu en penses ?

— Ouais, répondit Kate, qui se reprit et empoigna un peu plus le bras de Toby. C'est une bonne idée.

— Parfait.

Tandis qu'il faisait le premier pas, il se pencha à son oreille.

— Pars du bon pied, Kate.

Son cœur se serra un instant, mais la justesse de ce qu'elle venait d'entendre lui redonna courage. Seule une folle ou une tordue ne s'effondrerait pas à ces mots, mais heureusement son ami savait qu'elle était les deux. Elle prit une profonde inspiration, s'agrippa à Toby et ils se remirent en marche. Elle sourit aux invités de son côté de la travée et lui souffla :

— Toby, tu es vraiment une grosse merde.

— Oui, tu as raison. Mais le monde a besoin de grosses merdes comme moi.

— Et que voulait te dire Toby, après avoir trouvé un vase pour les fleurs et entendu toute l'histoire de ton duodénum ?

— Eh bien, je lui ai demandé comment ça allait au bureau, et il m'a donné plein de nouvelles. Des histoires très amusantes sur ses collègues, les restaurants de Bonn et la charge de travail dans la fonction publique, qui a l'air dingue d'ailleurs…

Kate regrettait de devoir en arriver là, mais elle en avait suffisamment entendu sur la carrière de Toby dans la « fonction publique ».

— Maman, désolée de t'interrompre, mais il est évident depuis des années que Toby est un espion.

— Oh, encore cette histoire, Kate. Quelle imagination ! Tous ceux qui travaillent pour le ministère des Affaires étrangères ne sont pas des espions !

— Je suis bien d'accord. Et tous les espions ne prétendent pas travailler pour le ministère des Affaires étrangères. Pourtant, Toby est clairement un espion. Personne d'autre ne disparaît pendant des mois à cause du « travail » pour réapparaître avec des histoires parfaitement cohérentes et d'une drôlerie mémorable. Quand on vient d'une famille de militaires et qu'on est aussi déterminé que Toby, on ne se contente pas de brasser de la paperasse pour trouver la meilleure façon de saccager le pays.

— Oh, Kate…

— Et surtout, un célibataire de quarante ans qui prétend toucher un bon salaire ne roule pas en Skoda Octavia. Personne n'a besoin d'un coffre aussi grand, à moins d'avoir des gamins et une poussette. Je parie qu'il a une MG rouge vif au garage, qu'il ne prend pas pour aller à l'enterrement de ses amis parce que ça lui donnerait l'air d'un *espion.* Ce qu'il est.

Une voix acerbe lui répondit :

— Je suppose qu'il te l'a avoué.

— Non, il ne me l'a pas avoué. Ce ne serait pas un très bon espion s'il me le disait, non ?

— Je suis surprise que tu utilises un argument circulaire.

Parfois, l'intelligence de sa mère se rappelait au bon souvenir de Kate. Madeleine avait à peine plus de soixante-dix ans, mais la disparition de Bill avait réduit son horizon. Elle avait de nombreux amis et une procession sans fin de « soupirants » peu stimulants, mais en vérité, elle n'avait plus personne avec qui se disputer. Ce qui lui convenait très bien.

— Peut-être que je me trompe au sujet de Toby, fit Kate, les yeux fermés.

— Je crois, ma chérie, mais on ne peut pas toujours avoir raison.

— Non, maman.

— Bon, je vois que je te dérange et que tu as mieux à faire que de me parler.

Maintenant que la séquence d'adieu passive-agressive avait été enclenchée, cette remarque devenait soudain imparable.

— Ce n'est pas vrai, répondit Kate.

— Je n'aime pas t'interrompre au travail. Passe le bonjour à Charles. Quel homme charmant.

Kate écrasa sa cigarette sur la table, les yeux toujours fermés, et grimaça en se brûlant l'index.

— Je l'aperçois à travers la vitre, il t'embrasse.

— Oh, comme c'est gentil. Un jour, il m'a confié que son père avait été l'instructeur d'escrime de David Cameron, tu sais.

— Oui, répondit Kate, abattue.

— Oh, chérie, avant de raccrocher... Toby m'a dit qu'il passerait te voir aujourd'hui. Quand tu seras rentrée, à l'heure du déjeuner.

Kate écarquilla les yeux. Et la bouche.

— Peut-être que toi aussi, tu auras des œillets ! s'exclama Madeleine, avant d'ajouter : Mais tu n'as jamais vraiment aimé les fleurs, pas vrai, ma chérie ? Tant pis.

Il y eut un clic : Madeleine avait raccroché.

Kate regarda fixement son iPhone, qui était revenu à l'écran d'accueil, une photo sépia de Luke jouant de la trompette.

Et l'heure : 11 h 24.

Elle tenta de réfléchir malgré son angoisse croissante : personne ne considérait que 11 h 24 était l'heure du déjeuner. Elle pouvait sortir de chez elle. Elle ne voulait pas voir Toby. Pas comme ça : à demi nue, pour un tiers soûle, entourée par toutes les preuves du déclin ultime, de l'abandon total.

Elle pourrait faire semblant d'être sortie. Mais Toby se montrait incroyablement insistant quand il avait une idée fixe. Il resterait pendu à la sonnette toute la journée. Elle pourrait désactiver le circuit, mais à quoi bon ? Il frapperait à la porte, jetterait du gravier à la fenêtre jusqu'à la fin du monde.

Elle s'agita sur sa chaise et regarda le ciel par la fenêtre de la cuisine, les yeux dans le vague.

Elle se faisait manipuler.

« Le monde a besoin de grosses merdes comme moi », avait-il dit le jour de son mariage. Et maintenant, une fois de plus, il tentait d'être une grosse merde indispensable. Il avait attendu que tous les autres amis aient été écartés pour venir rafler le prestigieux trophée de la Meilleure Intervention du monde. Non, elle ne le laisserait pas se présenter à sa porte avec l'air contrit et une soupe cock-a-leekie faite maison. La veille, il était allé voir sa mère en sachant pertinemment que celle-ci annoncerait son arrivée imminente avec la pompe snob qui agaçait tant Kate. Il voulait réveiller son agressivité, la tirer de sa torpeur ; l'envoyer sous la douche.

— Eh ben, va te faire foutre, Toby, lança-t-elle à voix haute, personne ne me fera me laver.

Même Luke l'avait parfois accusée d'être allergique au savon. Elle n'avait pas réagi à ses moqueries tout en pensant au fond d'elle-même que l'hygiène personnelle était une institution patriarcale.

— En garde, Mr. Harker, dit-elle. Viens donc me voir dans mon trou puant. Viens visiter l'antre du monstre. Je vais t'ouvrir la porte, puis j'irai m'asseoir ici, je poserai une jambe sur *cette* chaise, tu verras ma chatte et je te regarderai te démerder. Essaie de faire une blague *là-dessus*, toi... mon... bon ami. Espèce... de merde.

Elle but une nouvelle gorgée de vin.

Vérifia encore une fois l'heure.

Puis la cuisine.

— OH, VA TE FAIRE FOUTRE, TOBY ! hurla-t-elle à pleins poumons.

Elle se leva, ignora la douleur de sa gorge enflammée et monta à la salle de bains.

C'était d'une logique implacable. Elle n'était chez elle pour personne. Sa maison resterait en foutoir, mais personne ne le verrait, car elle n'y serait pas. Sortir quelque part, n'importe où sauf au bureau, impliquerait de se rendre présentable. Mais elle ne le ferait pas pour un type. Par exemple, elle pouvait aller à la librairie au bout de la rue. Ce serait irrespectueux d'entrer dans une petite librairie indépendante avec l'aspect et l'odeur d'un personnage de Dickens. Danielle était la propriétaire de Northcote Books, et Kate l'aimait bien. C'était une dame âgée qui avait le chic de se moquer sur Twitter de ses clients les plus désagréables ou les plus stupides tout en les servant avec une politesse impeccable. Kate se laverait pour Danielle. En quelque sorte. C'était raisonnable. *Oui, je vais faire une longue promenade*, songea-t-elle en enjambant prudemment le rebord de la baignoire avant de sentir l'eau chaude sur ses pieds et ses cheveux pour la première fois depuis des jours.

Son corps fut ravi ; l'eau, le savon, le shampooing, le soin. Elle l'imagina dire :

— C'est agréable, hein, Kate ? On fait à nouveau équipe ?

— Ne t'emballe pas, rétorqua-t-elle à son ami plein d'espoir. Je vais quand même te tuer ce soir.

Elle s'habilla à la hâte et trouva une enveloppe. Elle l'adressa à BelTech, à l'attention de Charles Donnard, et y inscrivit CONFIDENTIEL. Elle détacha la clé USB du trousseau de Luke et la mit dans l'enveloppe, qu'elle scella avant de la glisser dans la poche de sa veste. Ce n'était pas ses affaires. La vie, et tout ce qu'elle contenait, ne la regardait pas.

Luke avait été une erreur. Elle avait eu raison la première fois. Elle n'était pas une personne « compatissante ». Elle était dégoûtante. Elle n'avait besoin de personne et personne n'avait besoin d'elle. Dans le couloir, elle remarqua une carte postale dans un cadre avec des dessins de chats – souvenir d'un voyage à Paris. Sans réfléchir, elle la décrocha et la fourra dans son sac. Danielle aimait les chats.

Que dirait papa de tout ça ? Il ne comprendrait pas. Il n'est pas là.

Elle franchit la porte d'entrée et la claqua fort derrière elle.

Chapitre 5

— Danger devant, danger derrière, danger sur les côtés.

Kate avait quinze ans, elle prenait sa première leçon de conduite. Elle était assise au volant de la Mini Metro de sa mère, Bill à ses côtés. Il l'avait emmenée sur un aérodrome abandonné dans le Kent.

— Bon sang, papa, à croire que tu as décidé de rendre ça le plus terrifiant possible.

Bill gloussa et ouvrit un paquet de chips.

— Si ça ne tenait qu'à moi, conduire une voiture serait la chose la plus dangereuse que tu ferais de ta vie. Cela dit, c'est putain de dangereux.

Bill s'autorisait à parler grossièrement devant Kate quand Madeleine n'était pas là. Une conspiration de plus entre père et fille. Il semblait sous-entendu qu'elle fréquentait assidûment Pete. Et que Madeleine lui avait « parlé sexe ». En réalité, Madeleine n'avait rien fait de tel. Kate s'était contentée de condenser ce que lui avaient appris les élèves plus âgés de sa classe, le contenu d'un documentaire scientifique de la BBC et un mélange haletant de D.H. Lawrence et de Danielle Steele.

Ceinture attachée, rétroviseurs réglés, moteur en marche. Elle avait observé ses parents au volant pendant des années et comprenait en théorie le fonctionnement des pédales. Bill, qui avait le physique du chauffeur de taxi amateur de chips, se tortillait, à l'étroit sur le siège passager. Mais tous les taxis londoniens étaient équipés d'une boîte automatique et Bill était déterminé à voir son élève débutante se familiariser avec les mystères de la transmission manuelle. Kate était déçue de ne pas se trouver au volant du FX4 Fairway flambant neuf de son père. Depuis un an, avec un plan de « Londres de A à Z » pour tout guide, elle insistait pour que son père lui trouve un itinéraire d'entraînement hebdomadaire. La théorie, elle la maîtrisait, restait la pratique.

— Elle ne va pas devenir chauffeur de taxi, Bill, avait objecté Madeleine un dimanche après-midi.

Kate venait d'expliquer avec assurance quel était le meilleur trajet de Whitechapel à Marble Arch un jour de semaine à l'heure du déjeuner.

— J'espère bien que non ! avait convenu Bill.

— On devrait peut-être demander son avis à Kate, était intervenue cette dernière.

Elle ne voulait pas vraiment devenir chauffeur de taxi, mais le défi de « Londres de A à Z », avec ce qu'il comportait de familier (rien de plus rassurant et plan-plan que le métier exercé par un père), constituait à ce moment-là l'un de ses plaisirs coupables. Avec la langue de Pete.

— Bon, fit Bill. Tu appuies à fond sur l'embrayage, tu passes la première, le pied droit sur le frein, tu desserres le frein à main, le pied droit sur l'accélérateur, tu sens quand ça patine... voilà, c'est là que tu arriveras à partir… pas trop vite, Nigel Mansell… oui, c'est mieux, maintenant tu lâches progressivement l'embrayage…

La voiture bondit violemment en avant et cala.

— C'est pas grave. On est là pour se tromper.

— Pas seulement.

— Ah ! Tu y arriveras en temps voulu, ma petite.

Bill mâchonna joyeusement ses chips oignon-fromage.

— Ce n'est pas à quelqu'un comme toi que je vais apprendre la fieffée importance de l'entraînement.

Kate reprit du début la manœuvre de démarrage.

Elle n'aimait pas corriger son père, qui était autodidacte, mais elle trouvait que ne pas le faire était méprisant. Ils avaient un code pour ça.

— Comment tu utilises « fieffé », papa ?

— Vu ta question, Kate, je dirais que je l'utilise… mal.

Ils rirent tous les deux.

— Allez, continue.

Kate relâchait à nouveau l'embrayage.

— Ça veut dire très mauvais. Mais d'une certaine manière tu as raison, parce que avant ça avait une connotation positive.

— J'ai combien de temps de retard ? Attention à ton moteur.

— À peu près quatre cents ans.

Kate réussit un départ bancal et la voiture avança.

— Elle est partie ! s'écria Bill en imitant un commentateur sportif. Elle avance, elle est lancée !

Kate passa la seconde.

— Pars du bon pied, Kate.

Elle sourit et enfonça l'accélérateur.

— Donc, si j'avais dit à Mr. William Shakespeare qu'il était un fieffé écrivain, il aurait été content, c'est ça ? poursuivit Bill.

— Il t'aurait offert une pinte.

— De ton meilleur hydromel, tavernier ! Surveille le compteur et dépasse pas les trente miles pour l'instant.

Kate passa maladroitement en troisième. Elle sentit que son père l'observait à la dérobée.

— Garde les yeux un peu plus loin sur la route, ma puce. Il y a de mauvaises surprises partout, mais un peu moins si tu regardes loin devant.

— C'est une leçon de vie ?

— Non, c'est une leçon de conduite, Mrs. Métaphore.

Elle fixa un point éloigné sur la piste et s'aperçut immédiatement qu'elle gagnait en contrôle.

— Pour être honnête, c'est plutôt une leçon de comment-marche-une-voiture. La conduite, ça se passe avec les autres conducteurs. Qui va te couper la route, qui va te faire une queue de poisson, qui va mettre son clignotant à gauche puis tourner à droite. Tout ça.

— Comment on sait ? Grâce à la voiture ?

— Ouais, des fois c'est la voiture, mais des fois on voit le conducteur. Par exemple, un jeune dans une Cortina d'occasion a toutes les chances de conduire comme un sagouin. Mieux vaut leur laisser un peu de place. C'est la testostérone.

— Moi aussi j'ai de la testostérone.

— Arrête tes conneries ! marmonna Bill en mâchonnant des chips.

— Non, c'est sérieux. Les hommes et les femmes ont de la testostérone. Évidemment, la plupart des mecs en ont plus que la plupart des filles. Mais le spectre est large.

— Où t'as appris ça ?

— À la bibliothèque.

— OK, bon, on va pas se disputer là-dessus.

— Donc peut-être que j'en ai plus que la plupart des filles.

Bill réfléchit un instant.

— Ouais, mais dans ce cas tu serais pas toute poilue ?

— Euh…

— Sans vouloir te vexer, ma puce, tu m'as pas l'air si poilue.

— C'est vrai.

Kate fronça les sourcils et Bill remarqua que la voiture commençait à ralentir.

— À quoi tu penses, Kate ? demanda-t-il plus doucement.

— Je sais pas, c'est juste…

Kate avait du mal à trouver ses mots. Elle n'avait jamais vraiment partagé ce sujet d'inquiétude avec qui que ce soit.

— Tu sais, conduire, lire une carte, les ordinateurs, te battre. C'est censé être des trucs de garçons tout ça, non ?

Bill rangea son paquet de chips dans la poche de son manteau et attendit.

— Parfois, j'ai peur que ce ne soit pas très… féminin. Je m'inquiète de pas faire les trucs féminins comme il faut.

Bill poussa un soupir de soulagement.

— Oh, Dieu merci. Un moment, j'ai cru que tu t'inquiétais pour quelque chose d'important.

— C'est important pour moi…

— Je vais te dire ce que tu fais comme il faut, l'interrompit fermement Bill. Tu fais Katherine Jennifer Marsden comme il faut. En fait, tu le fais à la perfection, depuis toujours.

Kate distinguait de plus en plus mal la route. Bill continua.

— Tu t'es toujours sentie attirée par certaines choses, ma puce. Et tu les as toujours suivies avec tout ton cœur, sans te préoccuper de rien. Et je sais que tu n'aimes pas en parler, mais tu es douée. Plus brillante que ta mère et moi réunis. Les gens croient que ça facilite la vie, mais on sait que c'est pas vrai. Ça te met à l'écart et y a eu des moments où c'était vachement dur pour toi.

La voix de Bill s'était mise à trembler, il vit les larmes dans les yeux de sa fille.

— Bon, gare-toi. Règle n° 1 : « Ne pas conduire en pleurant. »

— Je pleure pas.

— Ben moi, si. On fait une pause et on pleure un bon coup.

Dix minutes plus tard, ils se tenaient côte à côte, adossés à la voiture, contemplant les champs de blé et de maïs du Kent ; les cultures qui cédaient la place aux bois et un terrain de golf au loin. Derrière eux, Gravesend et la Tamise qui suivait son cours. Kate éprouvait ce sentiment agréable de tranquillité qui vient après les larmes, n'importe qui pouvait dire n'importe quoi sans que ça l'atteigne.

— Tout le monde prétend quand même que je suis une bête curieuse, papa.

Bill réprima sa réaction habituelle face aux brimades que subissait sa fille : la violence et les vengeances qu'il avait imaginées au fil des ans en réponse aux injustices qu'attirait Kate, à cause de ses passe-temps de « garçon manqué », mais aussi de son intelligence extraordinaire. Elle avait seulement quinze ans, pourtant il avait l'impression qu'elle en savait déjà trop sur les malheurs humains. À la maison, elle était libre – Madeleine et lui acceptaient son talent. Madeleine lui avait enseigné le français dès son plus jeune âge, mais si Kate, à sept ans, avait envie de s'initier seule au russe avec un livre, grand bien lui fasse. Cependant Bill savait qu'à l'école elle avait dû apprendre à faire semblant : elle s'était fixé comme règle personnelle de ne pas lever la main plus d'une fois toutes les dix minutes et de se tromper exprès de temps à autre. L'incident avec le prof de géographie aux mains baladeuses avait donné du grain à moudre à Madeleine qui aurait voulu mettre Kate dans le privé, bien qu'elle sache parfaitement qu'ils ne pouvaient pas se le permettre. Outre les principes socialistes de Bill, sa femme n'avait pas su quoi répondre quand il avait objecté : « Pourquoi ? Pour qu'elle attire un tripoteur plus chic ? »

Fataliste, Kate avait fini par se résigner à son isolement. Elle savait que ce devait être profondément agaçant pour ses camarades qu'elle comprenne un texte après l'avoir lu en diagonale, alors qu'il leur fallait une demi-heure pour le déchiffrer. Mais les professeurs – ceux qui éprouvaient le besoin de « lui rabattre son caquet » –, elle ne pouvait pas leur pardonner.

Elle s'était investie à fond dans la préparation physique qu'exigeait le karaté et s'entraînait à la maison avec une dévotion religieuse. Là, elle avait le droit d'être la meilleure : dans les années 1980, il était déjà tellement incroyable qu'une fille pratique ce sport que sa progression rapide dans les ceintures et les dan n'était presque pas une curiosité. Le respect et la discipline prévalaient, ce qui lui laissait un espace pour entrer dans la compétition sans entraves, et son sensei Jerome était devenu un second père, aussi exigeant que protecteur. Kate trouvait ça dommage, car elle avait plutôt besoin d'une seconde mère, une mère qu'elle ait envie de prendre dans ses bras plutôt que de la traiter de tous les noms quand elle se moquait de la fille qu'elle était – mais bon, rien n'est parfait. Jerome avait fait de l'entraînement de Kate son projet personnel, il lui donnait des cours gratuits, l'inscrivait à des tournois à l'échelle locale et nationale. Elle devait participer quelques mois plus tard à la neuvième édition du championnat du monde de karaté (dans la catégorie filles de moins de dix-huit ans) à Grenade, en Espagne, et Jerome faisait office de coach particulier.

C'était une véritable bouffée d'air. Mais elle savait qu'elle ne faisait qu'ajouter à la liste de ses transgressions, à son casier judiciaire de l'étrangeté.

Près de la voiture, Bill garda son calme.

— « Bête curieuse », c'est juste une expression que les gens utilisent quand ils sont effrayés, ma puce. Des gens jaloux, coincés, qui ont peur.

— Ça pourrait être pire, j'ai Jerome. Et je t'ai, toi.

Bill lui serra la main de ses doigts qui n'avaient pas touché aux chips.

— Pauvre Jerome. Je comprends qu'il aime t'avoir comme élève. Il a trois filles, et elles veulent toutes devenir Lady Di.

— Je vois pas le problème, répondit Kate. La famille royale aurait bien besoin d'une princesse noire. Ça serait cool.

Bill gloussa.

— Peut-être que toi, tu trouverais ça cool. Tu imagines comment la traiterait le *Daily Mail* ? Allez. On est repartis pour un tour ?

Kate se précipita à la place du conducteur et refit démarrer la voiture.

— C'est amusant, mais un peu répétitif, non ? Dans le futur, on aura sûrement des jetpacks ou des voitures conduites par des robots.

— Ça m'a l'air affreux. « Si ce bus est à destination d'Utopia, faites-moi descendre à l'arrêt d'avant. »

C'était la citation politique préférée de Bill, et pour autant que Kate sache, elle était de lui. Il l'aimait tellement qu'on entendait presque les guillemets.

— Neil Kinnock ne va pas vers Utopia, lui ?

Bill était habitué aux pas de côté de sa fille.

— Pas du tout, ma puce. Il est socialiste, mais pas utopiste, c'est pas un coco. C'est pour cette raison que je peux voter pour ce rouquin baratineur.

Kate pensa à Pete, son petit ami blond vénitien, et ouvrit la bouche pour prendre la défense des roux. Mais elle se ravisa en se rappelant que les poils de Pete étaient particulièrement roux dans des régions dont elle ne voulait pas discuter avec son père.

— Avant, tu adorais le vieux Neil, dit-elle. T'as quand même pas changé d'avis juste parce qu'il a perdu, non ? Ça te ressemble pas.

Bill apprécia le compliment mais détourna le regard vers la vitre tandis que Kate faisait laborieusement avancer la Metro. Le résultat des élections de 1987 était un souvenir aussi récent que cuisant.

— Je l'ai jamais aimé, dit-il.

— Arrête tes conneries. Quand il a viré du Labour les trotskistes du groupe Militant, tu as dansé de joie autour de la table de la cuisine.

Bill avait terminé ses chips. Comme à son habitude, il se mit à plier le paquet en un triangle bien propre.

— Il y avait un mouvement de pendule, Kate. Maintenant il est cassé.

Elle avait déjà entendu ce discours, après que Bill avait avalé quelques verres de sherry le dimanche soir. Elle attendait la version sobre, seulement Bill n'était jamais tout à fait sobre quand il était question de politique. La voiture décrivit une grande boucle, Kate voulait laisser à son père le temps de parler.

— Il se balançait entre l'aile gauche et l'aile droite du parti, ma puce. Pas doucement – ça n'avait rien de doux –, mais régulièrement. De manière prévisible, en quelque sorte. Un peu de compromis de temps à autre. Les travaillistes pour le peuple. Les tories pour le bien commun. Je ne supporte pas les tories, tu le sais, mais certains étaient des gens honnêtes. Qui faisaient de leur mieux. Donc il y avait ce pendule qui oscillait de droite à gauche. Puis les dirigeants syndicaux ont pris leurs aises et ont commencé à exagérer. Et maintenant Thatcher. Elle est en train de les massacrer, et elle détruit aussi le pendule. C'est pour ça qu'il faut quelqu'un comme Kinnock, même s'il est imbu de lui-même. Balayons d'abord devant notre porte en virant les excités. Sinon le camp d'en face nous rend la monnaie de notre pièce et on se retrouve avec des Chemises noires qui marchent sur Londres. Sur *Londres* ! On n'a pas besoin que ça recommence, Kate. Crois-moi.

Kate gardait les yeux rivés sur l'asphalte devant elle, un motif gris qui se répétait à l'infini. On en revenait toujours là. La bataille de Cable Street. Grand-père Marsden y était en octobre 1936. Par solidarité avec les Juifs de l'East End, il s'était battu contre les fascistes de Mosley. Pourtant, Bill n'en tirait aucune fierté. Il semblait cacher quelque chose. William Marsden Senior provoquait entre les parents de Kate des regards tendus et de rapides changements de sujet.

Bill ajouta son paquet de chips plié en triangle aux deux autres spécimens qu'il trouva dans la poche de son manteau. Il les glissa entre ses doigts dans une parodie du générique de *La British Compagnie*. Les triangles représentant les forces nazies envahirent le champ de vision de Kate, qui rit et chanta en chœur avec son père.

Tu ne m'as pas laissé le temps

Pour qui nous prenez-vous, Mr. Hitler,
Si vous croyez que nous allons fuir ?
Nous sommes ceux qui arrêteront votre fureur
Nous sommes ceux qui vous feront réfléchir.
Car pour qui nous prenez-vous, Mr. Hitler,
Si vous croyez que l'Angleterre va s'aplatir ?

Chapitre 6

Va te faire foutre, Toby.

Kate descendait sa rue, pleine d'aversion pour cette sensation de propreté, de renouveau et d'euphorie. Même l'exercice physique était salutaire. Saloperie d'exercice. Elle se rendait compte qu'elle avait très faim. Si elle n'y prenait pas garde, elle se retrouverait dans son café préféré à manger un délicieux déjeuner qui la ferait se sentir encore mieux. C'était intolérable.

Toby. Comment osait-il ? Elle monta le volume des Sex Pistols sur son téléphone et regarda autour d'elle, souhaitant presque que Petrov ait envoyé une bande de voyous pour récupérer la clé USB. Elle les mettrait au tapis puis, espérait-elle, recevrait un coup de couteau mortel.

— Bonjour, Kate !

— Bonjour, révérend.

Le père Lawrence ralentissait déjà le pas pour bavarder. Ô joie.

— Tu as l'air déterminée !

Kate sortit les mains de ses poches et retira ses écouteurs.

— Oh, vous savez… Des choses à faire.

Elle mit la chanson sur pause et rajusta la bretelle de son sac comme elle avait vu les mamans du quartier le faire. Grand et mince, dans sa chemise noire avec son faux col, le père Lawrence était vaguement sexy. Kate se dit que l'effet que le révérend lui faisait était déplacé à double titre, car il paraissait extrêmement jeune. Vingt-six ans, max, et déjà responsable d'une importante paroisse londonienne. Une sorte de prodige. Kate se demanda si ça l'avait isolé. « Est-ce qu'on t'a traité de bête curieuse toi aussi, Lawrence ? avait-elle toujours voulu savoir. Et comment on fait pour devenir super bon en Jésus-Christ ? »

— Je voulais te remercier de ton aide pour la brocante de Noël. Je crois que ton stand de livres a rapporté plus d'argent que toutes les ventes de gâteaux réunies !

Tu m'étonnes, John, se retint de répondre Kate.

— De toute manière, j'avais besoin de faire de la place, dit-elle finalement. Gagnant-gagnant !

— Oui, gagnant-gagnant ! s'exclama le père Lawrence.

En public, il parlait seulement par exclamations, et c'était contagieux.

Elle avait vidé sa maison des livres qu'elle ne relirait jamais. C'est-à-dire tous. Et elle s'était lancée dans la vente de livres avec une détermination impitoyable.

— Ce poche de F. Scott Fitzgerald que Luke m'a acheté entre deux séances de sexe fou pendant ce week-end torride à Swanage ? Bien sûr ! Il est à vous pour deux livres.

Kate n'avait jamais participé à une brocante, et ç'avait été une bonne journée, pleine de rencontres et d'échanges. Plus tard, elle avait englouti un demi-litre de chardonnay et s'était endormie en pleurant.

— Je vais justement à la librairie ! lança Kate.

— Ah, très bien ! Tu refais ton stock !

Kate songea aux pilules dans le placard de la cuisine et à son projet du soir. Cela lui rappela qu'elle devait acheter une bouteille de vodka sur le chemin du retour.

— C'est ça, dit-elle, mais me connaissant, je vais sûrement acheter quelque chose que je n'aurai pas le temps de lire !

— Ça se passe souvent comme ça ! rit Lawrence en secouant doucement la tête, avant de saluer l'une de ses ouailles qui sortait les poubelles de l'autre côté de la rue. Bon, je te laisse y aller.

— Merci.

Kate se demanda si elle pouvait commencer à s'éloigner. Mais soudain, elle sentit le regard de Lawrence sur sa nuque.

— Luke devait être un grand lecteur.

— Eh bien… oui, il lisait beaucoup.

Le jeune pasteur aux allures de gentil grand-père lui dit d'un air décontracté :

— Juste au cas où, tu sais que notre porte est toujours ouverte.

Kate baissa les yeux et rajusta à nouveau son sac.

— Oui.

— Enfin pas littéralement. Malheureusement, nous devons la fermer à clé entre les offices pour des questions d'assurance, mais tu comprends ce que je veux dire.

— Oui, je comprends ! répondit Kate. Je passerai peut-être plus tard.

De tous les mensonges qu'elle avait proférés ce matin, celui-ci était de loin le plus fou.

Le regard bref de Lawrence, à peine un coup d'œil, recelait une si profonde compassion qu'elle aurait voulu ne jamais être sortie de chez elle.

— Dieu te bénisse, Kate, dit-il en lui effleurant l'épaule.

Et il s'éloigna.

Kate poursuivit son chemin d'un pas vacillant. *Bon sang, c'est quoi cette histoire, une parabole ? Un livre de la série Monsieur Madame ? Madame Suicide ? Et main-*

tenant, il faut que je croise un moine, une bonne sœur et un mormon ? Ils vont tous me bénir ? Je veux dire, si Dieu en avait quelque chose à foutre, il aurait pas... Ce n'était pas la première fois qu'elle suivait ce raisonnement. Elle aurait trouvé plus de sens dans l'hommage que Johnny Rotten avait rendu à Sa Majesté pour son jubilé.

Elle entra d'un pas décidé dans le bureau de poste, où elle expédia la clé USB à Charles, s'abaissant même à le faire en recommandé. Au guichet, elle retira poliment ses écouteurs. Quand elle les remit, la playlist était passée à *Nothing Ever Happens* de Del Amitri. En sortant, elle ôta le petit serpent blanc de ses oreilles et de son téléphone et le jeta à la poubelle. Elle détestait cette chanson. Elle détestait marcher dans une bulle. Elle préférait écouter le monde.

Tandis qu'elle longeait Northcote Road, elle revint sur sa décision. Le monde était merdique. Rien de ce qu'il avait de bon ne la concernait.

Déjeuner. Va te faire foutre, déjeuner. Elle avait évité l'excellent petit café où tout le personnel la connaissait – ils auraient pu avoir un mot gentil à propos de Luke. Elle s'engouffra plutôt dans une pizzeria quelconque.

Elle commanda une florentine, éprouvant un plaisir coupable à l'idée que Luke n'était pas là pour s'y opposer. Il estimait que, malgré tous leurs bienfaits, les œufs n'avaient pas leur place sur une pizza. Kate se disait qu'il avait peut-être raison, mais elle ne savait pas renoncer à un œuf au plat, que ce soit au milieu de la nuit ou au milieu d'une pizza. Ce pourrait être ça, la vie, peut-être. Une compensation ironique de toutes les irritations quotidiennes d'une longue relation. N'avait-elle pas accumulé dix mille jours de menues contrariétés ?

Certes, Luke ronflait, mais prétendre qu'il l'empêchait plus de dormir vivant que mort était absurde. Avant, Kate n'avait pas besoin d'engloutir toute une vigne pour oser fermer les yeux.

Certes, il était pénible à la cuisine : tatillon et possessif. Gagnant très peu d'argent, il avait appris tout seul à cuisiner. Et il cuisinait comme un dieu, mais un dieu qui fronce les sourcils et se gratte la tête d'un air agacé dès que vous commencez à éplucher un oignon. En vérité, Kate avait toujours eu un intérêt marqué pour les repas délicieux et une aversion prononcée pour leur préparation. Échangerait-elle un peu de camaraderie autour d'une casserole entre dix-huit et dix-neuf heures contre la moitié d'une vie à être magnifiquement nourrie par un homme magnifique ?

Jamais.

La camaraderie revenait très vite tandis qu'ils dînaient devant la télé et que Luke retrouvait un comportement humain normal. Il semblait laisser sa vanité à la cuisine.

Et certes, en parlant de vanité, il y avait son travail. Se sentait-elle soulagée de ne plus vivre avec un écrivain torturé qui espérait le succès sans l'obtenir ? Non, pas si cet écrivain était Luke. Une semaine de lectures acharnées se concluait par deux ou trois entrefilets dans le supplément littéraire d'un quotidien. Il ne prenait aucun plaisir à écrire ces critiques et Kate avait rapidement appris à ne pas le complimenter. Le salaire qu'elle touchait servait essentiellement à financer le roman qu'il écrivait. Son roman interminable, fatalement inachevé et parfaitement indéchiffrable, que personne, mais alors personne ne voulait publier. Oui, reconnut-elle. Elle était soulagée d'être débarrassée de ce satané bouquin.

Pendant des années, le titre de son manuscrit avait été *Peu importe*. Kate se demandait si cela n'évoquait pas une sorte d'attitude je-m'en-foutiste qui ne serait peut-être pas du goût des lecteurs potentiels. En 1998, tandis qu'elle flânait dans une librairie de Brixton, elle était tombée sur un livre de Michel Houellebecq intitulé en anglais *Whatever.* « Il n'y a pas de copyright sur les titres », avait fait remarquer Luke, dédaigneux. Tandis que la réputation de l'écrivain français augmentait pour des raisons qui les laissaient tous les deux perplexes (Luke par jalousie et Kate parce qu'elle trouvait que c'était un connard), Luke entreprit un long voyage artistique qui l'amenait à modifier son titre à contrecœur de temps à autre. De *Peu importe* à *Quand tu veux* en passant par *Pourquoi ?* et, un temps, *On s'en fout* avant de revenir triomphalement à *Peu importe.* Mais Luke craignait d'être accusé de plagiat, et c'était intolérable. Au moment de sa mort, le chef-d'œuvre inachevé de Luke s'intitulait *Va te faire foutre.*

Il demandait régulièrement à Kate de lire son livre. Elle acceptait avec une inquiétude croissante, qui au fil des ans avait fait place à une terreur désespérée. C'était une grande lectrice mais, même si elle était la critique la plus bienveillante de Luke, elle se sentait limitée et stupide. Luke avait un diplôme de littérature anglaise, il savait sûrement ce qu'il faisait. Quelque chose devait lui échapper. Il avait du talent, elle le voyait bien. Mais à mesure que les années passaient, Kate en arrivait à certaines conclusions qu'elle avait désespérément essayé d'éviter.

Kate avait englouti sa pizza et mâchait à présent un morceau de mangue pas mûre. La vérité était que Luke avait deux handicaps en tant qu'écrivain :

1. Il détestait ses lecteurs. Dans son insécurité, il ne voulait même pas d'eux.

2. Il détestait les histoires. Il aurait fait n'importe quoi pour éviter de raconter une histoire. Les histoires, c'était pour les imbéciles.

Il écrivait pour impressionner Kate. Et ses critiques imaginaires. Un jour, ils feraient sûrement l'éloge de ses phrases bien équilibrées dans des phrases elles-mêmes bien équilibrées. Mais le livre n'avait jamais été publié, et les critiques n'avaient jamais pu l'encenser. Kate était soulagée. Ils l'auraient taillé en pièces. Elle était presque reconnaissante que la tumeur l'ait terrassé avant.

Elle termina sa salade de fruits et demanda l'addition. Non, il n'y avait aucun côté positif. Il ne fallait pas se fier à tout ce sucre qui lui donnait une décharge de sérotonine. On ne renonce pas à un suicide prévu depuis longtemps seulement parce qu'on se sent heureuse. Ce serait pure folie.

Elle laissa vingt livres de pourboire. Elle n'avait plus besoin d'argent. Et puis comment l'avait-elle gagné ? Au moins, Luke avait essayé de *faire* quelque chose. Quel genre de personne était-elle pour se réjouir de l'absence de son mari, mort du fait de sa négligence ? Elle avait raison depuis le début. Elle était une vraie merde.

Elle rangea son portefeuille et son téléphone dans son sac, étonnée de ne pas avoir commandé de vin. Que se passait-il ? L'eau minérale allait-elle apaiser sa conscience ? Pauvre idiote. Pauvre conne qui mérite d'être retrouvée à moitié mangée par Wallace la souris.

— Tout va bien ? demanda la serveuse, une femme d'une vingtaine d'années à l'accent de Varsovie.

Kate envisagea de pratiquer son polonais, mais regretta aussitôt cette futilité. Le pratiquer pour quoi ?

— Oh, oui, bien sûr ! C'était délicieux, merci.

Kate se leva et se répandit en excuses avec force mouvements de sac et de veste.

— Vous vous frappez la tête avec la petite cuiller ?

— Sérieusement ? Ah, oui. Je suis batteuse. Je m'entraînais.

La serveuse fronça les sourcils et se mit à débarrasser la table. Kate la contourna pour sortir.

— Ce pourboire, c'est une erreur ? demanda la fille en montrant discrètement le billet de vingt.

— Non, c'est pour vous.

— Vous êtes très gentille.

— Non, vraiment pas.

— Bonne chance avec la batterie.

— Ouais, merci.

Les jeunes. Elle poursuivit dans Northcote Road, sa haine tournée pour l'heure vers l'extérieur tel un phare de méchanceté. Les jeunes et leur gentillesse. Qu'est-ce qu'ils savaient de la vie, au juste ? Ces pasteurs et ces serveuses à peine sortis de la puberté. Avec leur légèreté et leur innocence. Ils apprendront. Elle songea qu'une bonne dose du sarcasme mondain de sa libraire Danielle lui remonterait le moral. Mais voulait-elle qu'on lui remonte le moral ? *Oh, arrête de poser des questions. Allez, en route.* Elle traversa la rue et entra dans la librairie.

— Eh bien, c'est l'un ou l'autre, non ?

Danielle s'adressait à un client d'âge moyen comme s'il avait sept ans. Elle posa un instant son regard sur Kate quand celle-ci entra.

— Nous ne faisons pas de soldes sur les livres audio parce que nous n'en vendons pas, reprit-elle. Vous pourriez lire pour de vrai...

Elle remonta d'un geste vif ses lunettes en demi-lune sur son nez.

— … *60 nuances de honte* de F. Windsor-Loveridge, ou vous pouvez acheter le livre audio ailleurs et vous le faire lire…

— En fait, c'est pour ma femme.

— Je n'en doute pas… Ou bien elle peut se le faire lire par Helen Mirren.

— Oh ! C'est lu par Helen Mirren ?

— Oui, Peggy Ashcroft n'était pas disponible et Joanna Lumley s'est récemment blessée à la tête en pêchant le requin au large de la Grande Barrière de corail.

La libraire sexagénaire scruta l'homme avec une gravité glaciale. Celui-ci hésita.

— Eh bien, je vais sans doute…

— Lumley peut encore parler, mais seulement avec un accent australien à couper au couteau.

— Bon, je crois que je vais acheter le livre audio.

— Ça a détruit sa carrière de doubleuse, mais elle a signé pour une publicité télévisée d'une grande marque de bière australienne. Tout est bien qui finit bien, en quelque sorte.

Danielle rendit le livre au client, ce qui voulait clairement dire qu'il lui appartenait maintenant de le ranger dans les rayonnages.

— Oui, acquiesça l'homme.

Kate faisait semblant de flâner au rayon langues étrangères. Elle reprit un visage sérieux et se tourna pour regarder l'homme poser avec précaution le livre sur la table des best-sellers et se diriger docilement vers la porte.

Danielle lui adressa soudain un sourire radieux.

— Bonne journée, monsieur, à bientôt j'espère.

L'homme lui rendit son sourire.

— Oui, dit-il, avant d'ajouter en ouvrant la porte : Je dois pouvoir trouver le livre audio sur Amazon, non ?

Kate admira le sourire inoxydable de Danielle quand elle répondit :

— Je vous encourage vivement à le faire.

Le client hocha la tête, soulagé, et partit.

Kate remit en place une nouvelle édition d'*Apprenez le russe aujourd'hui !* et s'avança vers la caisse. Danielle la regarda, une lueur ironique dans l'œil, et se gratta la tête à travers sa masse de cheveux gris bouclés.

— Je me demandais si vous pouviez m'aider, commença Kate comme si elle ne fréquentait pas assidûment la librairie depuis quatorze ans.

Danielle appuya ses deux bras épais sur le comptoir, leva les sourcils et cligna exagérément des yeux, attentive.

— Je cherche un livre qui a pour titre *Comment couler votre entreprise parce que vous êtes technophobe et élitiste et que vous auriez dû devenir prof au lieu de commerçante*, poursuivit Kate. Vous l'avez ?

— Je vais regarder.

Danielle disparut sous le comptoir et se redressa, le majeur tendu face à Kate. Les deux femmes gloussèrent et Danielle fit le tour de la caisse pour prendre Kate dans ses bras.

— J'ai mal aux genoux, maintenant, souffla Danielle à l'oreille de Kate. Je suis extrêmement fâchée contre toi.

— Désolée, répondit Kate, que l'étreinte ne dérangeait pas.

Danielle sentait la lavande et la civilisation. Elles se séparèrent et Kate jeta un coup d'œil à la boutique presque déserte.

— Je vois que les affaires marchent.

Danielle se retourna avec une nonchalance étudiée et suivit le regard de Kate vers l'autre bout du magasin. Une mère et son enfant discutaient joyeusement en feuilletant un livre d'images sur le tapis du rayon jeunesse.

— Pas vraiment, répondit-elle. Luke et toi étiez les seuls clients que je supportais.

L'étreinte, l'évocation de Luke – Kate trouvait tout cela un peu audacieux. Était-ce vrai ? Ou bien c'était ce que faisaient les amis. Elle ne se rappelait pas.

— Qu'est-ce qu'on avait de si spécial ? demanda-t-elle, le regard toujours rivé sur la petite famille.

Elle commençait à respirer plus lourdement, tout en espérant que cela ne se remarquait pas.

Danielle se tourna de nouveau vers Kate et posa un coude sur le comptoir.

— Eh bien, vous achetiez les livres au kilo, ce qui est toujours sympathique.

Kate éprouva un petit pincement au cœur.

— Donc ça ne te dérange pas de gagner un peu d'argent de temps en temps ?

Danielle regarda la rue derrière Kate, à travers la vitrine.

— Je plaisantais, ma chère. Il y a kilo et kilo. Luke et toi aviez bon goût. Betty et moi, on vous appelait « les Bons Kilos ». Il n'y a pas de mal à apprécier les clients pour leurs goûts.

Non, c'en était trop. Kate avait un besoin urgent de changer de sujet.

— C'est gentil. Et comment va Betty ?

Danielle se pinça les lèvres et reprit place derrière son comptoir.

— Son arthrite l'emmerde sans arrêt, mais elle s'acharne avec un entêtement tout canadien.

Kate savait que d'une manière ou d'une autre elle avait déçu son amie et elle se sentait maintenant aussi malheureuse qu'au réveil. Et qu'est-ce qu'elle fichait là, au juste ? Elle cherchait une excuse pour partir, mais Danielle se remit à bavarder.

— Tu sais, je ne suis pas vraiment élitiste.

Elle se tourna vers les best-sellers en poche.

— J'ai lu la plupart des livres sur cette table et ils ont tous quelque chose qui permet de les conseiller. Tout le monde ne peut pas être James Joyce, bon sang.

Sans qu'elle sache trop pourquoi, cette conversation mettait Kate mal à l'aise. Fronçant les sourcils, elle saisit près de la caisse l'un des livres à lire aux toilettes : *Les 100 Meilleurs Trucs des années 1990 que vous avez oubliés.* Danielle sembla prendre le silence de Kate pour une objection et poursuivit :

— Ni Shakespeare. Tout le monde ne veut pas lire : « La lumière s'obscurcit, et déjà le corbeau dirige son vol vers la forêt qu'il habite. » Certains se contentent parfaitement de : « Le soleil se couchait et tout était un peu tendu. » Je leur dis bonne chance.

Kate, qui feuilletait le livre avec une certaine impatience, s'arrêta sur une photo de Bret Easton Ellis, l'un des auteurs préférés de Luke. Soudain, il lui parut incroyable que Danielle soit encore en train de parler.

— Non, soupira la libraire, il me suffit d'une intrigue passable, une ou deux blagues, un peu d'esprit, un peu de cœur, et je suis parfaitement...

Kate claqua le livre et l'abattit sur la table.

— Mais tu peux pas arrêter, putain ? aboya-t-elle.

Danielle la dévisagea avec stupeur.

— Il avait une tumeur de la taille d'un kumquat dans le cerveau, OK ? Bien sûr qu'il était obsessionnel ! Bien sûr qu'il passait la journée à décider où placer une virgule. Tout ça, des phrases en latin, des personnages qui parlaient à l'envers, des chapitres entiers sans espaces, dix pages comparant les prouesses de David Bryant et Tony Allcock au bowling en plein air. Il essayait pas d'être James Joyce. Il était juste malade, OK ? Malade.

— Je suis désolée, Kate, je ne parlais pas du tout...

— Au moins une fois par mois pendant vingt-huit ans. « Kate, ma chérie, regarde ça, tu veux ? — Bien sûr, chéri. C'est ton livre ? — Oui, c'est mon livre, tu vas adorer. — D'accord, mon amour. Oh, je vois que tu as réécrit le chapitre 412 en rimes embrassées. — Oui, c'est chouette, non ? — Oui, bien sûr. »

— Kate, ma chère…

— Je n'ai pas cessé de l'encourager comme une imbécile alors que, pendant tout ce temps, j'aurais juste dû lui dire : « Va voir un docteur. » Tu as déjà essayé de dire ça à un écrivain ? Ça ne passe *vraiment* pas bien.

— Eh bien… non.

Kate reprit son souffle et chercha un mouchoir dans son sac. Danielle trouva un petit paquet sous le comptoir et le lui tendit.

— Merci, dit-elle en s'essuyant les yeux avant de se moucher.

Les deux femmes se tournèrent vers la vitrine. Clapham poursuivait sa vie sans se soucier d'elles. Un couple de jeunes gens, tenant chacun une main de leur fille de trois ans en salopette violette, la fit sauter en l'air en passant.

— Il n'aimait même pas le bowling, ajouta Kate plus doucement.

Danielle laissa passer quelques instants puis dit prudemment :

— J'ose à peine te le demander mais… *toi*, tu as vu un docteur ?

Kate se remit en pilotage automatique. Prendre les commandes, même brièvement, avait été une erreur. Le pilote automatique avait une destination préétablie, et il évitait les turbulences. Elle adressa un sourire sans joie à son amie et fourra le mouchoir humide dans son sac.

— Oui. J'en ai vu un. Ne t'inquiète pas, j'ai un plan.

— Ah bon ?

— Ouais. J'ai juste tardé à le mettre en œuvre.

— Tant mieux. Et... serait-ce trop te demander que de me dire ce que c'est, ce plan ?

Kate rangea les livres sur le comptoir, remettant rapidement en place *Les 100 Meilleurs Trucs des années 1990 que vous avez oubliés*.

— Oh, tu sais, une analyse, faire de l'exercice, bien manger et compter sur mes amis. Sortir avec les collègues, qui sont adorables. Et ma mère m'a été... précieuse, elle m'a beaucoup aidée. En gros, prendre soin de moi, tu vois ?

Danielle la regarda comme si elle n'avait d'autre choix que de la croire.

— Tout ça me paraît frappé au coin du bon sens.

— N'est-ce pas ? Désolée pour la crise. À bientôt.

Sans croiser le regard de Danielle, Kate quitta la librairie, refermant doucement la porte derrière elle.

Elle se démena en revanche pour ouvrir la porte de chez elle, jonglant avec ses clés et une bouteille de Smirnoff Blue, qu'elle avait emportée sans sac de l'épicerie au bout de la rue. Elle claqua la porte derrière elle et grogna. Sortir avait été une erreur. Et cette maison commençait sérieusement à empester. Elle ne l'avait remarqué qu'en rentrant, aussi la solution évidente était-elle de ne plus sortir. Elle voulait seulement dormir. Rêver une dernière fois de Luke. Un rêve qui ne se terminerait pas mal ni trop tôt.

Combien de gouttes encore lui fallait-il pour déborder ? Elle ne supportait pas de penser à son esclandre chez la pauvre Danielle. *Voilà ce qui arrive quand on laisse les gens s'inquiéter pour soi*, songea-t-elle en s'affaissant le long du mur. *Bon, c'est terminé.*

Elle s'immobilisa sur le seuil de la cuisine.

— Salut, Kate !

Toby se tenait devant l'évier, les manches de sa chemise remontées jusqu'aux coudes.

— J'espère que tu ne m'en veux pas. J'ai lancé le lave-vaisselle, mais il vaut toujours mieux faire le gros du travail à la main.

Kate ne dit rien pendant huit secondes, au cours desquelles Toby siffla *Ave Maria.* Elle articula enfin :

— Mais... qu'est-ce que... *tu fous* ?

Toby retira un plat en verre de l'eau savonneuse et l'inspecta.

— Eh bien, en cet instant précis, je lave un joli plat à rôti rétro en verre fumé.

— Comment tu es entré ?

— Tu m'as donné une clé, tu te rappelles ?

— Non. Je ne t'ai jamais donné de clé.

— Ah non ? Bon, ça valait le coup d'essayer. Je n'ai jamais été doué pour bluffer.

Il désigna du menton la porte de derrière.

— J'ai forcé la serrure. Je n'ai rien abîmé, promis. Mais c'était trop facile, je te conseille d'ajouter un verrou à l'avenir.

Kate avança de quelques pas. Elle lâcha son sac au sol et posa son litre de vodka sur l'îlot central, dont elle remarqua soudain qu'il avait été débarrassé et récuré. Dans la buanderie voisine, elle entendait tourner la machine à laver, et quatre sacs-poubelle s'alignaient le long du mur d'en face.

— Je sais à quoi tu penses, dit Toby. Tu boirais bien une bonne tasse de thé. Moi aussi.

Il s'essuya les mains avec un torchon propre qu'elle n'avait pas vu depuis des mois. Il devait l'avoir pris dans l'armoire à linge à l'étage. Où avait-il fourré son nez ? Il lui adressa un clin d'œil joyeux tandis qu'il remplissait la bouilloire.

— Ah ! gazouilla-t-il quand il en trouva l'interrupteur.

À côté de la montagne de vaisselle propre soigneusement empilée sur l'égouttoir, Kate vit deux tasses qu'il avait mises de côté. Il les prit et ouvrit un placard à la recherche de thé.

Elle n'avait plus la force pour une autre explosion d'émotions aujourd'hui, même s'il semblait faire de son mieux pour la provoquer.

— Ce n'est pas très gentil de s'introduire par effraction chez quelqu'un, Toby, dit-elle calmement.

— Comment ?

Sa tête réapparut de derrière la porte du placard et il tendit l'oreille.

— Pardon… La bouilloire.

Elle haussa la voix, résolue à ne pas crier.

— Je ne sais pas combien de temps tu comptes jouer cette comédie, mais pour commencer je n'ai pas de lait, alors tu peux éteindre cette bouilloire et te barrer.

— Aha ! Yorkshire Tea ! dit-il en brandissant deux sachets de thé qu'il mit dans les tasses. Tu te souviens, à York, Luke achetait cette marque parce qu'il pensait que ça lui attirerait la sympathie du vendeur ? Je suis sûr que Mr. Patel était touché.

Kate en avait assez de rester sur la défensive.

— Si tu parles de la maison où on habitait en deuxième année, le Mr. Patel dont il est question – Sahir, si tu veux tout savoir – vivait à York depuis que sa famille avait quitté Karachi quand il avait quatre ans. Il peut très bien avoir été « touché ». Tu n'en sais rien, parce que tu ne lui as jamais adressé la parole.

Toby acheva de verser l'eau bouillante et sourit, admiratif.

— Quelle mémoire, Kate ! dit-il en remettant la bouilloire à sa place avant de planter ses yeux bleus dans ceux de son amie pour la première fois. Qu'est-ce qu'on va bien pouvoir en faire ?

Kate chercha la clé USB dans sa poche avant de se rappeler qu'elle venait de l'expédier à Charles. Elle était certaine que Toby avait remarqué son geste tandis qu'il se dirigeait vers le frigo.

Bon. C'est un espion, aucun doute là-dessus. Il veut la clé USB. Il veut Petrov. Il est venu pour me recruter ou pour me tuer. Dans le premier cas, il peut aller se faire foutre. Dans le deuxième, il peut toujours rêver. La seule personne qui va me tuer aujourd'hui, c'est moi.

Toby se retourna en brandissant une bouteille de lait demi-écrémé.

— TA-DAH ! s'écria-t-il.

Kate bondit de surprise.

— Oh, pardon ! Je ne voulais pas te faire peur.

Il l'ouvrit en se dirigeant vers les tasses fumantes.

— Je me suis dit que tu serais peut-être à court, alors j'en ai acheté.

— Pourquoi est-ce que tu t'es introduit chez moi ?

Toby fronça les sourcils en regardant les tasses, puis essuya une bulle de savon sur le cadran de sa montre.

— Il faut attendre encore deux minutes, sinon ce n'est pas vraiment du thé.

Il se mit à la recherche d'une cuiller.

— TOBY, ESPÈCE DE GROSSE MERDE !

Il s'arrêta.

Fait chier. Il a eu ce qu'il voulait.

Toby s'accouda au plan de travail dans sa chemise en coton blanc et sa cravate en soie bleu pâle, qu'il avait desserrée pour les tâches ménagères.

— Oui, Kate, dit-il d'un ton à la fois bienveillant et prudent.

La lumière du soleil qui pénétrait par la fenêtre donnant sur la cour l'éclairait à contre-jour. Elle eut envie de lui dire qu'il venait de poser le coude sur une tache de pesto sec. À York, il paraissait plus âgé que ses camarades, avec sa peau marquée de cicatrices de guerre datant de sa rencontre avec la varicelle, ou avec une acné plus récente. À présent, les traces restantes donnaient du caractère à son visage. Avant, il avait l'air petit et trapu – maintenant, bien qu'il ne dépasse Kate que de quelques centimètres, il était mince pour un homme de son âge. Chacun son heure, songea Kate. Celle de Toby, c'était maintenant. Insupportable.

— Je vais te poser des questions, et tu vas arrêter de me raconter des conneries.

— D'accord.

— Pourquoi est-ce que tu es venu ici ?

— Pour m'assurer que tu allais bien.

— Mais je n'étais pas chez moi.

— Je m'en suis aperçu.

— Oui, après que tu es entré par effraction.

— C'est devenu encore plus clair.

— La plupart des gens téléphonent.

— Tu ne réponds pas.

— Comment tu le sais ? Je n'ai pas remarqué que tu avais essayé.

Toby baissa un instant les yeux vers ses Richelieu puis croisa à nouveau le regard de Kate.

— Amy, Kes et les autres m'ont dit que tu avais coupé les ponts. Madeleine m'a dit la même chose quand je l'ai vue hier. Je ne m'attendais pas à recevoir un traitement différent.

La bouche de Kate forma un vague ovale et elle entendit le son « Ah » en sortir.

Elle avait envie de le tuer. *Téléphoner ?* Peut-être qu'elle lui aurait répondu, ou pas. Tout ce qu'il venait de lui faire comprendre, c'était qu'il ne s'en était pas donné la peine parce que son ego n'aurait pas supporté d'être rejeté.

Elle s'avança d'un pas.

— Écoute, *mon pote*. Je me fous de savoir pour qui tu bosses – MI5, MI6, peu importe…

— Kate, on ne va pas recommencer…

— En fait si, on va recommencer. Puisque le type qui vient d'entrer par effraction chez moi prépare du thé et me donne l'impression d'être une invitée dans ma propre putain de cuisine. On va en parler une fois pour toutes. À voix haute. Avec des mots.

— Kate, même si tu avais raison, je ne pourrais pas te le confirmer, tu le sais. Je n'aurais rien à te révéler.

Elle jeta un regard à la veste et au gilet de costume bleu foncé de Toby soigneusement posés sur le dossier d'une chaise.

— Non, répondit-elle, tout ce que tu m'apprends, c'est que tu sais où trouver un torchon et que tu rends visite à tes amis en costume trois-pièces. Et tu ne t'en tireras pas en faisant semblant d'être gay.

Toby lui adressa un large sourire.

— C'est ce que tu m'as dit la dernière fois.

Elle prit la bouteille de vodka et la lui lança à la tête.

— Putain ! cria-t-il.

Il rattrapa de justesse la bouteille, qui sautilla dans ses mains, avant qu'il ne la saisisse et ne la pose par terre.

Kate ne bougeait plus.

— Tu es entraîné.

Toby glissa ses doigts endoloris sous son aisselle.

— Quoi ?

— Ce n'étaient pas les réflexes d'une personne normale.

— Oh, arrête. J'ai joué un peu au rugby. Tu te rappelles ?

— N'importe quoi. Les Écossais ne jouent pas au rugby.

— Tu confonds avec le cricket.

La liste de tous les joueurs écossais qui avaient battu l'Angleterre lors du premier match international de rugby à XV en 1871 défila dans l'esprit de Kate. Elle l'avait mémorisée pour impressionner son père quand elle avait dix ans. Oui, certes, elle avait confondu avec le cricket. C'était agaçant. Elle n'entendait pas céder un pouce de terrain à l'intrus.

— Oui, bon, rugby, cricket… Tu ne peux pas attendre d'une fille qu'elle fasse la différence.

C'était une remarque stupide et ils le savaient tous les deux. Mais Toby ne se moqua pas d'elle. Kate se sentit encore plus mal – elle était manipulée.

Il se contenta de désigner les tasses.

— Le thé doit avoir assez infusé maintenant, tu ne crois pas ?

Elle abandonna.

— Désolée pour tes doigts, dit-elle.

Elle se traîna mollement jusqu'à la table et s'assit tandis qu'il finissait de préparer le thé.

— Toujours du lait, sans sucre ?

Elle acquiesça, contemplant sa cuisine inhabituellement propre et ordonnée. Toby avait retiré les matières qui risquaient de pourrir, pousser ou se reproduire. Tout le reste formait des piles organisées de façon rationnelle. Sur un tas de vieilles photos se trouvait un cliché des années 1980 – carré, avec les coins arrondis – qui représentait son père, en chemise à manches courtes et lunettes de soleil, penché à la fenêtre de son taxi, levant le pouce. Kate, environ neuf ans, appuyée à la portière, faisait la même chose. C'était une image de mauvaise qualité, aux couleurs patinées, pareille à ce que les filtres modernes tentent de recréer. Elle la prit et fit glisser son doigt avec tendresse sur les bords.

Toby la rejoignit.

— Vous êtes adorables, Bill et toi, dit-il en posant doucement une tasse de thé devant elle.

— Prends-la.

Elle lui tendit la photo sans trop savoir d'où lui venait cette impulsion – mi-gentille, mi-masochiste. Une partie d'elle résistait encore.

Toby prit sa tasse et s'assit.

— Non, je ne peux pas.

Son regard s'attarda sur la photo.

— C'était quelqu'un d'important pour toi, non ? demanda Kate avec un intérêt sincère. Pourtant tu ne l'as pas croisé plus de cinq fois.

Toby serra sa tasse entre ses mains.

— Il était vraiment très gentil, comme tu le sais.

Kate agita la photo sous son nez.

— S'il te plaît, insista-t-elle.

Toby la regarda avec gratitude et étonnement. Il sortit son téléphone, posa le cliché sur la table et le prit en photo.

— La qualité est aussi bonne, de nos jours.

Avec un demi-sourire, il reposa l'original sur la pile.

— Pourquoi tu es venu ? demanda-t-elle à nouveau.

— Je me suis laissé dire que tu avais des problèmes, je voulais t'aider.

— Pourquoi tu as forcé la porte ?

— J'avais peur que tu sois morte.

Insupportable. Ça ne devait pas se passer comme ça. Kate se leva.

— Tiens, à ce propos… Je suis très occupée, Toby. Il faut que tu partes.

Toby fixa son thé, l'air abattu.

— Je ne peux pas, Kate.

Elle s'éloigna de la table et commença à arpenter sa cuisine de dix mille jours.

— Pourquoi donc, parce que je dois « choisir la vie » ? Tu es venu me remonter le moral ?

— Ne fais pas ça, dit Toby.

Il se mit debout et leva les mains dans un geste qui se voulait apaisant.

Kate s'arrêta.

— Non, non, non. Tu n'as pas le droit de *me calmer*. Tu ne l'as pas mérité. Tu n'étais pas là quand il fallait. Tu n'étais nulle part.

Elle l'observa encaisser le coup. Les yeux rougis de Toby se tournèrent vers la porte de derrière. Elle hésita une seconde mais ne put s'empêcher de poursuivre : cette fois-ci, elle visa les couilles.

— Je suis une femme seule chez elle, et je te demande de partir. Un gentleman saurait quoi faire.

Elle se sentit à moitié consolée de le voir ramasser tristement sa veste et son gilet.

— J'avais gardé mes distances pour une bonne raison, dit-il.

— Je n'en doute pas. Mais évidemment, tu ne peux pas me dire laquelle, c'est ça ?

Il confirma, enfila son gilet et ajusta sa cravate.

— Je t'ai apporté un cadeau.

D'un hochement de tête, il désigna sur un coin de la table un paquet parfaitement emballé, en forme de livre, avant de se diriger vers la porte de derrière.

— Par la porte d'entrée, s'il te plaît, lui intima sèchement Kate. Comme une personne normale.

Toby fit demi-tour en soupirant et emprunta le couloir. Il s'arrêta.

— Je sais que tu es en difficulté, Kate. Je peux t'aider.

— Je n'ai besoin de l'aide de personne.

— Je suis là. Je t'attendrai.

— Tu as l'habitude.

C'étaient de loin les mots les plus méchants qu'elle lui avait jamais adressés. Luke… Toby… En vingt-huit ans, personne ne l'avait dit à voix haute. Personne ne s'était demandé pourquoi Toby était toujours célibataire. Personne n'avait rappelé à quel point la décision avait été difficile en 1992. Ce n'était pas comme si Toby s'était battu pour elle. Après avoir jeté un coup d'œil à Luke, il avait abandonné.

Il faisait la même chose à présent. Elle vit sa main trembler quand il balança sa veste par-dessus son épaule. Quiconque l'aurait connu moins bien qu'elle ne le connaissait y aurait vu un étalage d'indifférence virile. Mais ce qui restait du cœur de Kate s'effondra au-dessous de la croûte terrestre.

— Désolée, marmonna-t-elle. C'était stupide et injuste, je…

— Je n'attends pas que tu tombes amoureuse de moi, Kate, si c'est ce que tu voulais dire, l'interrompit-il. Je ne suis pas venu pour tenter ma chance.

Elle aurait voulu le rassurer mais ne trouvait pas les mots. Elle fixa le sol et la voix en elle s'empara de ses pensées. Voilà exactement ce qu'elle faisait : elle prenait des hommes bien et les réduisait à néant. Elle ne méritait pas l'amour. Elle ne méritait pas la vérité. Elle était tordue, monstrueuse. Depuis toujours. Il fallait qu'elle les éconduise, dans leur propre intérêt.

— Va-t'en, dit-elle. S'il te plaît, va-t'en et ne reviens jamais.

Elle n'eut pas le courage de le regarder en face quand il quitta la cuisine.

La porte d'entrée s'ouvrit et se referma.

Assez, assez, assez.

Étourdie, elle retourna vers la table et prit le cadeau – un mince livre de poche emballé dans du papier kraft. Elle n'éprouva qu'une curiosité hébétée. Sans doute un message plein d'esprit ou un livre de développement personnel. Elle le repoussa sur la table et s'empara de la bouteille de vodka. D'un geste absent, elle attrapa les pilules dans le placard et monta à l'étage.

Au moins, Toby n'avait pas touché à sa chambre. Déjà qu'il avait fouiné en bas, parmi les paquets de clopes et les emballages de plats à emporter. Elle n'avait pas besoin de l'imaginer en train de ranger son tiroir de sous-vêtements, fronçant les sourcils d'un air inquiet tandis qu'il remarquait que les piles de René le Godemiché étaient à plat. Ce connard attentionné les aurait sûrement changées. Elle s'effondra sur son lit, son téléphone à la main.

— Siri, dit-elle d'une voix sans timbre.

Son téléphone émit un bip.

— Réveille-moi vers seize heures pour que je me bute.

— Bien sûr, répondit la voix féminine. J'ai mis une alarme à seize heures.

Kate tapota sur l'icône, et le téléphone bipa de nouveau.

— Entre nous, Siri, j'ai toujours pensé que j'étais une pauvre merde sans cœur.

— Désolée, je ne comprends pas ce que…

— Laisse tomber.

Kate jeta son téléphone pour le reprendre aussitôt.

— Oh, et si tu peux faire en sorte que les dix mille derniers jours n'aient jamais eu lieu, ça serait super.

Elle regarda les pilules et la vodka.

Toby, Danielle, Petrov, Charles, la clé USB, sa ville, son pays…

Laissez-moi tranquille, laissez-moi tranquille, laissez-moi tranquille.

Rêver encore de Luke. Une dernière fois. Elle ne le méritait pas. Toute sa vie avait été un rêve. Elle ne méritait rien. Rien que le néant.

Kate prit la chemise de Luke sous son oreiller, y enfouit son visage et ferma les yeux.

Deuxième partie

Viens danser

Chapitre 7

Elle se réveilla dans le noir.

Non, ce n'est pas possible. Il est quelle heure ? Elle tendit la main pour attraper son téléphone, mais heurta le mur froid. *Attends... Un mur ? Quel mur ?* Ce n'était pas non plus la même obscurité que d'habitude. Orange. Et un peu floue. Les premiers rayons de l'aube qui filtraient à travers les rideaux orange. *Attends, des rideaux ? Tirés ? Des rideaux orange tirés à l'aube ? Quoi ?* Et pourquoi la fenêtre se trouvait-elle à côté d'elle, et non en face ? Pourquoi était-elle sous la couette, et non allongée dessus ? La couette non plus n'était pas la bonne. Légère, inconsistante. Pour une personne. Elle tendit à nouveau le bras et colla les doigts à ce mur impossible, tandis que son autre main trouvait le bord du matelas. Elle était dans un lit une place. Son cœur se mit à battre plus fort et, prise d'une panique croissante, elle chercha à s'apaiser grâce à la « respiration qi ».

Qui ? Le mot résonna dans son esprit. *Qui suis-je ? Ou plutôt –* où *suis-je ?*

Elle s'appelait Kate Marsden. *Ça va, je ne suis pas amnésique, je n'ai pas perdu la boule. Je suis Kate Marsden, quarante-cinq ans, du sud-est de Londres. Katherine Jennifer Marsden, née en 1974, fille de Bill*

Marsden et Madeleine Theroux ; compagne de Luke Fairbright pendant vingt-huit ans, mariée avec lui pendant les dix-sept dernières années, veuve depuis près de un an. Ça, c'est clair. C'est à peu près tout ce qui est clair, mais c'est déjà ça.

Avait-elle été kidnappée ?

Peu probable. Elle n'était pas attachée, elle n'avait pas l'impression d'avoir été droguée. En fait, à part sa trouille et le manque de repères, elle était en grande forme physique.

Elle ne voyait pas grand-chose, mais elle sentait la proximité des autres murs et du plafond. S'était-elle biturée au point d'avoir loué une chambre meublée sans se le rappeler ? Était-elle capable de se torcher à ce degré-là sans s'en rendre compte ? Cela expliquerait qu'elle voie trouble. Mais où était la gueule de bois ?

Elle s'assit dans son lit.

Eh ben, c'était pas difficile.

Qu'est-ce qu'elle avait sur le dos ? Ce n'étaient pas les vêtements dans lesquels elle était allée se coucher. C'était... C'était un long tee-shirt. Qui lui servait de chemise de nuit. Qu'elle portait à l'époque où elle était...

Elle sortit les jambes du lit et se leva. Pieds nus, et sur le sol : de la moquette, pas du parquet. Absence totale et stupéfiante de la moindre sensation de douleur ou d'effort quand ses pieds durent supporter son poids. Et puis pouvait-on vraiment parler de poids ? Est-ce que son corps était en bois de balsa ? Elle aurait aussi bien pu flotter.

Elle fit un pas vers les rideaux et toucha le tissu – fin, rugueux, *cheap*, orange, orange, orange...

Pendant les quatre-vingt-dix secondes qui s'étaient écoulées depuis son réveil, elle avait évité d'admettre qu'elle savait parfaitement où elle se trouvait. Elle pourrait essayer de se rendormir, peut-être que tout disparaîtrait. Mais ce rêve-ci ne ressemblait à aucun de ceux qu'elle avait faits. Il était mille fois plus physique. Si son corps dormait, sa conscience ne pouvait l'atteindre – impossible de le rappeler, d'y retourner. Il n'était pas là-bas. Il était bien ici.

Elle tenait toujours le rideau, qu'elle ouvrit d'un geste vif. Le bruit familier des anneaux en métal l'agressa. Ce qu'elle vit par la fenêtre ne fit que confirmer l'inéluctable.

Elle se trouvait au Benedict College, à York.

Elle contemplait la vue depuis sa chambre de première année.

En face d'elle se dressait l'aile nord de l'université en béton gris. Trois étages plus bas, les sentiers serpentaient à travers la pelouse bordée de buissons. Et, juste devant sa porte-fenêtre coulissante, la passerelle qu'elle avait tant détestée – celle qui reliait toutes les issues de secours du troisième étage du bâtiment sud.

Quant à sa vision trouble, l'explication en était encore plus perturbante. Elle retint son souffle : regardant droit devant elle et se fiant à sa seule mémoire musculaire, elle se pencha vers la gauche et tendit la main vers la table de chevet. Là. Ses lunettes. Elle les examina de près. Ses lunettes à monture noire, genre Michael Caine dans *Ipcress, danger immédiat.* Elle en avait besoin parce que son opération au laser de 2005… ne faisait plus effet ?

Elle les ajusta sur son nez et contempla à nouveau Benedict College, qu'elle voyait à présent avec son acuité habituelle. Un étudiant sorti courir de bon matin dans l'allée détourna le regard avec un geste d'excuse. Qu'avait-il vu ? Une femme d'âge moyen portant des lunettes ridiculeusement surdimensionnées ? Elle baissa les yeux pour découvrir son tee-shirt du groupe Ride avec le mec aux rondelles de concombre à la place des yeux, et, en dessous, les genoux, les tibias et les pieds d'une jeune femme.

Ou, plus précisément, d'une jeune femme de dix-huit ans. Elle-même à dix-huit ans.

Elle retourna vers son lit en titubant et tenta de reprendre son souffle.

Le déclic fut le vernis à ongles. Après des « vacances d'adieu » à Poole avec Pete, aussi imprudentes qu'excitantes, elle s'était retrouvée avec un joli bronzage et du vernis turquoise aux orteils – l'un des nombreux cadeaux qu'il lui avait offerts pendant cette semaine après avoir changé d'avis sur leur séparation, pourtant décidée d'un commun accord.

— Les relations à distance, ça peut marcher, Kate ! avait-il affirmé.

Elle avait accepté son cadeau un peu agaçant (elle n'aimait ni le vernis ni le turquoise) tout en maintenant que leur relation était terminée.

— Parfois, il faut savoir lâcher prise, avait-elle dit.

La veille de son départ pour l'université de York, dans un élan sentimental, elle avait appliqué le vernis. Pour dire au revoir à Pete, mais aussi à la compétition sportive. Jamais on n'aurait pu la voir maquillée dans un dojo ou pendant un tournoi. Après avoir fait « karaté » sérieusement, elle se sentait prête à tenter de faire « l'étudiante » et « la femme ». Les règles étaient nettement moins claires. Et elle était en retard sur le programme d'entraînement. Elle s'était escrimée pendant vingt minutes sur ses pieds, qui paraissaient couverts de bleus, avant de se résigner à demander conseil à sa mère. Madeleine avait eu l'air ravie.

— Le moineau quitte le nid mais n'a pas de chaussures !

— J'ai plein de chaussures, maman. Je sais pas me mettre du vernis à ongles sur les pieds, c'est tout.
— Ne me gâche pas mon plaisir, ma chérie.

Dans sa chambre d'étudiante, Kate fixait l'œuvre de sa mère. Elle savait qu'elle n'avait jamais porté de vernis turquoise en d'autres occasions. Elle savait qu'elle l'avait retiré ce jour-là, parce qu'elle ne le portait certainement pas le soir où elle avait rencontré…

Elle leva les yeux et examina la pièce mal éclairée. Les murs sans posters. Les étagères sans livres. La valise ouverte pas encore défaite. Elle était arrivée tard la veille au soir, elle n'avait sorti que sa brosse à dents, son étui à lentilles et – elle vérifia sur la table de chevet –, oui, *Orlando* de Virginia Woolf. Elle le lisait seule au bar de la fac quand il…

Non, ce n'était pas que l'opération au laser avait cessé de fonctionner. Elle ne l'avait juste pas encore subie. Elle vivait dans le passé. C'était sa première semaine à la fac, en octobre 1992.

Ce n'était pas le dix millième jour. C'était le premier jour.

Elle se leva et eut à peine le temps de retirer ses lunettes avant que son visage heurte violemment le sol.

Elle s'éveilla avec un seul mot à la bouche : « Merde ».

On frappait à la porte. Kate sortit du lit. Elle saisit ses lunettes, vérifia qu'elles n'avaient pas souffert de sa chute, les chaussa et tira sur son tee-shirt en sautillant jusqu'à la porte. Le judas était toujours là, toujours prévu pour un type d'une tête de plus qu'elle. Sur la pointe des pieds, elle regarda.

Oh non. La catho australienne de deuxième année qui faisait sa tournée pour recruter les petits nouveaux. Comment elle s'appelait, déjà ? Kate entrouvrit la porte.

— Salut ! Eh ben, tu t'es couchée tard, on dirait ! Tu as l'air chiffonnée ! Je m'appelle Lauren ! Bienvenue à Benedict !

Kate cligna des yeux.

— Bonjour.

— HAHAHA ! Tout le monde est fou à Benedict, tu te sentiras à l'aise.

Lauren parut deviner que la fille aux lunettes excentriques qui venait de tomber du lit ne l'inviterait pas à entrer. Elle retrouva instantanément sa joie de vivre et tendit à Kate une feuille de papier avec quelques informations.

— Bon, je suis juste venue te dire qu'on organise un thé à quatre heures et demie avec tous les nouveaux. Pour rencontrer des gens ? Des gens qui pensent comme toi ? Peut-être des gens avec qui tu ne parlerais pas, normalement ? Ou pas ! OK, alors... à tout à l'heure ?

Kate saisit le morceau de papier grossièrement massicoté. Un thé catho.

— Euh... je pense que... non ? dit-elle en refermant lentement la porte.

Elle entendit un vague soupir d'indignation du côté du couloir puis un claquement de tongs qui s'éloignaient. Kate se souvint que Lauren avait publié dans le journal étudiant la critique d'une pièce de Kes, une critique qui se distinguait par son homophobie latente et son manque de virgules. Comment avait-elle accueilli la sémillante déléguée de l'Union chrétienne vingt-huit ans plus tôt ? Elle s'assit le dos contre la porte, absorbée dans ses souvenirs.

Une question philosophique digne d'intérêt se posait maintenant, et Kate choisit d'y réfléchir plutôt que de hurler de terreur : MAIS PUTAIN ! QU'EST-CE QUI SE PASSE DANS L'UNIVERS ? Elle pourrait remettre ça à plus tard.

Qu'avait-elle fait la dernière fois, la première fois ? Elle avait défait sa valise et mis ses lentilles de contact. Elle avait pris sa douche, s'était habillée et s'était demandé où accrocher ses reproductions du Caravage. Et, oui, elle avait invité Lauren à entrer en prenant soin de la prévenir qu'elle n'avait pas eu le temps d'acheter du thé. Lauren avait jacassé – les Anglais étaient obsédés par les boissons chaudes, c'était charmant ! – puis était repartie.

La question était : Kate venait-elle de changer le cours de l'histoire ? À l'instant, elle s'était montrée malpolie avec Lauren, en tout cas bien plus que la dernière fois. Cela affecterait-il l'humeur de Lauren ? Celle-ci se montrerait-elle plus sèche avec les autres nouveaux ? Ou bien nouerait-elle contact avec eux en critiquant la fille bizarre de la chambre 47 sud ? Quel effet cela aurait-il sur la participation à son thé catho ? Des gens qui s'y étaient rencontrés la première fois ne s'y rencontreraient-ils plus ? Ou du moins plus de la même manière ? Ou peut-être que le premier rendez-vous amoureux aurait lieu dans des circonstances différentes : sous la pluie et non au soleil ; en costard-cravate plutôt qu'en chemise entrouverte ; *Retour à Howards End* au lieu de *Basic Instinct* ? Et pas de deuxième rendez-vous ? Ni de troisième ? Combien de mariages avait-elle défaits ? Combien d'enfants avait-elle empêchés de naître ? Et les enfants des enfants ? Ceux qui inventeraient l'énergie de fusion ou perfectionneraient les technologies de stockage du carbone. Bref, venait-elle de condamner la planète Terre parce qu'elle savait déjà que Lauren était une sale homophobe ?

Allez, tout ça était bien gentil, mais elle était forcément en train de rêver. Kate retira ses lunettes et se gifla.

— Réveille-toi, dit-elle.

Le son de cette voix menaça de déclencher une nouvelle vague de panique : une demi-octave trop haut, étrangère à elle-même et, de toute évidence, au tabac. Elle ne s'était pas mise à fumer pour de bon avant la fin de cette année-là, quand tout le monde enchaînait les pétards après les examens préparatoires. Elle fit un essai :

— C'est moi qui parle.

Dans le couloir, un voisin claqua sa porte et partit dans un tintement de clés.

— Bon, je vais peut-être arrêter de parler comme une folle, murmura-t-elle.

Elle regarda la porte de la salle de bains. Ce serait une épreuve en soi. Un miroir. Elle, jeune. Allait-elle faire une crise cardiaque ?

Sans doute pas, se raisonna-t-elle. Son cœur était à nouveau jeune et en bonne santé, il pouvait presque tout supporter. Du moins physiquement. Son cœur émotionnel, lui, était bien plus âgé – aussi âgé qu'elle pensait l'être. Comment pouvait-elle tout se rappeler ? Son cerveau avait enregistré quarante-cinq années de souvenirs. Ce cerveau faisait partie de son corps et était sujet aux changements. Mais son corps avait retrouvé sa jeunesse tandis que son cerveau était resté le même. C'était impossible. Elle devait rêver. Elle enleva de nouveau ses lunettes et se flanqua une claque, encore plus fort.

Rien à faire. Elle était toujours là. Elle remit ses lunettes et se leva. Ses doigts s'attardèrent sur l'interrupteur de la salle de bains. *Pars du bon pied, Kate*, songea-t-elle avant de retirer sa main.

Son père était vivant. Pas seulement Luke, mais aussi papa.

Quelque part dans ce bâtiment, Luke était en train d'accrocher son poster de Kurt Cobain ou de se diriger vers un magasin de fripes pour acheter sa chemise de grand-père. Et quelque part à Deptford, son père travaillait en torturant poliment ses passagers du dimanche matin avec ses pronostics avisés sur les chances de leur équipe de foot l'après-midi.

Kate remit la main sur l'interrupteur. Allez. Courage. Chaque chose en son temps. Quoi qu'elle fasse par la suite, il fallait qu'elle mette ses lentilles, qu'elle se lave et qu'elle s'habille. Elle alluma et entendit le bruit familier de la ventilation qui démarrait. Elle entra.

Et voilà.

— Oh, souffla-t-elle. Oh, ma parole.

À part sa joue droite rougie par les gifles, sa peau était incroyablement claire. Encore dorée par le soleil d'été, couverte de taches de rousseur. Ses pommettes semblaient étrangement saillantes, comme si elle avait subi une opération.

Non, c'est ce que la chirurgie cherche à reproduire. Je ne suis pas superficielle et ridicule. Je suis juste en bonne santé. Je suis jeune. Ne pas confondre jeunesse et beauté. Tout va bien.

Ses cheveux noirs ondulaient jusque sous ses oreilles – libres, décoiffés. Elle retira ses lunettes et regarda de plus près. Ses yeux étaient du même gris-bleu… mais le blanc ! Le blanc de ses yeux avait de quoi aveugler un Californien. D'instinct, elle releva la manche de son tee-shirt. La cicatrice du BCG ! Le cercle pâle de son injection à l'adolescence était plus net sur les jeunes muscles de son épaule. Elle avait cessé de s'entraîner seulement depuis peu.

Quoi d'autre ? Ce corps lui était à la fois étranger et familier – extraordinairement hors du temps, mais c'était son seul ami à l'instant. Et quoi d'autre ? Quoi d'autre ?

Douchée et pétillante de curiosité, Kate se précipita hors de la salle de bains enveloppée dans une serviette et tira les rideaux. Qu'est-ce qui l'attendait maintenant ?

Elle laissa joyeusement tomber sa serviette et entama une série de vingt pompes, presque sans effort. Elle se redressa d'un bond, cria de joie et se mit à sauter nue, bras et jambes écartés.

— Aïe !

OK, ne plus refaire ça sans soutif. Tu as dix-huit ans, tu n'es pas Silicon Woman.

Elle frappa dans ses mains et rit comme les méchants au cinéma. Quel corps ! L'espace d'un instant, elle eut envie de courir dans toute la fac, de frapper aux portes en hurlant :

— Vous êtes beaux ! Vous êtes tous tellement beaux ! Vous êtes VIVANTS, putain ! Vous n'avez pas idée de ce que ça signifie ! Peu importe que vous ne vous soyez pas entraînés comme des malades pendant des années – vous êtes DANS LA FLEUR DE L'ÂGE ! Balancez vos bouquins et sortez courir ! Ou envoyez-vous en l'air ! Est-ce que c'est toujours comme ça qu'on dit ? Ou bien c'était dans les années 1980 ? Bon, « niquez ». Tout le monde, allez-y, niquez immédiatement ! C'est un ordre ! Croyez-moi, je suis la…

Elle s'effondra sur la moquette, reprit son souffle et croisa lentement les jambes. Elle chuchota :

— Je suis la Fille du futur.

Elle enfonça les pouces dans le creux de ses pieds pour les masser, pensive.

Luke.

Qu'est-ce qu'elle devait faire de Luke ?

Kate se sentit soudain prise au dépourvu, ridiculement nue. Elle se précipita vers sa valise ouverte et y pêcha des sous-vêtements. Elle enfila la culotte la plus confortable qu'elle trouva et attrapa un soutien-gorge. La géographie de ce corps présentait des courbes et des angles inattendus, mais il était joyeusement familier dans ce monde inquiétant. Elle fouilla dans ses vêtements, une vraie malle au trésor rétro.

— J'imagine que toutes les malles au trésor sont rétro, dit-elle, s'habituant à sa nouvelle voix.

Ou son ancienne voix. Sa voix, jeune. Ça allait être compliqué. Elle avait besoin de son journal intime. Pas d'ordinateur portable.

Le carnet. En papier. Oui, évidemment. Oh, bon sang. D'abord, s'habiller.

Elle tomba sur sa minijupe en velours vert.

— C'est une blague !

Pourquoi l'avait-elle apportée ? Comment était-elle vêtue ce premier jour ? Ou, plutôt, ce premier soir. Sa robe chasuble en jean et ses grosses bottes, bien sûr. Quelle importance ? Fallait-il qu'elle porte la même chose ? Car – et elle s'autorisa à se poser *la* question, aussi absurde qu'inévitable…

Elle n'allait tout de même pas essayer de coucher avec Luke ce soir ?

Hein ?

Non… vraiment ?

Non. Non, ce serait trop.

Kate avait envie de profiter encore de son corps pour sautiller. Mais elle avait trop de choses à penser.

Peu importe pour l'instant.

Elle s'habilla, puis son regard atterrit sur son sac à dos. Celui qui contenait son journal intime. Elle le posa sur son bureau.

> Je vais tout faire pareil. Exactement pareil. Sauf que, cette fois, je vais sauver Luke.

Kate remit le capuchon de son stylo à bille rouge et le fit tourner entre ses doigts comme elle en avait l'habitude. Elle compara ce qu'elle venait d'écrire avec l'entrée précédente, celle qu'elle avait rédigée la veille – enfin… la veille vingt-huit ans plus tôt. C'était le même stylo, mais son écriture était devenue brouillonne, trop grande. Elle n'écrivait même plus ses listes de courses à la main. Elle pensait que ces quinze mots lui auraient fait mal au poignet. Il n'en fut rien – les muscles de cette main étaient habitués aux stylos. Cette main pouvait rédiger une épreuve de bac pendant trois heures, ou repousser Pete quand il était bourré. Mais son esprit continuait de croire qu'elle avait quarante-cinq ans et avait donc perdu l'habitude d'écrire à la main.

Elle relut l'entrée précédente.

Oh putain, c'est parti ! Plus qu'une heure avant le train de 18 h 54 pour York. Papa est encore plus stressé que moi, ce gros bêta. Il m'emmène à King's Cross en taxi, comme si je n'avais pas pris le bus un million de fois. Maman chérie a peur que je l'abandonne. Elle écoute de l'opéra à fond, surtout en français. Ah, et elle n'a pas pu s'empêcher d'en rajouter une couche sur Oxford. « Je suis sûre que ce sera merveilleux à York, pas trop exigeant. Quel dommage, quel dommage. » CONNASSE ! Je ne leur ai jamais dit ce qui s'était vraiment passé à cet entretien – que c'était moi qui les avais refusés. En quelque sorte. Enfin bref, pars du bon pied et toutes ces conneries.

Ça va se passer comment ? Qui je vais rencontrer ? Est-ce que je dois leur parler des cours ? Ou de la médaille d'argent ? Laisse tomber. Le sort en est jeté. En route pour l'aventure. Un inconnu ténébreux grand et beau ? Ou bien une fille ? Tout le monde, sauf Pete, croit que je suis une lesbienne refoulée, alors pourquoi pas ? Ce vernis à ongles craint toujours. Quelle grossière erreur. Oh, oh, papa hurle d'en bas qu'il y a de la circulation, faut que je file. À demain pour la suite des « Aventures de Ms. K. J. Marsden dans sa quête maudite de la Normalité ».

OK, donc je suis joyeuse. Je suis joyeuse et optimiste. J'ai dix-huit ans et je suis pleine d'espoir. Pas facile à imiter, mais ça vaut le coup d'essayer. Par ailleurs, j'aime mes parents, mais l'un des deux me fait positivement chier. Voilà qui m'est plus familier.

Elle retira le capuchon de son stylo et se remit à écrire sous la nouvelle entrée.

Je ne sais pas ce qui s'est passé ni ce que je fous ici. Dieu, les aliens, une faille spatio-temporelle ou un coma profond. Cette dernière option est peu probable parce que j'ai seulement bu une demi-bouteille de vin, marché un peu et bien déjeuné. Bon, j'étais aussi au bord du suicide, parano à l'idée que ce cher Charles allait m'envoyer des gros bras pour me casser la gueule, et accablée de tristesse parce que je venais d'insulter et de virer de chez moi un ami très cher, donc... oui, assez stressée, on peut dire. Mais là, c'est trop.

Enfin bon. Je suis là. Complètement et indéniablement là.

Elle s'arrêta pour inspecter le dessous de son avant-bras gauche – pendant qu'elle prenait sa douche, elle se l'était tailladé avec le coin pointu de son étui à lentilles en plastique de façon à s'infliger une douleur telle qu'elle la ferait sortir de son rêve/coma. Évitant soigneusement les veines, elle avait tracé trois lignes parallèles. Elle ne s'était pas réveillée. Ce n'était de toute façon pas ce à quoi elle s'attendait.

Elle continua d'écrire.

Il doit bien y avoir une raison. Pour l'instant, j'ai décidé que c'était sauver Luke. Son méningiome est déjà là. Il faut que je le convainque qu'une tumeur est en train de grandir dans sa tête et qu'elle va le tuer. Mais sans lui donner l'impression que je suis une voyante. Ce qui ne va pas être facile, loin de là. Reprenons au début : pour lui, on ne s'est jamais rencontrés. Nous sommes de parfaits inconnus. Il ne sait pas qu'il est mon mari. Et il n'a pas quarante-sept ans, il en a dix-neuf.

Kate posa son stylo, les yeux fixés sur le tableau en liège vide accroché au mur d'en face. C'était dingue. Mission triplement impossible. Elle sortit de la pièce avec un vertige. Allait-elle s'évanouir à nouveau ? Elle respira. Que ça vienne, alors. Que ça vienne. Elle attendit.

Elle se concentra à nouveau et le courage lui revint. Elle reprit son stylo.

Si quelqu'un peut y arriver, c'est moi. J'ai ces putains de « dons » dont tout le monde me rebat les oreilles. Ils agacent les gens, mais j'arrive mieux à les cacher maintenant. Beaucoup mieux. Je sais des trucs qu'ils ignorent. Ça a toujours été comme ça, et maintenant encore plus. Il faut que je fasse attention. Mon avantage, c'est que j'aime Luke. Ça doit m'aider.

Elle s'arrêta de nouveau. Était-ce vraiment un avantage ? Si elle devait lui sauver la vie, valait-il mieux qu'elle l'aime ? Ou bien serait-ce un obstacle ? Elle chassa cette pensée de son esprit et chercha tout ce qui pouvait jouer en sa faveur. Il y avait une chose qu'elle n'aurait sûrement pas osé écrire quand elle avait dix-huit ans. En fait, quand elle avait dix-huit ans, elle ne le savait même pas.

Et puis je suis belle, ça devrait m'aider.

Elle considéra cette phrase. Venait-elle vraiment d'écrire ça ? Son père le lui avait toujours dit, mais tous les pères disent ça. Pete aussi avait dit ça, mais tous les petits copains disent ça. Toute sa vie, sa mère l'avait assommée de commentaires désobligeants ou de compliments qui ne lui étaient pas destinés : « C'est merveilleux quand les jeunes filles d'aujourd'hui s'habillent de manière vraiment féminine. » Ou bien : « Ne t'inquiète pas, ma chérie. Oui, les hommes se fient aux apparences – et ton père le premier –, mais je sais que tu sauras te mettre en valeur, malgré ces muscles. » Et le sempiternel « Souviens-toi que ton originalité ne te rend pas belle. Mais à mes yeux tu le seras toujours, quelle que soit ton allure ».

Luke lui avait dit qu'elle était magnifique chaque jour, puis chaque semaine, puis chaque mois pendant vingt-huit ans. Elle n'en avait pas cru un mot. Elle était sûre de lui plaire, ce qui n'était pas la même chose.

Mais quelques instants plus tôt, dans la salle de bains, elle avait contemplé son visage avec la compassion et le jugement de son moi plus âgé. La Kate de quarante-cinq ans avait éprouvé le besoin irrépressible de donner à la charmante gamine dans le miroir tout ce qu'elle avait toujours désiré. Elle reprit le stylo.

Cette fille a une mère comme il faut maintenant. On va prendre soin de cette fille. Et de Luke aussi.

Chapitre 8

Kate enfila ses Doc Martens et noua ses lacets. Près d'elle, deux piles de papier qu'elle avait récupérées dans la loge du concierge à son arrivée la veille.

Il faut que je m'habitue à dire « hier soir ». Pas « il y a une vie ».

Elle avait trié les documents : d'un côté les tracts et les flyers colorés des différentes associations, de l'autre les feuilles A4 agrafées au sujet des séminaires et des inscriptions obligatoires. Pas de cours avant lundi. Demain : forum des associations dans le hall central. Ce soir : rencontre avec son futur mari mort. Elle jeta un coup d'œil à toute cette paperasse – ce fut assez pour la décourager.

— Faire la queue, marmonna-t-elle d'un air sombre. Des queues sans fin.

Elle ne savait pas combien de temps elle resterait là. Mais si elle voulait entrer en contact avec Luke et arriver à lui sauver la vie, elle devait se fondre dans la masse, faire les mêmes trucs que les étudiants normaux. Or, ce week-end-là, le truc des étudiants normaux était de faire la queue – pour la carte du syndicat étudiant, la sécurité sociale, la visite médicale et autres formalités administratives. L'attente ne s'arrêterait pas là. À longueur d'année, pendant trois ans : la queue à la cabine téléphonique, la queue à la cantine, la queue devant l'unique distributeur de billets sans frais de retrait, dans le village de Dennington.

Elle était fauchée, comme tout le monde. Elle aurait pu l'être moins, mais elle n'avait pas remis les pieds dans un casino depuis que son père l'avait accusée de faire un mauvais usage de ses talents.

— Tu t'es fabriqué de faux papiers, Kate. C'est illégal. Tu te crois au-dessus des lois ?

— Bien sûr que non !

— Alors ! Pour commencer, tu peux rapporter cette perceuse au magasin de bricolage. Merci, mais je n'en veux pas si tu l'as achetée en trichant.

— C'était au blackjack – tout le monde compte les cartes ! Certains sont plus doués que d'autres, c'est tout !

— Kate, ce n'est pas à ça que sert une mémoire comme la tienne.

— Et ça sert à quoi sinon ?

— Nous aimerions tous le savoir, ma puce. Mais pas à ça !

Elle serra le deuxième double nœud de ses bottes, puis se frotta les yeux, se rappelant qu'elle devait désormais faire attention à ses lentilles de contact.

Ses yeux sans laser. Dix sur dix, c'était pour 2020. Rétrovision. Elle contemplait 1992 par la lunette arrière. Elle devait convenir que ce n'était pas nécessairement le point de vue le plus fiable.

Où était-elle allée en premier ? Avant le petit déjeuner au réfectoire, elle s'était accordé une promenade sentimentale pour se familiariser avec son environnement et penser à – elle soupira – l'avenir.

Elle s'était arrêtée au milieu d'un pont sur le lac du campus et une certaine Vandra avait gâché ce moment en venant se présenter. Elle avait à peine revu Vandra au cours des trois années suivantes, mais elle avait alors pris la peine de discuter dix minutes avec elle, au cas où elle aurait rencontré sa nouvelle meilleure amie. C'était la loterie de la première semaine : vous pouviez donner votre numéro de chambre et échanger avec passion sur vos vacances d'été avec des gens dont vous auriez oublié le nom une semaine plus tard ; tout comme vous pouviez poser votre plateau à la table d'une personne dont vous seriez le témoin de mariage, ou pour les quarante ans de qui vous organiseriez un anniversaire surprise, ou dont les enfants vous appelleraient tata Kate. Ou bien vous pouviez vous retrouver accoudée au bar à côté de l'homme dont vous concevriez le faire-part de décès.

Ce n'est pas une vraie loterie. En 1992, York n'était pas un grand campus. Tôt ou tard, elle aurait croisé la route de Luke. Si ce n'avait pas été ce premier soir, ç'aurait été un autre jour. Mais comment ? Cela aurait-il changé quelque chose ? Quelles étaient les chances pour que ces deux personnes établissent ce lien précis à ce moment-là ? Et au-delà, quelles étaient les chances pour qu'elles soient sur Terre ? Quelles étaient les chances pour qu'il y ait de la vie sur Terre, pour que l'Univers se forme ? L'existence de l'humanité tout entière était si improbable qu'elle prêtait à rire – une folie furieuse. Bizarrement, cette pensée redonna du courage à Kate. Un bug dans la Matrice, un accroc dans le continuum espace-temps : on avait vu des choses plus étranges.

Elle n'avait pas rencontré Luke ni aucun des autres piliers – Amy, Toby, Kes – avant cette soirée-là au bar. Elle suivrait le même itinéraire pour les éviter aujourd'hui. Elle se demanda un instant si elle devait porter un chapeau et des lunettes de soleil pour se cacher, avant de se rappeler qu'aucun de ses amis ne la connaissait.

Luke ne savait pas qui elle était.

— Bon, OK, lança Kate en se levant.

Pour la seizième fois de la journée, elle chercha son téléphone. *Ah, oui. C'est vrai. Qui a besoin d'un téléphone ?*

Textos, e-mails, Internet, Facebook, Twitter, Instagram... Plus rien.

Elle ferma les yeux. *Personne ne sort de sa chambre en regrettant son iPhone. Je suis comme eux. La génération X. C'est nous qui avons inventé la moitié de ces merdes. Je peux y arriver. Je suis avec les miens.*

Elle glissa son vieux portefeuille argenté dans la poche de son manteau sorti des surplus militaires, attacha ses cheveux en queue-de-cheval avec quelques mèches folles devant, comme Sandra Bullock dans un film qui n'avait pas encore été tourné, prit ses clés et sortit.

Trois heures et plusieurs queues plus tard, elle avait l'impression d'être sur un plateau de tournage et que le réalisateur n'avait pas lésiné sur les détails « années 1990 ». Tout faisait tellement 1992. Trop de permanentes, trop de garçons avec des tee-shirts Ned's Atomic Dustbin sur des pulls à manches longues, trop de maillots de rugby et de franges en rideau, trop de filles en jupe crayon jusqu'aux chevilles (des étudiantes en lettres), trop de boucles d'avant-les-lisseurs-électriques, trop précisément le bon nombre de gothiques à cette heure de la journée (aucun), trop de fleurs du groupe James partout, trop d'étudiants qui dessinaient des guillemets en l'air en parlant, trop de Pearl Jam et de « Rhythm is a Dancer » qui s'échappait des fenêtres, des radios ou des gros lecteurs CD.

Elle approchait de Dennington – le petit village pas tout à fait digne d'une carte postale qui bordait le campus. Là, dans cette Angleterre rurale sans étudiants, les réalisateurs semblaient avoir pris leur pause-déjeuner, et les années 1980 affleuraient. De grosses paraboles blanches s'alignaient sur les terrasses les plus neuves, des nains se dressaient fièrement dans les jardins bien tenus des maisons riches. Les plus pauvres vivaient dans des maisons collées les unes aux autres, aux façades en brique nue. Deux tribus anglaises, songea Kate – la récession avait été dure pour beaucoup. Mais il n'était pas question de conflit des cultures ni de racisme. Margaret Thatcher était partie, John Major gouvernait depuis deux ans, et il lui en restait cinq. La Grande-Bretagne entrait dans un âge d'or d'ennui extrême. Désagréable de bien des manières, mais soucieuse de vérité. Quasiment aucun progrès, mais très peu de régressions. Sur le point de bousiller le transport ferroviaire, mais pas encore les fondements constitutionnels du pays ni ses relations avec l'Europe comme avec le reste du monde. Bref : de la grisaille avec quelques éclaircies – la météo rasante d'une démocratie qui fonctionne.

Elle examina les journaux dans la devanture du kiosque : ils étaient encore en grand format, imprimés en noir et blanc. L'IRA faisait exploser des bombes à Londres. Le gouvernement fermait les dernières mines de charbon et brandissait la menace de coupes budgétaires à cause de la crise financière. Boris Johnson n'était qu'un journaliste frivole, pas encore un Premier ministre frivole. Kate supposa que la tribune fort remarquée qu'il venait de publier dans le *Daily Telegraph*, où il accusait « l'Europe » de dicter la forme de « nos » bananes, tentait déjà de pénétrer par surprise une nation endormie. Elle se demanda vaguement si on l'avait envoyée dans le passé pour étrangler ce sale menteur. Sans doute pas.

Et l'odeur de l'air au passage de chaque Astra et de chaque Sierra : essence au plomb. Délicieuse nostalgie toxique. La moitié des voitures traînaient dans leur sillage une languette de caoutchouc : une façon de s'immuniser contre le mal des transports que beaucoup d'automobilistes du pays plébiscitaient – avant de changer discrètement d'avis quelques années plus tard. À part ça, il régnait le calme étrange d'un village proche d'un campus universitaire, la douceur de cette journée d'octobre contrariée par le ciel d'asphalte du Yorkshire.

Elle remarqua pour la première fois les terrains vagues entre les maisons les plus anciennes ; les relents de fumier que le vent portait d'une ferme voisine ; la tondeuse manuelle qui rouillait dans un jardin à l'abandon, recouverte par les orties et les primevères ; l'écho plaintif d'un camion de glaces qui jouait *O sole mio* au loin. Était-ce le passé, ou juste la campagne ?

Elle était une Londonienne. Elle aimait par-dessus tout la vue sur sa ville du Lambeth Bridge. Mais ça aussi, c'était quelque chose. York était sa deuxième maison. Elle autorisa son cœur à aimer à nouveau un peu cette ville. Mais pas trop – elle avait du pain sur la planche.

Kate sortit son portefeuille en approchant du distributeur. Son compte en banque était sûrement dans le rouge. Mais les prix très abordables que pratiquait le café à côté de la bibliothèque devaient lui permettre de tenir jusqu'à ce que sa bourse tombe.

Une bourse. Tu m'étonnes que la génération Z nous prend pour des privilégiés.

À l'instant où sa carte disparut dans la fente, elle se rendit compte qu'elle ne connaissait pas son code. Elle en avait changé plusieurs fois, pour chacune de ses cartes, en se moquant de ces crétins qui gardaient le même d'une année sur l'autre. Elle contempla les quatre tirets vides avec perplexité.

— Oh merde, dit-elle à voix haute. Ils sont où, maintenant, tes superpouvoirs de mémoire, ma vieille ?

Elle entra la date du *Reform Act*. Raté. Elle essaya l'année de naissance de Jane Austen. Non plus. Elle sentit une présence derrière elle souffler d'impatience.

Soudain, l'inspiration : l'anniversaire de Luke ! Le mois et l'année, évidemment. Elle tapa 1072.

VOUS AVEZ COMPOSÉ TROIS CODES ÉRRONÉS. VOTRE CARTE EST RETENUE PAR MESURE DE SÉCURITÉ. VEUILLEZ CONTACTER VOTRE AGENCE.

Non, comprit-elle. Ça ne pouvait pas être l'anniversaire de Luke. Elle ne l'avait pas encore rencontré.

Elle chassa le chagrin qui refaisait surface et hurla à la machine :

— Quoi ?! Mais qu'est-ce que tu racontes ?! Comment tu veux que je me rappelle un numéro comme ça, au milieu de toute cette merde ? Va te faire foutre !

Elle arma son bras droit, et elle dut faire appel à toute sa discipline pour ne pas l'abattre sur l'écran.

— Vas-y, ma belle ! Je suis passée par là ! Éclate-le.

Une voix dans son dos, très familière.

Kate pivota sur ses talons.

— Mais me frappe pas, Musclor ! Du calme.

Une frange. Amy portait une frange. Et Kate s'évanouit.

— Elle s'est évanouie comme une vraie demoiselle. Je me suis demandé : « Ben merde, j'ai dit quelque chose qu'il fallait pas ? »

Kate choisit de ne pas ouvrir les yeux. Elle entendit une deuxième voix, masculine.

— Elle est drôlement lourde, dis donc. Sacrément musclée. C'est une sportive, à mon avis. Ça se voit qu'elle est en forme. Et pas qu'un peu !

— Oui, d'accord, merci pour ton aide… Freddie ?

— Ouais, tout à fait. Freddie.

— OK, mon chou, merci pour ton aide mais je vais m'occuper d'elle maintenant.

— Je peux tout à fait rester. Elle a peut-être besoin qu'on lui fasse du bouche-à-bouche, non ?

Kate perçut un silence de lassitude.

— Tu as été très gentil, Freddie, mais ma sœur est infirmière et je sais deux, trois trucs. Je vais m'occuper d'elle maintenant.

— Toi aussi, t'es en forme, Amy.

— Freddie, mon chou, va te faire voir.

— Bon, d'accord.

Kate se réveilla dans un ricanement, qu'elle tenta de dissimuler en toussant.

— Ah, le monstre du lochness s'éveille, commenta Freddie qui se dressait au-dessus d'elle, vêtu d'un maillot de rugby bicolore divisé en quatre carrés. Je tire ma révérence.

— Merci beaucoup de m'avoir aidée à la porter, mon grand.

— À ta disposition, Amy.

Freddie. Deuxième année. Enjoué. Rugby et géographie. Pas le mauvais bougre, mais il profite des crises pour essayer de tirer un coup.

— Quand tu veux, Amy. Quand tu veux, conclut Freddie avant de s'en aller enfin.

Kate tourna un regard endormi vers son amie.

Amy, dix-huit ans, était une parodie d'elle-même, comme si vingt-huit années de vieillissement n'avaient été qu'un effet sophistiqué de maquillage et de coiffure, qu'elle aurait retiré pour laisser place à l'essence d'Amy. Sa période pré-All Saints, bien sûr. Son haut court camouflage, son piercing au nombril, ses cheveux noirs sans teinture qui tombaient sur ses épaules. Kate sourit, son amie aussi.

Amy parla la première.

— Eh ben alors ? C'était quoi, cette scène ? On aurait dit que tu venais de voir un fantôme.

— C'est pour tout à l'heure, marmonna Kate.

— Quoi ?

— Rien.

Elle s'assit et tenta de reprendre ses esprits.

— Désolée. Je sais pas ce qui s'est passé. Un truc bizarre. Je m'appelle Kate.

— Enchantée de faire ta connaissance, Kate. Bois un peu d'eau. Je m'appelle Amy.

Kate accepta la tasse « Génération Pub » qu'elle lui tendait et but. Elle inspecta la pièce.

— Ta chambre est la même que la mienne, mais tu as réussi à l'embellir.

— Tu es ici, toi aussi ?

Kate désigna la fenêtre d'un hochement de tête.

— Bâtiment sud, là-bas. Chambre 47.

— En tout cas, tu sais faire une entrée.

Kate rit.

— Désolée. Qu'est-ce que tu dois penser ? Putain… je me suis effondrée comme…

Elle eut envie de dire « cette présentatrice météo de la BBC sur YouTube en 2016 », mais opta rapidement pour :

— … Mme Bovary.

Sans doute parce qu'elle savait qu'Amy étudiait la littérature française.

— Ah, tiens ! Un truc intéressant : en fait, elle ne s'évanouit pas. Justin oui, mais pas Emma.

Kate vit l'occasion de nouer un lien.

— Emma Bovary est un peu stupide, tu ne trouves pas ?

— Je crois qu'elle est censée être un peu stupide de manière attachante, mais honnêtement je ne la supporte pas.

— Tu as raison ! Je ne savais pas que tu pensais ça !

Amy la regarda d'un air interrogateur. Kate remplit ce blanc par des politesses de circonstance. Elle passait sans arrêt de son accent natal de Deptford à ses intonations de classe moyenne qu'elle avait acquises par la suite.

— Merci beaucoup. Amy, c'est ça ? C'était vraiment très gentil de ta part.

— Pas de problème, mon chou.

Kate sentit les yeux d'Amy posés sur elle tandis qu'elle buvait une nouvelle gorgée d'eau et inspectait la chambre, l'air gênée.

Soudain, Amy se leva.

— Bon, repose-toi. Je ne bouge pas pour l'instant.

Amy rangea son bureau sans conviction, puis s'immobilisa. Tournant toujours le dos, elle parut se résoudre à quelque chose. Elle fit face à Kate et reprit place au chevet du lit, arrangeant une mèche derrière son oreille et se raclant la gorge.

— Bon, Kate, je ne te connais pas, alors dis-moi d'aller me faire foutre si je dépasse les limites, commença-t-elle en adressant à Kate un regard franc et intelligent. Je n'ai pas pu m'empêcher de remarquer que tu t'étais fait du mal.

Les yeux d'Amy se dirigèrent vers l'avant-bras de Kate. Les trois entailles parallèles de ce matin.

Kate posa la tasse sur la table de nuit et couvrit instinctivement ses blessures.

— Ah, ouais, non – ce... ce n'est pas ce que tu crois.

— Je sais bien ce que c'est, mon chou, je suis passée par là, moi aussi.

— Non, c'était un accident.

— Un accident avec un tigre à dents de sabre ?

— Non, un accident avec...

Avec quoi ? Une fourchette ? Un écureuil enragé ? Un ananas farceur ? Impossible. Kate se tortilla dans le lit et se mit debout. Amy se leva à son tour.

— Oui, tu as raison, admit Kate. Je n'ai pas envie d'en parlcr. Bon, tu as été très gentille et…

— Écoute-moi !

Amy était impressionnante comme jamais : les mains sur les hanches, ses sourcils soigneusement épilés froncés comme ceux d'une prof, un pied légèrement en avant.

— C'est toi qui vois. Je te dis que je suis passée par là. Il y a des gens à qui tu peux parler. Qui peuvent t'aider.

Kate reculait vers la porte d'un air contrit, mais en entendant ces mots, elle s'arrêta. Elle se redressa et lança une phrase comme on lance un couteau.

— Putain, toi, tu changes pas, hein ?

Amy fut estomaquée par le caractère délirant et saugrenu de cette remarque et par le ton venimeux de Kate. Elle garda les mains sur les hanches, mais changea de pied et pencha la tête.

— Non mais, pour qui tu te… ?

Kate l'interrompit.

— J'ai pas besoin de ça. J'ai besoin de personne. Je ne me fais pas « du mal ». Je vais bien. Comme toujours – et j'irai toujours bien…

Sa voix finit étouffée par la tristesse, la honte et le désespoir de ce mensonge. L'expression d'Amy s'adoucit et elle eut un geste qui menaçait de se transformer en embrassade.

Kate prit son manteau et sortit.

Tête baissée, elle fonça jusqu'à sa chambre.

Ah oui, ça s'est rudement bien passé. Bien joué, Kate.

Elle traversa un autre pont sur le lac du campus, au ras de l'eau, recouvert de dalles de béton espacées de quelques centimètres. Elle compta ses pas. Attention aux trous. Les trous risquent de te démasquer.

Des oies. De stupides oies partout. C'était le genre de détail dont les anciens élèves de York se souvenaient avec un peu de vague à l'âme une fois qu'ils n'avaient plus les chaussures maculées de merde d'oie. Elle songea à faire demi-tour pour aller foutre un coup de pied au cul à l'une de ces saloperies. Pourquoi avait-elle été si méchante avec Amy ? Était-ce devenu une habitude ? Sa nouvelle façon de faire ? Quel que soit le siècle, quand Amy lui proposait de l'aide, elle devait s'attendre à se faire vertement insulter ? *Non mais c'est quoi, mon problème ?*

Ça avait été une page blanche. Un nouveau départ. Maintenant, sa meilleure amie était prévenue contre elle, elle se méfierait de cette fille qui tombait dans les pommes, qui se montrait impolie, qui piquait des colères… cette fille *malade*. Et qui voulait se tuer. C'était effectivement le cas, dans son ancienne vie. Mais maintenant… Kate ralentit le pas.

Maintenant… elle n'avait plus envie de mourir.

C'était plutôt… bien ?

Elle atteignit la berge et s'arrêta. Oui, c'était bien. C'était bien, mais elle n'avait personne avec qui le partager. Personne ne la connaissait. Elle se retourna et observa une petite famille d'oies qui s'aventurait sur le lac.

Non.

Non, ce serait insupportable.

Mais merveilleux.

Allez. Pars du bon pied.

Elle trouva la rangée des trois cabines téléphoniques à leur place habituelle devant la salle des étudiants de première année. Maintenant qu'elle devait passer tout à fait inaperçue pour éviter Amy, elle attendait qu'un téléphone se libère et fixait ses ongles rongés, regrettant de ne pas avoir de portable sur lequel jouer. Mais si elle avait eu un portable, elle n'aurait pas fait la queue pour téléphoner.

L'étudiante devant elle termina son appel. Elle était tellement banale que Kate ne se rappelait même pas son nom. Quand elle passa, Kate aperçut son visage baigné de larmes et éprouva une pointe de regret. La première fois, elle n'avait pas compris quel besoin les première année avaient d'entendre une voix familière après moins de vingt-quatre heures. Sa situation était différente à présent, mais un peu plus de gentillesse n'aurait pas été de trop à l'époque. *Ce ne sont que des gamins. Certains ne sont jamais partis de chez eux. Ils ne connaissent personne, ils ont peur, bien sûr qu'ils veulent parler à leurs parents.* À une différence près : quand les étudiants appelaient chez eux en 1992, la plupart ne parlaient pas à leur père mort en 2001.

Elle prit une inspiration. Si sa chère mère décrochait, elle pourrait s'en sortir. Mais ce n'était pas ce qu'elle espérait. Elle consulta sa montre. Près de deux heures, un samedi après-midi. Madeleine devait être chez une amie, avec qui elle passerait dix minutes à ne pas oser ouvrir une bouteille de rosé avant de s'en descendre chacune une. Mais Bill… Si Millwall jouait à domicile, il serait en train de regarder le match à l'Old Den avec Keith. Sinon, il serait soit au travail, soit devant un autre match à la télé. Selon les calculs de Kate, il ne lui en voudrait pas de l'avoir appelé. À moins qu'il soit en train de regarder West Ham se faire laminer. Mais dans ce cas, aucun problème, il ne répondrait même pas au téléphone.

Elle décrocha le combiné et composa le 100.

— Ici l'opérateur, quel numéro voulez-vous appeler ?

— Bonjour, je voudrais passer un appel en PCV.

Kate donna le numéro et attendit la communication. Elle entendit la sonnerie au bout de la ligne. Le « nouveau » téléphone vert avec des boutons à la place du cadran et un *driiin* électrique comme un criquet en colère – celui dans le couloir en bas de l'escalier, sur la petite table ancienne que Madeleine avait achetée et Bill avait calée avec une enveloppe pliée.

— Allô ?

En entendant la voix de son père, Kate posa la tête contre la cloison de bois qui séparait les cabines. Elle ferma les yeux. Ce son lui fit l'effet d'un verre de lait chaud bonifié d'un soupçon de morphine. Elle se sentait agréablement étourdie.

— Vous avez un appel en PCV de York. Acceptez-vous les frais ?

— Oui, s'il vous plaît.

Ne t'évanouis pas, ne t'évanouis pas, ne t'évanouis pas.

— Merci. Vous êtes en ligne.

Kate entendit le clic de l'opérateur qui raccrochait. Elle rouvrit les yeux mais parvenait à peine à respirer.

— Kate ? Allô, Kate, c'est toi ?

— Papa, articula-t-elle.

Son père marqua une pause, étonné. Elle ne l'avait pas appelé depuis qu'elle avait neuf ans.

— Tout va bien, ma puce ? Il s'est passé quelque chose ?

Elle ne voulait surtout pas l'inquiéter. Elle serra les dents et bloqua une moitié de son cœur pour laisser l'autre moitié éprouver la chaleur. Elle se visualisa attaquée par une meute d'hyènes sauvages.

— Nan, ça va, il s'est rien passé. Je voulais juste entendre ta... te dire bonjour.

— Eh ben bonjour ! Je t'ai accompagnée à la gare seulement hier. Pour être honnête, on ne pensait pas avoir de tes nouvelles avant Noël. Mais ça me fait plaisir de t'entendre, hein. Tu es sûre que tout va bien ?

— Qu'est-ce que tu fais ? J'interromps pas un match ?

— Non, ma puce. Enfin si, mais il était nul, j'avais éteint. Je lisais un peu. Dr Francis Fukuyama, s'il te plaît. *La Fin de l'Histoire et le Dernier Homme*, ça s'appelle. Tout neuf. Ça sent encore le papier sorti de l'usine.

— Pourquoi tu les achètes en grand format, papa ?

— Ils durent plus longtemps.

Il n'avait pas tort. Kate avait hérité de ce livre parmi d'autres quand sa mère avait emménagé dans une maison plus petite. Lors de la brocante à l'église, elle avait choisi de ne pas s'en séparer.

— Et de quoi ça parle ?

— Apparemment, pour lui la guerre froide est terminée et on a gagné, donc tout le monde s'accorde sur le fait que la démocratie libérale est le meilleur système et ce n'est plus la peine de se disputer, donc fin de l'Histoire. Qu'est-ce que tu en penses ?

— Je pense que l'Histoire a d'autres idées en tête.

— Bien vrai. On dit que demain n'arrive jamais, mais c'est arrivé hier, non ?

Kate rit. Il y eut un silence et elle sentit que Bill était encore surpris de son appel.

— Bon, je vais te laisser, dit-elle. Je voulais juste te dire bonjour. Je viendrai peut-être vous voir un peu plus tôt que prévu.

— D'accord, ma puce, ça nous fera plaisir.

Nouveau silence.

— Tu te fais des amis, hein, ma puce ?

— Ouais ! Bien sûr. Plus qu'il n'en faut.

— Tant mieux. Ne tombe pas enceinte.

— Ce n'est pas du tout dans mes projets.

— Content de l'apprendre. Je suis trop beau pour devenir grand-père.

Kate sourit. Elle était à court d'hyènes mentales à combattre. Elle n'y tint plus. Elle aurait voulu dire : « Tu me manques », mais elle n'osa pas. Ni : « Je t'aime. »

Elle parvint cependant à garder une voix suffisamment ferme pour dire :

— À bientôt, alors. Prends soin de toi.

— Toi aussi, ma chérie. Appelle quand tu veux.

— D'accord.

— Je suis toujours là.

—…

— Kate ?

— Oui. Je sais. Salut.

— Salut, ma puce.

Kate raccrocha et s'effondra sur le sol de la cabine, le visage entre les mains. À combien d'autres morts allait-elle devoir parler aujourd'hui ? Un seul, espérait-elle.

Un espoir un peu compliqué.

Bientôt, elle remarqua un inconnu (du moins croyait-elle) accroupi à ses côtés. Elle leva les yeux, et ses sanglots se transformèrent en un rire étouffé. *Mais bien sûr. Qui d'autre ?*

Kes, inquiet et ridicule dans son jean rouge, ses chaussettes dépareillées choisies avec soin et sa chemise à fleurs avec un col années 1970. Son humeur fit volte-face tel un taxi au fond d'une impasse. Comme Amy, il paraissait fraîchement repassé, encore sous plastique, mais le rajeunissement de son visage était moins spectaculaire si l'on savait d'avance qu'il y injecterait du Botox en quantité dès ses trente ans.

— Tout va bien ? Des mauvaises nouvelles à la maison ?

Kate tendit la main et il l'aida à se relever.

— Merci. Non. Non, en fait c'était une très bonne nouvelle. C'est l'émotion…

— Ne me dis rien… Une cousine éloignée que tu as toujours détestée vient de gagner au loto, elle va tout claquer pour acheter un appart à Biarritz juste à côté du tien et te gâcher tes vacances ?

— Voilà, exactement.

Kate se brancha aussitôt sur la même longueur d'onde : elle adorait jouer les langues de pute imaginaires avec Kes.

— C'est Marcia tout crachée. Elle va mettre des guirlandes lumineuses partout. Quel mauvais goût.

Le visage de Kes s'éclaira de surprise.

— Ouais. C'est quoi son problème, à ta cousine Marcia ? Ça fait des années que tu le lui dis, mais elle t'écoute jamais.

À côté de Kes, Kate reconnut un étudiant un peu blême qui ne comprenait pas. Il se balança d'avant en arrière pour rappeler sa présence à Kes.

— Oh, désolé. Moi, c'est Kes, et voilà Jordan.

— Jury, dit Jury.

— Désolé. Jury.

— Moi c'est Kate.

Elle leur serra la main.

— Je dois passer un coup de fil à mon tailleur dans Savile Row, mais ensuite que dirais-tu d'aller boire un gin dans le centre ? proposa Kes.

Puis, sans pitié pour Jury, il ajouta à son intention :

— Mon cher, peut-on repousser notre rendez-vous ? J'ai l'impression que Kate a besoin de toute mon attention. Tu sais comment c'est, avec Marcia.

Jury ouvrit la bouche, il se demandait visiblement qui était cette Marcia et de quelle façon elle venait d'annuler la pipe qu'on lui avait proposée dix minutes plus tôt.

— Mais on se retrouve tout à l'heure au bar, n'oublie pas de me le rappeler, conclut Kes.

Avant que l'autre puisse objecter, Kes prit le joli minois de Jury entre ses mains et lui dit d'un ton pressant :

— Je veux apprendre à mieux te connaître. Bien mieux. Tu promets que tu seras au bar ?

— Euh… OK !

Là-dessus, Kes l'embrassa légèrement sur la bouche. Le garçon sourit en rougissant.

— À plus tard, mon chou.

Kes hocha la tête avec une autorité sans équivoque : le garçon, un peu plus jeune que lui, devait maintenant partir. Ce qu'il fit.

Kate regarda le jeune homme s'éloigner. Si, en 2020, un baiser entre hommes restait plus courageux que les bien-pensants aimaient le croire, en 1992, Kes faisait un geste politique, même sur un campus universitaire. Elle regarda Kes avec admiration mais dit :

— Prédateur.

— Je sais. Dieu merci, tu étais là pour me sauver.

Kes entra dans la cabine et chercha des pièces dans sa poche.

— Je parlais de toi.

— Moi ?! Oh, Kate, comment peux-tu dire une chose pareille ? Après tout ce temps ?

Il lui adressa un clin d'œil et leva un index comme pour dire : « Je n'en ai pas pour longtemps », avant de déposer une de ces énormes anciennes pièces de 50 pence dans la fente et de composer le numéro avec soin. Elle recula de quelques pas pour lui laisser un peu d'espace.

Tout allait de travers. Elle avait rencontré Amy trop tôt, et maintenant Kes. La première fois – ce soir-là, au bar –, Kes l'avait superbement ignorée. Il exerçait ailleurs ses talents incontestables pour se lier d'amitié au premier contact. Maintenant, il plaisantait sur leur prétendue intimité de longue date. Tout ça parce qu'elle avait joué le jeu en sortant le prénom Marcia et en se moquant de son mauvais goût.

Le vent lui souffla les bribes d'une conversation en gallois. Kes s'exprimait d'un ton tendre et joyeux, et elle devina à qui il parlait : à son grand frère David, qui avait passé la moitié de leur enfance en maison de correction. Dans quelques années, le succès de Kes à la télé lui permettrait de financer les études de David, et la situation de celui-ci s'améliorerait. En attendant, Kes donnait son temps et son attention au frère qu'il idolâtrait mais dont il avait réussi à ne pas suivre la voie. Kes avait su se rendre indispensable, et ça avait fonctionné. Kate s'en émerveilla : le début d'un *happy end.*

Kes raccrocha sans tarder. Il frappa fort dans ses mains.

— Très bien !

— Comment allait ton tailleur ?

— Hein ? Oh, il est bouleversé. Je voulais une veste lamé or pour les Oscars, mais il a vendu la dernière à Keanu Reeves, et il est en rupture de stock. Il est effondré.

— Tu ne veux pas appeler Keanu pour lui demander si tu peux emprunter la sienne ?

Ils se mirent en marche vers le centre.

— C'est une idée charmante, Kate, mais il est de notoriété publique que Keanu est de droite et violemment homophobe. N'y pense même pas.

— Et il déteste les Gallois en particulier, c'est ça ?

— Il nous déteste passionnément. Il vient à Porthcawl pour jouer au golf, enfin c'est ce qu'il dit… Tu sais que Keanu est passionné de golf, n'est-ce pas ?

Kate imagina Keanu Reeves avec une visière et un pantalon blanc. Elle retint un éclat de rire.

— Non, je ne savais pas.

— Oh, mon Dieu, il ne vit que pour le golf. Mais évidemment, il ne le pratique qu'au pays de Galles et, la nuit venue, il se déguise pour pouvoir tous nous tuer à mains nues, un par un.

Ah, la joie simple d'écouter Kes raconter des conneries. C'était sûrement le meilleur des remèdes.

— Et il se déguise en quoi ?

— C'est un sujet de controverse. Certains prétendent qu'il porte la robe de mariage de sa mère, avec un voile, mais je crois qu'ils ont vu trop de films d'horreur. Selon moi, il s'agit d'un affreux malentendu. Il nous déteste certes, mais il veut aussi nous aider. Je crois que son rôle dans *Dracula* est à l'origine de sa psychose. Il souffre d'un conflit intérieur, tu vois ? Il essaie de nous soigner par l'imposition des mains, mais il ne maîtrise pas sa force. Et c'est là que les cadavres commencent à s'entasser. Tout à fait fâcheux.

— Et tu es ici à cause de ça ? Pour échapper à l'étreinte mortelle de Keanu ?

— Oui. Et aussi parce que ces cons d'Oxford n'ont pas voulu de moi.

Kate gloussa.

— Pareil.

— Ah, une autre recalée.

Kes lui tendit son bras. Elle le prit.

— C'est quoi, ton excuse ?

Kate se sentait soulagée d'être sur ce terrain familier. Parler du passé avant 1992, sans pièges spatio-temporels à éviter.

— Bon, Oxford, commença Kate, ravie de raconter la vérité. J'ai eu la trouille et j'ai insulté le prof pendant l'entretien.

— Oh putain, raconte-moi ça tout de suite.

— Je suis informaticienne de cœur, et l'enseignant a trouvé que c'était un peu compliqué.

— Parce que tu as l'outrecuidance de posséder un vagin ?

— J'espérais que ce n'était pas ça, mais si, exactement.

— Un prof d'Oxford sexiste. Incroyable.

— Il avait peur à cause des hobbies que j'avais indiqués sur mon formulaire de candidature.

Kes s'amusait.

— Moi, j'ai mis un tas de mensonges. Mais j'imagine que toi, tu as dit la vérité.

Kate le prit comme un compliment. Bon sang, il lui avait manqué.

— Exact. J'ai parlé de mon goût pour le karaté.

— Ah, les arts violents. Tu t'y intéresses en amateure ? Est-ce que tu…

— Je suis ceinture noire, septième dan, médaille d'argent aux championnats du monde.

La Kate de dix-huit ans ne l'aurait jamais affirmé aussi franchement. Elle vit Kes encaisser le choc. Il la regarda pour la première fois depuis quelques minutes, un large sourire découvrant ses dents.

— Qui a eu la médaille d'or, sale loseuse ? se contenta-t-il de dire.

Kate rit.

— Elle s'appelle Mischa Filatova. Très sympa, on est correspondantes depuis… Enfin on est toujours en contact. Mais les Hongrois dopaient leur équipe jusqu'aux yeux. La pauvre ressemblait à Tom Selleck.

— Et notre ami d'Oxford a trouvé ce succès insupportable.

— Il a été d'une agressivité étonnante pendant une demi-heure. Un prof d'informatique avec un bouc et une tache d'œuf sur la cravate. À la fin, il a suggéré l'idée d'un bal masqué où je me déguiserais en Miss Piggy parce qu'elle aussi fait du karaté.

— Et tu as pris son badinage au mot.

— Je lui ai dit qu'il devrait s'implanter plus de poils au menton pour se déguiser en trou du cul.

Kes ferma les yeux pour savourer ce qu'il venait d'entendre.

— Oh, Kate, je crois que nous allons être très bons amis.

Kate retourna dans sa chambre vers dix-sept heures après quelques martinis au gin avec Kes au bar du Théâtre royal. Aucune de ses trois cartes de crédit ne fonctionnant à cause de ses découverts, il avait fait un chèque en bois pour l'occasion. Ils avaient plaisamment discuté, tels deux aristocrates en goguette parmi le petit peuple, ou dans ce cas précis les retraités aisés de York qui se délectaient d'une pièce d'un dramaturge confidentiel. Elle se souvint que Kes avait l'art de faire ressortir chez elle ses défauts les plus drôles. Des années à surveiller son vocabulaire pour ne donner à personne l'occasion de lui dire qu'elle « pétait plus haut que son cul » s'effaçaient quand elle médisait avec ce bisexuel hilarant classe-ouvrière-qui-se-donne-des-airs. Il tenta même vaguement de la draguer.

— Dame Katherine, je n'ai pas encore vingt et un ans, mais je dois vous avouer que je ne poursuis pas les seuls plaisirs de la bite. Je ne suis pas étranger aux charmes de la VOULVE.

— Sieur Keven de Newport, j'apprécie la délicatesse de votre proposition. Mais il se trouve que ma VOULVE est promise à un autre.

— Un autre ?! Comment est-ce possible ? Qui est ce mufle si importun ? Dois-je le défier en duel à mort pour l'occire céans ?

— Frisbee à l'aube ?
— Frisbee à lames de rasoir, quand il voudra.
— Aïe. Difficile à lancer.
— Je n'y avais pas songé. Mais, si je puis être sérieux, êtes-vous fiancée ?

Kate sourit dans son verre.

— Keven, il faut garder quelques secrets entre nous. Sinon, cela devient assommant, ne croyez-vous pas ?

Kes était pris au piège entre sa curiosité insatiable et la menace de paraître ennuyeux. Leurs verres s'entrechoquèrent.

— À l'amant de Kate, qui qu'il soit. J'espère qu'il ou elle t'aime.
— Oui, répondit Kate. Il va m'aimer.

Elle s'assit sur son lit, contempla sa valise encore pleine et s'allongea aussitôt. Elle retira son collant et sa robe, qui la gênaient. *Un jean et un débardeur tout à l'heure. Mets-toi à l'aise. Mmh, je suis un peu bourrée. Ce corps-ci n'est pas alcoolique.* Les deux gins qui lui tenaient d'ordinaire lieu de petit déjeuner bouillonnaient dans ses veines avec une puissance oubliée.

Ses pensées revinrent à Luke, et elle s'interrogea sur le paradoxe du voyage spatio-temporel et de la monogamie. Repousser Kes n'avait pas été difficile parce qu'il ne l'attirait pas. Mais d'autres problèmes allaient se poser.

Elle renifla avec force et s'assit. En théorie, elle était doublement célibataire. Elle ne devait pas fidélité à Luke, soit parce qu'il était mort et elle veuve, soit parce qu'elle était jeune et ne l'avait pas encore rencontré. Mais ce n'était pas si simple. Elle ne pouvait pas mettre de côté la réalité émotionnelle de leurs vingt-huit années ensemble. Ils n'avaient pas divorcé. Ils étaient ensemble. Il était mort, mais maintenant il était vivant. Son mari était vivant. Et elle pouvait le sauver. Elle avait retrouvé ce qu'elle avait perdu.

Le seul problème était qu'il ignorait qu'il était perdu.

Kate se rejeta sur l'oreiller.

Je vais y aller doucement. Je vais y aller doucement. Quand Luke entrera dans le bar... je resterai de marbre.

Chapitre 9

Elle faisait les cent pas devant la salle comme si elle était revenue sur la scène d'un crime.

Le bar de Benedict College ressemblait au salon d'embarquement d'un aéroport dans lequel les malheureux passagers se résignaient à patienter grâce à un mélange très britannique de flegme et d'alcool. La pièce formait un L, dont la barre horizontale constituait le coin « non-fumeurs » d'un autre temps, à la moquette impeccable. Dans la barre verticale du L, du carrelage fendu, une guirlande lumineuse et du formica rayé semblaient se disputer la scène. Le long des murs couleur crottin de cheval, une galerie de box abritaient des banquettes en skaï rouge et de petites tables brinquebalantes qui faisaient chavirer à coup sûr le moindre verre. Les chaises avaient perdu leurs patins en feutre depuis des lustres, et – jusqu'à ce qu'on apprenne à ne plus y faire attention – le bruit de leurs centaines de pieds métalliques sur les « tomettes » donnait l'impression insupportable de se trouver dans un cabinet de dentiste. Dans un décor pareil, on ne s'entendait pas penser et on ne percevait plus que des relents de tabac et de bière éventée. Kate s'y sentit aussitôt chez elle.

Elle eut envie d'aller s'asseoir dans la partie non-fumeurs, mais se rappela qu'à dix-huit ans on n'était pas censée s'installer au calme dans un fauteuil confortable. Plus tôt, en passant devant un magasin de chaussures, elle s'était surprise à lorgner une paire de Scholl. Elle entra dans la grande salle du bar et étudia le champ de bataille. Voilà le coin. La table où elle était assise seule quand Luke l'avait abordée. Inoccupée. Elle prit un air détendu pour se diriger vers le bar, tentant de ralentir les battements de son cœur.

Le bon vieux Malcolm, le barman impassible et quasi muet, arborait son costume habituel : maillot de fléchettes et pantalon bleu. Son penchant pour ce qui faisait son fonds de commerce et les Benson & Hedges qui fumaient en permanence dans le cendrier derrière lui avaient vieilli prématurément son visage de chien battu, pourtant Malcolm ne devait pas avoir plus de trente-cinq ans. Oh, punaise – même Malcolm était plus jeune qu'elle. *Du calme. Commande juste à boire.* Kate avait retrouvé un billet de dix dans sa poche : ses problèmes d'argent étaient résolus pour le moment. Tout paraissait normal. Le coin était libre, comme prévu. Malcolm essuyait pensivement une pinte, comme prévu.

Et Toby Harker se tenait à côté d'elle. Pas du tout comme prévu.

Kate se figea, fixant le portrait de Florence Nightingale sur son billet de banque trop grand. *Non, non, non. Pas lui. Pas maintenant.*

Toby avait fait son entrée à contretemps. Il n'aurait pas dû apparaître avant une heure au moins. Il aurait dû être dans sa loge à faire des vocalises et répéter son texte. Il se dirige vers la banquette du coin et demande du feu à Kes, engage avec lui un débat sur Derrida. Ensuite, ils se moquent de Kate et Luke, ces deux tourtereaux qui ignorent ostensiblement le reste du monde et vont bientôt coucher ensemble. Puis Kes demande à Toby : « C'est où qu'on tire un coup à York ? », et Toby répond qu'il n'en sait rien. Non, Toby n'aurait pas dû être ici maintenant, dans son jean vert, sa chemise blanche et son gilet bleu marine, accoudé au bar, avec sa vieille Swatch au poignet et sa… *oh, misère, sa queue-de-cheval ! Sa tresse !*

Kate jeta un coup d'œil discret sur la gauche vers le jeune Toby. Sa tresse blonde et sale, qui pendait mollement en travers de sa pommette gauche saillante, irritait ses boutons. Elle se mariait bien à ses cheveux gras mais jurait avec le gilet en velours, qui lui-même était mal assorti avec son jean ajusté. Il ressemblait à un lord de jadis ressuscité qui n'aurait pas encore trouvé son style. Plus tard, l'argent lui permettrait de se réconcilier avec son look. Le jeune crado ferait place à un dandy musclé sanglé dans un costard de New Bond Street. Bientôt, Toby allait renouer avec les codes traditionnels de la virilité de même qu'avec les vertus ancestrales du shampooing. Mais en attendant, le spectacle qu'il lui offrait était merveilleux. Kate détourna la tête en souriant une fraction de seconde trop tard.

— Bonjour ! Comment va ?

— Oh. Oui…

— Enchanté, Toby.

— Oui. Euh… Kate.

Toujours accoudé au bar, sa Swatch au poignet, Toby tendit l'autre bras derrière son dos pour serrer la main à Kate – un mouvement tordu qui la fit sourire. Comme tous les vieux/jeunes amis qu'elle avait rencontrés aujourd'hui, il avait l'air d'avoir inhalé un ballon d'hélium. Et son accent d'Édimbourg était plus marqué que dans son souvenir. Sans cela, le jeune homme ici présent imitait Toby à merveille. Kate reprit courage.

— J'admirais ta tresse.

— Ah, ce truc débile.

Il la fit disparaître sur-le-champ dans sa queue-de-cheval brouillonne.

— Je voulais la défaire mais... En fait, des filles m'ont tressé les cheveux pendant que je me reposais sur la pelouse.

— Elles t'ont drogué et ligoté ?

Il sourit, découvrant un instant ses dents du bonheur.

— Drogué, mais pas ligoté. C'était au festival de Glastonbury.

— Ah.

— Tu y étais ?

— Non. Non, j'étais...

Kate retourna le billet entre ses doigts. Et elle, que faisait-elle alors ? Elle était au championnat du monde de karaté, à Grenade, à remporter la médaille d'argent ? Non, pas ça.

— J'étais... en train de me laver les cheveux.

L'ombre d'un doute passa sur le front de Toby, qui semblait se demander si cette fille se foutait de lui et si ça le dérangeait.

— Ils ne sentent pas, tu sais ?

— Quoi donc ?

— Mes cheveux. Au bout d'un moment, ça ne sent plus du tout.

— Je n'en doute pas. Je ne parlais pas...

— Tu peux renifler, si tu veux.

— Je ne vais pas te renifler, Toby !

Il cligna des yeux, surpris et amusé. Elle s'était peut-être montrée un peu trop familière.

— Je peux t'offrir un verre ?

Il ne manquait plus que ça.

— Non, merci, je...

Je, quoi ? Je conduis ? Je suis en deuil ?

— J'essaie de boire moins. Je voudrais seulement un verre d'eau, dit-elle. En fait, je me sens un peu…

— Est-ce qu'on peut avoir un verre d'eau, s'il vous plaît ? La demoiselle ne se sent pas bien !

Toby s'était exprimé avec tant d'autorité que Malcolm s'empressa de remplir un verre. Kate s'appuya au bar. Cette situation invraisemblable la submergeait par vagues, et cette dernière était une véritable déferlante.

— Désolée, je vais bien.

— Mais oui, tu vas bien. Tu trembles. Et en général je ne fais pas cet effet aux femmes, il doit donc s'agir d'autre chose.

— Tiens, mon chou, dit Malcolm, multipliant par deux le nombre de mots que Kate l'avait entendu prononcer dans sa vie.

Il posa le verre d'eau devant elle. Elle le but d'un trait, respirant pour calmer son cœur, elle sentait le sang pulser dans ses veines, la pression du sol à travers ses semelles, le froid du métal sous sa paume. Toby semblait se dire qu'il ne pouvait pas faire grand-chose pour l'instant et elle l'entendit commander une pinte de bière. Sacré Toby.

Mais ça n'était pas de bon augure. Tout juste rassérénée, elle vérifia l'heure sur sa montre. 19 h 38. Luke moins six minutes. La première fois, elle était restée bouche bée quand il était entré par la porte du fond, près de la table de billard. Elle avait regardé sa montre – cette même montre, sur ce jeune poignet. Cela lui avait paru naturel. De même que les médecins enregistrent l'heure du décès, Kate avait enregistré l'heure du coup de foudre. 19 h 44.

Il fallait qu'elle rejoigne la table du coin.

— Merci, dit-elle à Toby. C'est très gentil de ta part, mais j'ai besoin de m'asseoir.

Toby essuya la bière de sa lèvre supérieure.

— Bien sûr. Il y a une table libre dans le coin. On peut…

— Je veux dire : toute seule.

— Ah. Oui, bien sûr.

— Désolée. Ce n'est pas très sympa. C'est juste que j'attends quelqu'un.

— D'accord.

Compréhensif, il but une nouvelle gorgée de bière. Le voyant chercher ses mots, Kate dut se retenir de le serrer dans ses bras. Toby ne se souciait guère de son apparence, mais il avait désormais tout l'air d'envisager de faire un tour chez le coiffeur.

Kate s'entendit ajouter :

— C'est juste un mec que je connais un peu… Il est en première année ici, figure-toi. Tu parles d'une coïncidence. Je pourrais te présenter mais… bon, sûrement plus tard, et…

Toby hochait la tête. Il avait retrouvé son assurance. Il empocha sa monnaie.

— T'inquiète. À plus tard.

— Il m'a sûrement oubliée.

— J'en doute, répliqua Toby en lui coulant un regard gentil.

Kate resta silencieuse un instant. Une pensée la titillait, profondément troublante. Troublante et excitante. Mais avant qu'elle ait pu la formuler, elle fut interrompue par un Gallois qui poussait des hurlements.

— KATE MARSDEN, INSATIABLE TRAÎNÉE !

Le bar se remplissait, et la moitié des clients se tournèrent vers Kes qui, tout sourire, s'approchait de Kate à grands pas. On aurait dit quelqu'un qui a commencé à boire au déjeuner et n'a guère l'intention de s'arrêter avant la même heure le lendemain.

— Merde, marmonna Kate quand il atteignit le bar.

Elle consulta de nouveau sa montre. Cinq minutes.

— Voilà donc ton petit ami secret ! s'exclama Kes en donnant une tape dans le dos de Toby.

— Euh… non, fit Toby.

Il posa sa pinte et essuya sa main humide sur son jean.

— Pas du tout, protesta Kate. Pas du tout du tout… En fait, je n'ai pas de petit ami secret. Ni aucun petit ami tout court.

— « Ma VOULVE est promise à un autre. » Tu me l'as avoué il y a moins de trois heures ! Je me suis laissé dire qu'il s'agissait de ce beau jouvenceau. Oh merde ! J'ai renversé ta pinte !

— Oui, fit Toby. C'est pas grave.

— C'est impardonnable ! Je suis confus. Barman ! Un grand whisky pour mon ami écossais ! Un single malt, si vous pouvez trouver quelque chose d'approchant dans ce trou perdu !

— Hum. Je pense que ce n'est pas la peine, intervint Kate.

Toby se tourna vers elle sur-le-champ.

— Si, si, ça me va.

— Bon, très bien, je vous retrouve plus tard.

Kes fit claquer son chéquier fatigué sur le bar et se mit à la recherche d'un stylo.

— Tu ne vas pas lui tenir compagnie ? demanda-t-il à Toby.

— Elle a besoin de s'asseoir seule.

— Que lui as-tu fait, magnifique brute ?… Oh, merci !

Kes prit le stylo-plume argenté que Toby lui tendait et l'examina avec admiration.

— Je vais te dire un truc : Marsden et moi, ça remonte à loin. À l'époque innocente, juste après le déjeuner, quand elle m'a révélé…

Le seul moyen de le faire taire et de s'en tirer était de l'épater. Kate regarda de nouveau sa montre.

Quatre minutes.

— Keven, voici Toby. Toby, Keven. Vous avez tous les deux des idées très arrêtées sur Jacques Derrida. Kes est fan, mais toi, Toby, tu penses que c'est un imposteur et que le déconstructivisme sert d'excuse aux profs qui font de la philosophie de comptoir. C'est bien ça ?

La pinte de Toby s'immobilisa sur le chemin de ses lèvres.

— Je pourrais dire quelque chose dans ce genre, articula-t-il.

— Parfait, répondit Kate en prenant son verre d'eau. À part ça, vous n'avez pas grand-chose en commun, sinon que vous êtes Verseau et que vous n'aimez pas les crevettes. Si vous voulez bien m'excuser.

Elle tourna les talons et se dirigea vers le coin, laissant ses compagnons de bar perplexes. Une chance que Kes soit déjà trop bourré pour y prêter la moindre attention.

— Alors, Toby, c'est ça ? l'entendit-elle dire. C'est quoi ton problème avec Derrida ?

Elle se faufila jusqu'à la table, la sacro-sainte table. *Banquette, banquette, banquette, il faut que je chope la banquette.* Elle pensa à la rengaine d'un vieux sketch se moquant des Britanniques prêts à se changer en nazis pour trouver une place dans le métro. À cet instant, elle-même aurait frappé à la gorge quiconque l'empêcherait d'atteindre le saint des saints, près des toilettes. Elle se glissa le long de la table branlante pour accéder à la banquette et posa son verre.

Trois minutes. Mission accomplie.

Quelque chose risquait encore d'aller de travers. Lauren, la catho australienne, viendrait lui demander pourquoi elle s'était montrée si désagréable. Amy, campée devant elle, les mains sur les hanches, l'empêcherait de voir la porte près du billard en lui répétant qu'elle vivait dans le déni. Vivre dans le déni. Peut-être que c'était ça. Peut-être que ce qu'elle vivait dans sa cuisine de dix mille jours, c'était du déni. Elle se concentra sur le billard : une partie double, trois garçons et une fille. Le troisième année en droit s'efforçait de montrer à la nouvelle de première année où envoyer la boule blanche. Si ça l'embarrassait, la fille n'en laissait rien paraître : elle riait et secouait sa chevelure permanentée en se penchant sur la table. *Sandra Milhouse, la conne qui a un poisson rouge dans sa chambre.*

Une minute.

Elle ne voyait plus Toby et Kes. Et Luke allait-il vraiment venir ? D'autres choses s'étaient déjà passées autrement aujourd'hui, elle n'avait aucune raison de croire que…

Là. Dans l'encadrement de la porte. Il laissa sortir quelqu'un et passa négligemment une main dans ses cheveux noirs.

Luke Fairbright, dix-neuf ans. Le retour.

Chapitre 10

Il franchit la porte et elle le fixa des yeux, comme si elle refaisait connaissance avec son propre cœur. Elle repensa à toutes les fois où elle l'avait observé par la fenêtre de la chambre quand il sortait de la maison. Ne se sachant pas épié, il semblait vulnérable dans son innocence. Le corps de Luke, marchant dans la rue – la forme de l'amour.

— Toi, murmura-t-elle.

Il avançait de sa démarche habituelle, mais Kate le trouvait extrêmement rapide. Dans les rêves, les morts se déplacent lentement, si tant est qu'ils bougent. Ils sont enlisés dans des teintes sépia. Ils tremblent comme un hologramme et prononcent de sages paroles au ralenti.

Luke contourna la table de billard et elle eut envie de crier et de disparaître en même temps. Jamais il n'avait manqué un rendez-vous, et il était à nouveau là, pile à l'heure. Habillé comme la première fois : jean noir, bottines noires, veste en similicuir noir du magasin de fripes à Salisbury. Une boucle d'oreille bon marché en acier dans chaque lobe. Tout en noir, sauf sous sa veste. Sa chemise de grand-père, qu'elle avait retrouvée au fond de l'armoire avec d'autres trésors de l'époque étudiante dont Luke n'avait jamais eu le courage de se séparer. C'était cette chemise qu'elle tenait serrée dans ses poings chaque matin au réveil. Et qui, soudain, retrouvait son propriétaire. Ce que son esprit avait compris dès le début atteignait enfin le fond de ses entrailles : il ne savait pas qu'elle dormait avec cette chemise, car il ne savait pas qu'il était mort ; il n'était pas à l'heure pour leur rendez-vous, car ils n'avaient pas de rendez-vous ; il ne la cherchait pas, car il ne la connaissait pas. Et pourtant…

Vivant ! Luke est vivant ! Elle se cramponna à la table d'une main, essuyant ses larmes de l'autre. Elle se risqua à lever la tête – il s'approchait du bar, à l'opposé de Toby et Kes. Alors qu'il dépassait un groupe de filles, l'une d'elles resta bouche bée et donna un coup de coude à son amie. *Ah, oui, c'est ça l'autre hic. Ça va poser un problème.* Kate se souvint que Luke, la trentaine, se regardait souvent torse nu dans le miroir en pied de leur chambre à coucher, désespéré par un ventre à bière naissant. Au lieu de lui dire alors de cesser de gémir et de se mettre au sport, elle avait prétendu le préférer un peu plus en chair. Si vraiment on tenait à pinailler, ce Luke-*ci* était trop maigre – mais il n'y avait pas à pinailler. Kate se rappela combien la situation pouvait être pénible : putain, il était magnifique. Dans le bar, les mecs hétéros le regardaient comme s'ils hésitaient entre le frapper ou lui acheter un bouquet de fleurs.

Kate était à bout de nerfs. Qu'est-ce qu'elle fichait plantée là ?

Ne lui fais pas peur. Va le voir et offre-lui un verre. C'est trop ? Oui, beaucoup trop. Reste là. Il prend sa bière, se retourne et voit une table libre avec une fille qui lit Orlando.

Merde ! Où est Orlando *? Oublié dans ma chambre !*

Il ne verra pas une fille qui lit un livre. Quand il se retournera, il verra une fille qui le regarde fixement comme si elle voyait un fantôme. Ou l'homme de ses rêves. Ou les deux.

OK, on s'en fout. La table se passera d'eux pour l'instant.

Kate prit son courage à deux mains, se leva lentement et s'approcha en chancelant de son jeune mari mort. Accoudé au bar, il sifflotait pour lui-même. Une version silencieuse de *Chirpy Chirpy Cheep Cheep*, à moins qu'elle se trompe. C'était sa chanson de prédilection, qu'il avait héritée de sa mère, pour « rester d'humeur joyeuse dans le noir ». Elle l'apercevait de profil, il jouait avec sa boucle d'oreille droite – un autre signe de nervosité. Elle repensa à la première fois – pas étonnant qu'il se soit dirigé droit vers la fille qui lisait un livre. *Orlando* était son seul ami dans la pièce.

En atteignant le bar, Kate sentit qu'il l'avait remarquée, mais elle garda les yeux rivés sur Malcolm. Elle sortit le billet de dix de sa poche, essayant de rester indifférente au charme insensé de Luke. C'est ça qui est étrange quand on croise une célébrité : vous, vous l'avez déjà rencontrée. Les stars ne vous connaissent pas mais elles imaginent ce que vous pouvez ressentir : elles ont toutes commencé par être des fans. Sous l'effet de cet étrange sentiment d'intimité, les deux parties restent sans voix, elles veillent l'une sur l'autre. C'est presque comme l'amour.

Kate se tenait juste à côté de lui à présent. Elle s'autorisa une très longue inspiration. Il ne portait jamais d'after-shave, mais elle perçut des effluves de « Lynx oriental ». Elle aurait voulu lui épargner quelques années d'eczéma sous les aisselles en lui suggérant de passer à un déodorant sans alcool sur-le-champ. Et elle lui aurait annoncé du même coup qu'il avait une tumeur au cerveau. Mais encore une fois, c'était peut-être aller un peu vite en besogne.

Reste calme, reste calme, reste calme.

Kate se tourna vers la table dans le coin. Un groupe d'élèves infirmiers en troisième année y avaient pris place et ouvraient des paquets de chips à partager. Bon sang, tout allait de travers.

Elle capta l'attention de Malcolm, qui s'approcha d'un pas traînant en levant imperceptiblement le menton dans sa direction. Au moins, elle pourrait boire la même chose que la dernière fois.

— Une pinte de Scrumpy Jack, s'il te plaît.

— Plus de Scrumpy.

Kate était stupéfaite, comme si on venait de lui annoncer que la Terre était faite en Lego.

— Ce n'est pas possible ! répliqua-t-elle.

Malcolm eut l'air un peu vexé.

— Eh bien... c'est comme ça.

— Il ne peut pas ne pas y avoir de Scrumpy. Pas ce soir.

Il haussa les épaules et inspecta le bar.

— On a du Strongbow.

Kate paniqua.

— Du Strongbow !? Comment voulez-vous que je boive du Strongbow ?

Oh. Non, c'était mal barré. Elle venait de s'exprimer comme une femme d'âge moyen, de la classe moyenne, soucieuse de faire valoir ses droits de manière arrogante. Malcolm saisit sa cigarette dans le cendrier derrière lui. Il avait déjà assisté à des scènes de ce genre avec les buveurs de cidre, bien sûr.

— Je te comprends. Le Strongbow, c'est vraiment de la pisse.

Il prit une bouffée et souffla, l'air pensif.

— On a des trucs en bouteille au frigo.

Tout en sirotant sa bière, Luke ne perdait pas une miette de leur conversation.

— Bon, désolée, lança Kate. Non, tant pis, je chipote. Le Strongbow, c'est parfait.

Malcolm reposa sa cigarette d'un air entendu et prit un verre.

Kate osa un regard en coin vers Luke, qui la dévisageait avec un petit sourire. Il détourna aussitôt les yeux en direction de Malcolm, occupé à verser la pinte. Kate l'imita en se mordant la lèvre presque jusqu'au sang. Elle finit par se tourner vers Luke.

— Salut, dit-elle.

— Salut.

— Tu dois me prendre pour une folle.

— Non, non. Tu as juste une opinion très arrêtée sur le Scrumpy Jack.

Ce n'était pas l'impression que Kate espérait donner d'elle, mais au moins c'était une impression. Elle improvisa. Comme souvent.

— Ha ha ! Oui, je m'intéresse beaucoup au cidre. Ce qu'il faut savoir sur la fabrication du Scrumpy Jack, c'est…

Mais dans la vaste cathédrale de sa mémoire, on ne trouvait strictement rien sous l'étiquette « Fabrication du Scrumpy Jack ». Elle en buvait parce que ça l'aidait à oublier qu'elle se rappelait tout le reste. Par chance, Malcolm lui servit justement sa pinte, aussi suspendit-elle ces quelques instants en lui tendant son billet tout chaud. Il le prit en fronçant les sourcils. Elle se retourna vers Luke, espérant qu'il aurait oublié de quoi ils étaient en train de parler.

— Tu disais donc…, la relança-t-il de façon exaspérante.

— Oui….

Kate but une gorgée et regarda Malcolm ouvrir la caisse, soupirer en avisant le peu de monnaie restant et s'emparer d'une énorme bouteille de whisky Bell remplie de pièces qu'il fit tomber en rythme sur un torchon.

— Voilà..., reprit Kate. Ce cidre est à base de pommes très spéciales.

— Des pommes spéciales. C'est ça.

Luke ne cherchait même pas à voiler l'accent de moquerie de son ton. Il affichait un visage de sincérité contrite, le même qu'il se composerait des années plus tard face aux employés des œuvres de bienfaisance qui faisaient du porte-à-porte.

Kate fut prise d'une soudaine envie de gifler ce petit con, planté là avec son air suffisant, qui ignorait tout des neuf mois de tourment qu'il venait de lui faire endurer. Elle n'avait pas été propulsée dans les années 1990 pour laisser ce *gamin* se foutre de sa gueule. Qui plus est, même pas dans la partie marrante des années 1990, non, bien dans la partie merdique : quand les garçons blancs s'aspergeaient de déodorant « Oriental » sans y voir d'inconvénient, quand l'« écriture inclusive » était une blague, de même que le « papier-toilette recyclé », quand Malcolm pouvait se griller une énième Benson dans un lieu public et que le « réchauffement climatique » était quelque chose qui arriverait peut-être, ou peut-être pas, dans un « futur » où de toute façon nous vivrions tous sur Mars et...

Mais elle devait persévérer, c'était une question d'honneur. Elle le regarda en face, sans se démonter.

— Oui. Des pommes spéciales. C'est bien ce que j'ai dit. Elles poussent dans des serres climatisées près de Salisbury. Tu connais la région ? J'adore le Wiltshire en général, mais cette ville en particulier regorge de petits malins, qui récoltent ces pommes spéciales et qui, au lieu de les presser dans une machine comme le ferait le premier abruti venu – l'un de ceux qui étudient la littérature anglaise sans même avoir lu *Middlemarch,* le chef-d'œuvre de la romancière George Eliot, par exemple –, les sélectionnent pour former des groupes de pommes spéciales… Ah, merci, Malcolm.

— Désolé pour la monnaie.

— Pas de problème.

Kate entreprit de fourrer dans sa poche la demi-tonne de pièces surdimensionnées.

— Ils forment des groupes de pommes, donc, classées par tailles et en fonction de leur compatibilité génétique, selon les règles de l'Union européenne – je veux dire : de la Communauté européenne bien sûr –, et en gros, ils les font frire.

Elle but une lampée de cidre. Son regard franc mettait Luke au défi de lui répondre. Le sarcasme de celui-ci n'avait pas tardé à céder à une angoisse croissante. Il but à son tour.

— Je vois.

— Vraiment ?

— Je crois, oui.

— Tu as entendu quand j'ai dit qu'ils font frire les pommes.

— Tout à fait, oui.

— Et tu n'as pas de commentaire à faire à ce sujet.

— En fait, si, j'ai un truc à dire.

Il jeta un regard circulaire, comme s'il craignait d'être entendu.

— Quoi donc ? demanda Kate.

— Tu m'as manqué.

Chapitre 11

— Marsden a l'air de s'évanouir facilement. Tu crois qu'elle est sujette au vaginisme ?

— Je viens de passer la voir. Elle habite chez moi maintenant, ou tout comme. Je pourrais ouvrir un *bed and breakfast*.

— Tu as été très gentille avec elle, Amy. Bon sang, cette fille a de sacrés problèmes.

— Tu ne trouves pas ça un peu bizarre ? Elle avait l'air au bord de la rupture d'anévrisme quand je lui ai proposé un verre.

— Mon cher Toby, c'est une réaction naturelle quand…

— S'il te plaît, pas de blague sur la prétendue radinerie des Écossais.

— Je ne me permettrais pas.

— Si.

— Oui, OK…

— Vous n'avez pas besoin de rester, les gars.

— On te laisse si tu veux, Amy, mais je ne vois pas pourquoi c'est à toi de t'occuper de Kate.

— Parce que je suis *la* fille.

— N'importe quoi !

— Il n'en est pas question, Amy ! Toby, passe-moi donc le brandy médicinal.

— Eh ! C'est ma chambre, et cette bouteille est destinée à la comtesse, quand elle reviendra à elle.

— Très juste, Amy. Cela dit, Karaté Girl a des pouvoirs de guérison stupéfiants. Quand je l'ai rencontrée près des cabines téléphoniques, elle était par terre à pleurer toutes les larmes de son corps. Et ensuite… elle s'est sacrément reprise. Dit comme ça, ça paraît tiré par les cheveux, mais j'ai eu l'impression qu'elle me connaissait déjà.

Il y eut un silence pensif. Amy le rompit.

— La question, ce n'est pas ce que nous faisons pour elle, mais plutôt l'effet qu'elle a sur nous.

Toby :

— Et alors ? Kes, pas touche à son cidre.

— Désolé…

— On la connaît depuis combien de temps ? reprit Amy. Kes a certes bu un verre avec elle au théâtre, mais toi et moi, on n'a pas dû passer plus de cinq minutes chacun avec elle. Et le grand qui l'a ramassée est parti à l'épicerie nous acheter à boire. Je veux dire… Regardez-nous. Il est vingt heures, c'est notre première soirée à la fac, et on dirait une veillée.

— Ça me paraît la moindre des choses.

— Je sais bien, Toby. Seulement…

— Oui, je vois ce que tu veux dire. Je t'ai à l'œil, Kes.

— Désolé. Le brandy est pour Marsden.

— Par pitié !

— En tout cas, vous avez tous les deux raison, dit Kes dans un rot de cidre. Je ne sais pas pourquoi, mais cette Kate Marsden a une certaine aura.

Bien qu'elle se sente coupable d'écouter ses amis à leur insu, Kate profitait de leur discussion pour se ressaisir. Quelqu'un s'était approché du chevet. Toby.

— Je ne suis pas sûr de croire à l'aura.

Puis de nouveau Kes, qui se tenait à présent dans un coin de la pièce :

— Moi non plus, tout bien réfléchi. Mais il se passe quelque chose. Comme si on l'avait tous aimée dans une autre vie.

Nouvelle pause. Kate décida qu'il était temps de se réveiller. Alors que Toby, protecteur, remontait la fine couette sur son épaule, elle entrouvrit les paupières et croisa son regard.

— Où est Luke ? demanda-t-elle.

— Qui ?

Amy rejoignit Toby près du lit.

— Elle parle du grand.

Toby regardait toujours Kate.

— Il est parti.

— À l'épicerie ! cria Kes de sa chaise.

— Il faut que j'aie une discussion avec Luke.

Kate s'assit sur le lit et posa les pieds par terre.

— Quel Luke ?

— Je viens de le dire, Kes. Le grand qui est parti à l'épicerie, répondit Amy.

Toby se replia dans le fauteuil de bureau.

— Il est pas si grand que ça.

Kate s'aperçut alors qu'elle ne portait pas de pantalon.

— Euh…

Amy lui tendit son jean.

— Désolée, mon chou, j'ai enlevé ton jean et tes chaussures. Ne t'inquiète pas, les garçons étaient sortis.

Kes s'alluma une cigarette.

— Moi je me serais bien rincé l'œil, mais le valeureux Toby ici présent m'a littéralement expulsé à la force de ses biceps.

Toby leva les yeux au plafond d'un air gêné.

— Oh, ferme ta bouche, dit-il doucement.

Kate prit son pantalon dans le mauvais sens et toute la monnaie de Malcolm s'échappa de la poche pour rouler sur le sol.

— Oh, merde.

— Regardez ça, Marsden est millionnaire !

Kate enfila son jean, et Toby s'absorba soudain dans la contemplation de la lampe à lave d'Amy.

— Désolée d'avoir été si nulle, dit-elle. Je ne voulais pas gâcher votre première soirée.

— C'est ta première soirée à toi aussi, Kate, fit remarquer Amy en attrapant la cigarette de Kes, qu'elle écrasa aussitôt dans un cactus en pot.

Kes l'avait regardée faire posément.

— Tout à fait. En tout cas, on a apporté nos verres, compléta-t-il.

— *J'ai* apporté nos verres, corrigea Toby. Toi, tu as porté Kate.

— C'est ça. Tu as pris nos verres, j'ai porté Kate.

— Et moi, j'ai coordonné, conclut Amy en allumant un bâtonnet d'encens.

Kate ne put s'empêcher de sourire à l'idée que ses vieux/nouveaux amis l'avaient à nouveau sauvée sans oublier pour autant leurs verres. Après tout, c'étaient des étudiants.

— Retournons au bar ! lança-t-elle. C'est ma tournée.

Elle jeta un coup d'œil à la myriade de pièces répandue sur la moquette d'Amy.

— Il me reste huit livres et vingt-cinq pence, de quoi passer une bonne soirée !

Toby fronça les sourcils en considérant le tas de monnaie.

— Oh, pas au bar de Benedict ! s'écria Kes. C'est un trou à rats.

Toby s'agenouilla pour ramasser l'argent de Kate. Il le comptait. Elle pinça les lèvres – un espion en herbe.

— On peut trouver un pub sinon ?

— Je suis le mouvement, mais il faudrait qu'on attende le grand, dit Amy. Il ne va pas tarder.

Kate eut soudain hâte de retrouver Luke.

— OK, envoie-lui un texto.

Toby dévisagea Kate.

— Un quoi ?

— Je veux dire : laisse-lui un mot sur la porte.

Kes lâcha un pet d'une discrétion relative.

— De qui on parle ?

— De « Luke », faut croire, répondit Toby, qui avait empilé les pièces en colonnes. Ça fait exactement huit livres et vingt-cinq pence, dit-il en regardant Kate.

Mouais, pas super, comme espion. Les espions n'annoncent pas le fruit de leurs observations clandestines.

Kate s'accroupit en face de lui et glissa l'argent dans sa poche. Alors qu'il lui tendait une ou deux piles métalliques, elle remarqua ses ongles rongés et la chaleur de ses doigts quand ils effleurèrent les siens.

— Que veux-tu…, répliqua-t-elle en souriant. Quand on a un budget serré, on se rappelle le prix du cidre, non ?

Toby lui rendit son sourire.

— On dirait.

Quelqu'un frappa à la porte.

— Ah, ça doit être Luke, dit Amy.

Kate et Toby ne bougeaient plus. Elle écoutait Amy ouvrir tandis que son regard se promenait sur les mains de Toby, la montre de Toby, les poils blonds sur les bras nus de Toby.

— C'est gentil, mon grand. Qu'est-ce qu'on te doit ?

— Oh, t'en fais pas, j'ai reçu ma bourse en avance.

— Entre.

Kate se leva d'un mouvement raide, automatique. Même s'il en imposait par sa stature, Luke se déplaça dans la pièce telle la panthère la plus hésitante du monde. On fit les présentations, Kate en profita pour reprendre ses esprits. Derrière elle, Toby regagnait son siège.

Luke brandit l'un de ses sacs en plastique.

— Je savais pas si vous préfériez le blanc ou le rouge, alors j'ai pris les deux.

Kes se leva à son tour d'un bond et soulagea Luke des bouteilles de vin.

— Voilà le genre d'initiative que j'apprécie.

Luke jeta un regard méfiant à Kate.

— Et… pardon, Kate, c'est ça ?

— Oui, Kate.

— C'est bien ce qui me semblait. Je t'ai acheté ça.

Il sortit un litre de Scrumpy Jack. Vêtue d'un tee-shirt et d'un jean, pieds nus, Kate s'avança vers lui et prit la bouteille en silence.

— Pourquoi est-ce que tu as dit que je t'avais manqué ? demanda-t-elle en inspectant l'étiquette.

Le niveau de tension dépassa ce qu'une chambre d'étudiant peuplée de cinq jeunes Britanniques était susceptible de contenir. Luke rougit.

— Ah, ouais, je suis désolé. Je pensais pas que tu allais… C'était juste une réplique débile.

— Une réplique ?

— Ouais, une réplique de drague, bafouilla-t-il. Désolé.

Amy tendit un tire-bouchon à Kes, et Kate surprit leur regard consterné. Toby examinait toujours la lampe à lave, qu'il semblait désormais détester de tout son cœur. Amy se racla la gorge et mit un CD.

— Ça vient d'un film, poursuivit Luke. Désolé. C'est encore plus nul, hein ? *Sammy et Rosie… s'envoient en l'air.*

— Ah.

Kes s'approcha en ouvrant d'un geste expert la bouteille de pif espagnol qu'avait apportée Luke.

— Produit par Film Four en 1987, réalisé par Stephen Frears, débita Toby à l'intention de la lampe à lave.

— Ouais, exactement, fit Luke.

Il regarda autour de lui, mais il n'y avait nulle part où s'asseoir. Kate le fixait, les enceintes d'Amy diffusaient les premières notes de *Losing my Religion* de REM.

— Bon… En fait, ajouta Luke, le gars rencontre une fille et lui dit : « Tu m'as manqué », et elle répond : « On s'est jamais rencontrés », et après : « Si on s'était rencontrés, ça aurait été pire. »

— Je vois, fit Kate, vacillant légèrement.

— En gros, il la taquine pour lui dire que leur rencontre était prédestinée, alors que finalement…

— Je comprends.

— Pardon. C'est vraiment minable. Mais d'habitude les filles ne s'évanouissent pas.

— J'en déduis que tu as déjà dit ça à quelqu'un, intervint Toby.

Il s'était exprimé sans se départir du sourire charmant et du ton léger que les garçons de bonne famille emploient pour se montrer insultants l'air de rien.

Luke ne s'en aperçut pas, il se contenta de répondre en haussant les épaules :

— Juste une fois. Ça n'a pas vraiment marché, mais…

Kes et Amy gloussèrent avant de l'interroger avec bienveillance sur les cours qu'il suivait. Kate se rassit sur le lit d'Amy pour observer le garçon dont elle avait partagé la vie. Tout était facile pour lui. Il lui suffisait de hausser modestement les épaules. Il esquivait insultes et compliments de la même manière : il ne les entendait pas.

Et si on pouvait tout recommencer...

Alors c'est comme ça que tu as fait. C'est comme ça que tu as survécu pendant vingt-huit ans sans trouver de vrai boulot.

Luke prit place à côté d'elle sur le lit. Kes semblait causer littérature depuis un bout de temps.

— C'est exactement la même chose avec Ben Okri, conclut-il.

À la fin d'une journée riche en moments surréalistes, c'était une conclusion extraordinaire. L'homme dont tout le monde dans la pièce savait qu'il avait essayé de la draguer se tenait tout près d'elle, et il parlait de littérature nigériane. Elle s'étonna que ces jeunes gens acceptent l'étrangeté de cette situation. Ils étaient tellement insouciants.

— Ben Okri, lui, il devrait se remettre à la nouvelle pour rafraîchir son style, disait Luke.

Si les globes oculaires de Kate avaient pu pivoter à l'intérieur, elle aurait vu un gros plan de son propre cerveau. « Ben Okri devrait se remettre à la nouvelle pour rafraîchir son style » était un grand classique de Luke. Il sortait cette phrase chaque fois qu'il se sentait tenu de dire quelque chose d'intelligent à propos de littérature. Talonnée par : « *Ulysse*, en fait, c'est terriblement conventionnel » et : « Je préfère les premiers textes de Ian McEwan, les plus sombres. » Le fait que Luke n'ait pas lu *Ulysse* ni une traître ligne de l'œuvre de Ben Okri n'y changeait rien. Il n'avait rencontré personne pour réfuter ses foutaises. En d'autres termes, il n'avait pas encore vraiment rencontré Kate Marsden.

Kate croisa les jambes, elle voulut regarder par la fenêtre, mais il faisait noir et elle ne distingua que le reflet de ses yeux.

Laisse ce gamin tranquille. Il est en première année de lettres, évidemment qu'il ment sur les livres qu'il a lus. Toi, tu mens sur tout.

Le regard de Toby, inquiet et interrogateur, capta le reflet du sien sur la vitre. Sans doute n'avait-elle pas une expression normale. Qu'est-ce qu'elle pouvait faire de normal ? *Participer. Il faut participer.* Elle s'entendit alors dire ce qu'elle devait dire, d'une voix forte et artificielle :

— Alors, Luke, quelle est la nouvelle de Ben Okri que tu préfères ?

Il se tourna vers elle d'un air surpris, sans se démonter.

— Oh, y en a tellement…

— Bien sûr, répliqua-t-elle d'une voix compatissante. *J'en ai vraiment marre de tes conneries.*

— Eh bien…

Il triturait d'un air inspiré les franges de son jean déchiré.

— Mon Dieu, tu ne vas quand même pas m'obliger à n'en choisir qu'une ?

— Si, répondit Kate avec un sourire radieux. Je veux que tu en choisisses une seule.

Sur son visage troublé, Luke ébaucha un petit rictus courageux. Quelle injustice que de prier quelqu'un qui aimait tant Ben Okri de choisir une seule de ses nouvelles. Il attendait que l'on vole à son secours. Il fallut environ trois secondes.

— Il y a de bonnes choses dans *Incidents au temple*, hasarda Kes, comme pour rebondir sur quelque chose qu'aurait dit Luke.

Luke hocha la tête d'un air peiné.

— Mais les critiques…

— Oh, putain, les critiques ont été…

— Attends…, intervint Kate.

— Tout le monde sait que les critiques sont des branleurs, poursuivit Kes.

— Tout le monde le sait, répéta Luke sur le ton de celui qui souscrit avec ferveur à cette idée profonde.

Kate n'entendait pas baisser les bras.

— Oui, mais *Incidents au temple*, c'est le titre du recueil, non ? C'est quoi ta nouvelle préférée dans ce recueil, Luke ?

Sans ciller – à croire qu'il avait l'habitude de voir des jeunes femmes insister pour connaître son opinion sur ces sujets –, Luke se tourna vers elle.

— Eh bien, la première du recueil, celle qui...

Puis il se tourna plus vite encore vers Kes, les sourcils levés, comme si son nouvel assistant pouvait l'aider à répondre à cette question triviale. Kes s'exécuta.

— « Rires sous le pont », dit-il.

— Oui, voilà... Est-ce que... ? Ce n'est pas la première, non ?

— Je crois que si, mais je me trompe peut-être.

— Si, pardon, tu as raison. Cette nouvelle recèle un lyrisme qui...

Kate n'écouta pas le discours creux de Luke. Cette hésitation feinte, ce stratagème pour obtenir auprès de Kes le titre de la première nouvelle – tout cela la refroidissait. Elle mit ses chaussettes.

Luke parlait toujours.

—... autant de qualités qui rappellent Zola, mais je pense qu'on les oppose à tort. J'ai des affinités avec la littérature française, par mon prénom.

Kate noua les lacets de ses Doc Martens avec des gestes saccadés.

— Qu'est-ce qu'il a, ton prénom, Luke ? demanda Toby sur un ton neutre, bien qu'il n'ait pu résister à l'hameçon.

— Eh bien, en réalité ça s'écrit L-U-C. Une tradition familiale. Mon père pense que nous descendons d'Aliénor d'Aquitaine, mais je n'y crois pas trop.

Kate termina son nœud et prit son manteau. Incroyable, putain. Parmi toutes les manies qu'avait encore Luke au premier semestre, elle avait oublié celle-ci : il faisait semblant d'être français.

Elle se redressa, lançant à la cantonade :

— Bon, moi je retourne au bar.

Luke, ou à l'en croire « Luc », replia ses longues jambes, ce qui n'empêcha pas Kate de faire une large enjambée pour l'éviter. Il y eut une salve d'objections déconcertées, mais elle était déjà sur le pas de la porte. Elle adressa à Luke un regard si sévère que la pièce fut réduite au silence.

— Il ne faut pas dire à une fille qu'elle t'a manqué si tu ne la connais pas, l'apostropha-t-elle avec calme.

— Je sais. Désolé. Comme je t'ai dit, c'était juste…

— Ne recommence jamais.

Elle referma soigneusement la porte derrière elle. Au même moment, le CD prit fin et elle entendit Amy dire à voix basse :

— Cette fille a besoin d'aide.

Chapitre 12

L'air d'octobre était vif, et Kate serra son manteau. Elle se dirigeait vers le centre du campus, n'ayant aucunement l'intention de retourner dans le bar bondé, ou dans sa chambre vide, bien qu'aucun de ces deux endroits ne lui fasse sentir sa solitude aussi clairement que le garçon qu'elle venait de quitter.

Elle avait l'impression d'avoir perdu son film préféré et qu'on lui imposait de regarder un préquel merdique à la place. Comme si quelqu'un avait effacé l'unique copie de *Casablanca* pour lui substituer deux heures de Humphrey Bogart devant son miroir de barbier, qui se peignait les sourcils et ratait son nœud de cravate, tout en récitant ses meilleures répliques, à quelques erreurs près.

Pourquoi les mensonges et les grands airs de Luke ne l'avaient-ils pas agacée la première fois ? La merde d'oie luisait sur le chemin, et Kate leva les yeux vers la pleine lune, cherchant l'inspiration.

La première fois, c'était charmant parce qu'elle était amoureuse. Et être amoureux, c'est vivre dans le présent : quand chaque instant est une découverte, quand le moindre détail est chargé de sens. Mais le deuil… Le deuil est le contraire du sens ; le deuil, c'est quand le présent ne peut pas respirer ; quand on voit le passé partout ; quand chaque nouvel instant est mort-né. Le deuil, c'est un jour sans fin.

Ah, oui, sans compter qu'elle était furieuse contre lui. À cause de cette réplique débile sur le fait qu'elle lui avait manqué. L'espace d'une seconde, au bar, elle avait cru entrapercevoir l'homme qu'elle connaissait prisonnier du corps du garçon qui lui faisait face. Mais non. Ce Luke était un étranger, et l'homme devait encore grandir en lui. Pas seulement grandir : construire le Luke d'âge mûr exigerait du travail, et Kate était persuadée qu'elle avait posé une bonne partie des briques. Non, on ne ment pas pour avoir l'air cool. Non, avoir l'air cool n'est pas primordial. Non, on n'attend pas de la personne avec qui l'on vit qu'elle fasse le ménage parce qu'elle est née avec un utérus. Non, on ne boude pas deux heures durant quand on est vexé, en espérant que quelqu'un va nous demander ce qui ne va pas. Non, le sérieux ne rend pas intelligent. Et l'intelligence a moins d'importance que la gentillesse.

Oui, je suis la Fille du futur. Je l'ai toujours été. Je savais ces choses-là. Pourquoi pas toi ?

Allait-il falloir qu'elle recommence de zéro ? Pendant vingt-huit ans encore ?

Kate tourna à gauche pour longer Derwent College. Le pendule de ses pensées bascula inexorablement vers l'autocritique. Et elle, avait-elle été gentille aujourd'hui ? Avait-elle été sage ? Que faisait-elle en ce moment même, sinon bouder ? D'accord, les circonstances étaient extraordinaires, mais n'est-ce pas toujours le cas ? Faut-il attendre de se sentir gentil pour se comporter gentiment, ou faut-il le faire quoi qu'il arrive ? Un pompier regarde-t-il une maison brûler parce qu'il n'est « vraiment pas d'humeur aujourd'hui » ? Aime-t-on son compagnon seulement quand il est au mieux de sa forme ?

Kate était arrivée à l'Espace de tranquillité, une petite chapelle non confessionnelle où les étudiants pouvaient venir chercher la paix. Elle consistait en un joli belvédère géorgien, un édifice en brique de deux étages, avec une pièce à chaque niveau. Un jour, Kate et Luke avaient fait l'amour dans la pièce du haut, ce qui n'était pas du tout dans l'esprit du lieu. Même Kes avait été choqué. Elle avait fait jurer à Luke de garder le secret, ce qu'il avait fait en n'en parlant qu'à un ami à la fois.

Entre elle et le bâtiment s'étendait un jardin paysager dont les buissons géants avaient été disposés de manière asymétrique pour donner une impression de labyrinthe. Dans l'obscurité, les buissons prenaient un air de mystère, tels des dieux endormis.

Elle dépassa en silence les premiers arbres puis s'arrêta lorsqu'elle entendit des sanglots. Quelqu'un pleurait, sans doute assis sur le banc au milieu du jardin. Kate réfléchirait une autre fois à la compassion dont elle était capable : elle se précipita vers ce signal de détresse, oubliant de s'attendrir sur son sort. La personne en proie au malheur devait être de sexe masculin – elle tentait de réprimer ses sanglots, mais ses petits glapissements sporadiques étaient à coup sûr ceux d'un homme.

Contournant les buissons, elle découvrit en effet un homme assis sur le banc en bois, mais pas celui qu'elle imaginait et pas non plus assis comme elle le croyait. Il s'agissait sans doute d'un étudiant, en tout cas il en avait l'âge ; mais au lieu d'être penché en avant, le visage dans les mains, il était affalé sur le dos dans une position inconfortable, les bras tendus derrière lui de façon curieuse. Autre surprise : il était nu, à l'exception d'un slip. Mais ce n'était pas encore ce détail qui remporterait la « palme de la bizarrerie ». Le plus insolite survint lorsque le garçon, ayant perçu la présence de Kate, la regarda en plissant les yeux dans l'obscurité, avant de détourner la tête, plein de honte. Ce mouvement, ce corps maigre et pâle, ces cheveux clairs, ce visage. Kate faillit éclater de rire. La moitié de ses connaissances de Benedict College avaient déjà surgi aujourd'hui – celle-ci allait forcément se présenter tôt ou tard.

— Je peux t'aider, Charles ?

Charles Donnard l'observa, stupéfait.

— Qui es-tu ? Comment tu connais mon nom ?

Kate ignora ses questions et son ton impérieux. En s'approchant, elle comprit pourquoi Charles se tenait les bras derrière le banc. Sa compassion lui revint d'un seul coup, accompagnée d'une bouffée de colère.

— Qui t'a fait ça ?

— Ces connards m'ont ligoté. Ils m'ont attaché à ce banc et sont partis avec mes vêtements, les salauds.

Kate fit le tour et vit que les poignets de Charles étaient solidement noués à une latte horizontale du banc à l'aide de deux gros liens en plastique. Elle envisagea d'aller demander une paire de ciseaux au gardien de Derwent, mais c'étaient des colliers de serrage industriels, il faudrait une pince pour en venir à bout. Charles frissonnait déjà violemment.

— C'est Bonzo qui avait les trucs en plastique, marmonna-t-il en claquant des dents. Il a dit qu'il les avait chourés aux mecs qui installaient le barnum pour ses dix-huit ans. Il pensait que « ça pourrait toujours servir », cet enfoiré. Dusty et Laz ne valent pas mieux. Ils m'ont maintenu et m'ont piqué mon futal.

— Pourquoi ils s'en sont pris à toi ?

— Je leur ai dit que c'était mon anniversaire.

— Ah. Évidemment.

— Tu peux les desserrer ?

— Non.

— Oh, doux Jésus en trottinette !

— Ne t'inquiète pas. Je peux te libérer, mais tu ne dois pas bouger.

— Quoi ? Qu'est-ce que tu vas faire ?

— Chut. Je me concentre.

Toujours derrière Charles, Kate recula d'un pas pour jauger le banc et évaluer ses dimensions. Solide, mais décati. Dans le noir, elle n'en était pas sûre, mais elle espérait que les planches étaient un peu vermoulues. Les connards de bonne famille qui avaient bizuté Charles n'avaient noué ses poignets qu'à une seule latte, la troisième en partant du haut. Trop bas pour un coup de poing, trop haut pour un coup de pied. Mais rien n'est jamais simple.

— Tu es attaché assez serré à cette planche, tu vas sûrement sentir un choc.

— Pourquoi, qu'est-ce que tu vas… ?

Charles ne put terminer sa phrase. Au moment où il prononça le mot « tu », cette femme si sûre d'elle, incarnée dans le corps d'une championne du monde de karaté âgée de dix-huit ans, avait bondi à trente centimètres du sol, les bras tendus en équilibre, la jambe droite repliée, et d'un coup sec de Doc Martens sur le pin vieilli elle fit voler en éclats la latte et fendit les planches voisines.

— Putain ! Wouah ! Tu… Eh ben.

Avec l'aide de Kate, Charles fit glisser ses poignets vers l'extrémité de la planche brisée. Les liens en plastique, devenus des bracelets de géant, tombèrent au sol. Sitôt libéré, Charles s'écria :

— Tu vas avoir des problèmes à cause de ça, tu sais ?

— Je ne vois pas pourquoi. Ils n'ont qu'à envoyer la facture à Gonzo ou je ne sais qui. Tiens.

Kate retira son manteau et le tendit à Charles qui tremblait toujours.

— C'est un manteau de fille.

— C'est un manteau. Enfile-le avant de mourir d'hypothermie, abruti.

— Il y a un drapeau nazi dessus.

— C'est le drapeau de l'Allemagne de l'Ouest. On les a battus à la Coupe du monde, tu te rappelles ?

— Ils étaient dans notre camp ?

— À la Coupe du monde ? Non.

— À la guerre.

— On se met en route, Charles ? C'est par où, ta chambre ?

Le manteau, trop grand de trois tailles pour Kate, allait à merveille à son compagnon gelé. Si elle s'attendait à voir un étudiant de Benedict College en sous-vêtements ce soir-là, ce n'était vraiment pas celui-là.

— De l'autre côté du lac.

Kate regarda les jambes maigrichonnes de Charles qui dépassaient du manteau, comme celles d'un bonhomme vêtu d'une robe sur un dessin d'enfant.

— Les enfoirés, ils t'ont même pris tes chaussures. Bon, attention où tu mets les pieds. En route.

Elle ouvrit la voie, timidement suivie par Charles qui tentait de fermer les boutons, dont la plupart étaient décousus. Il se remémora soudain un autre problème insurmontable.

— Je n'ai pas la clé de ma chambre !

— Le gardien aura un double.

— Écoute, je peux rentrer seul. Pourquoi est-ce que tu m'accompagnes ?

— Parce que je veux récupérer mon manteau.

— Ah. Oui.

Comment, comment, mais COMMENT cet imbécile patenté avait-il pu devenir son chef ? Comment l'homme le plus stupide qu'elle avait jamais rencontré pouvait-il avoir la moindre influence sur elle au XXIe siècle ?

— Au fait, comment tu connais mon nom ? Tu ne m'as pas répondu.

— Oh, je dois avoir entendu quelqu'un le prononcer tout à l'heure. Je crois que j'étais derrière toi dans la queue pour…

Elle tenta une réplique à la Luke.

— … tu sais, cette queue super longue à…

— À la cantine à midi ?

— Ouais.

— Ah, d'accord.

Le chemin était long jusqu'à la chambre de Charles. Kate pensait à ce « Bonzo ». À la fin de la première année, elle connaissait bien le meneur de la clique qui harcelait Charles. Paul Bonaugh, en master d'économie – le genre de mec avec qui il vaut mieux éviter de se soûler ; le genre de mec dans la chambre duquel on ne revient pas ; le genre de mec qui prend un « non » pour un encouragement. Kate dressa la liste des types comme Bonaugh dont elle avait entendu parler à la fac. Étrangement célèbre pour sa relation monogame avec Luke, elle s'était tenue à l'écart de la plupart de leurs conneries. Mais elle avait entendu des histoires, et elle y prêtait foi. Devait-elle réagir ? À la manière des personnes vaguement conscientes de leurs problèmes d'alcool, Kate s'efforça de ne pas suivre le fil de ses pensées : l'ennui avec les divagations d'ivrogne, c'est qu'il n'y a qu'un pas entre une idée scandaleuse et sa mise en œuvre. Non, trancha-t-elle à contrecœur : elle n'était pas là pour régler leur compte à tous les violeurs présumés du campus. Elle ne croyait pas à la justice expéditive des gros bras. Elle n'avait pas plus le droit de le faire maintenant qu'une foule en colère n'aurait le droit de le faire dix ans plus tard, en confondant les mots « pédophile » et « pédiatre ».

Cela dit, si elle voyait « Bonzo » en train d'adresser ne serait-ce qu'un sourire déplacé à Amy, elle lui péterait la gueule.

Ces hommes. Charles ne faisait pas partie de leur groupe, mais il appréciait leur compagnie. Le voisinage de la violence masculine lui donnait déjà la gaule. Elle tâcha de ne pas penser à ça non plus. Ce slip. Beurk.

— Tu sais, dit-elle en se retournant vers Charles, tu ne devrais vraiment pas traîner avec ces mecs.

Charles scrutait avec anxiété les alentours au cas où quelqu'un serait témoin de sa marche de la honte, quand bien même cela aurait d'abord dû faire honte à ses agresseurs.

— Les enfoirés, marmonna-t-il. Ils vont regretter quand mon père sera au courant. Ils vont vraiment regretter.

Kate imagina le père de Charles tel qu'il devait être à ce moment-là – la cinquantaine, membre du gouvernement.

— Qu'est-ce qu'il fait, ton père ?

Charles réfléchit un instant, partagé entre la méfiance que lui inspirait cette inconnue et son besoin pressant d'affirmation sociale.

— C'est un homme politique.

— Vraiment ?

— Assez important, pour tout dire.

— Impressionnant.

— Oui, bon. Ça en impressionne certains, mais… tu sais, ça fait partie du jeu.

— J'imagine. Mon père est chauffeur de taxi.

— Désolé de l'apprendre.

Il était parfaitement sincère. Kate dut se retenir de rire. Mais elle eut envie d'insister : jamais en vingt-huit ans Charles ne lui avait dit la vérité sur son père.

— Donc ton père, c'est un homme puissant ?

Un silence.

— Oui.

— Tu dois beaucoup l'admirer.

Elle dévisagea de nouveau Charles. Elle ne parvenait pas à lire son expression dans le noir, mais son silence traduisait une terrible souffrance.

— La barre est haute, murmura-t-il enfin.

Voilà. Charles Donnard résumé en quatre mots. Ou plutôt une définition de son problème, dont il ferait celui du monde entier.

— Je suis sûre qu'il est très fier de toi.

— Excuse-moi, comment tu t'appelles ?

— Kate.

— D'accord. Ça ne te regarde pas, Kate.

Après un passage humiliant par la loge du gardien, Charles entra dans sa chambre, et Kate le suivit. Il alluma le plafonnier, faisant apparaître une pièce rangée, aux murs ornés de deux images : un poster de l'avion d'assaut Harrier et un portrait de Margaret Thatcher, découpé dans un journal. Charles se dirigea tout droit vers son armoire, d'où il tira un pantalon en toile de coton beige et une chemise à carreaux. Kate détourna son regard pour épargner à sa mémoire un autre souvenir indélébile du corps de Charles, qui, pensait-elle, avait certainement toujours la couleur et la consistance de la Patafix mouillée.

— Euh… tiens, c'est à toi, marmonna-t-il en rendant son manteau à Kate.

— Merci. Je vais y aller.

Kate enfila son manteau, assez fière d'avoir sauvé ce connard ingrat. Si elle pouvait se montrer si gentille avec son futur ennemi, elle parviendrait sans doute à pardonner à son futur mari. Même s'il n'était encore qu'un ado décevant, Luke restait en danger, et elle avait une mission à accomplir.

— Je vais au bar. La soirée ne fait que commencer. Tu viens ?

— Euh...

Bien que désormais habillé, Charles éprouvait une nouvelle forme d'angoisse – celle que l'on ressent quand on se trouve seul dans une chambre avec une femme pour la toute première fois. Il faisait les cent pas, tête basse et sourcils froncés, rasant les quelques meubles, comme un mauvais acteur.

— Non, je crois que je vais plutôt... rester là pour l'instant. Je vais lire un peu, écouter un CD.

Il avait l'air malade, comme s'il savait qu'il devait dire quelque chose qui le ferait vomir. Il prit sur lui.

— Dis, Kate. Tu as été... C'était... Pourquoi est-ce que tu as été si gentille avec moi ?

Kate lui sourit.

— Parce que tout le monde mérite une seconde chance, Charles. Tout le monde.

Chapitre 13

Le bar était bondé. Kate se fraya un chemin pour contourner la table de billard. La petite bande s'était sans doute réfugiée ici depuis que Kate avait quitté la chambre d'Amy, une heure plus tôt, et les objections de Kes avaient dû se tarir en même temps que le vin. Elle les repéra près de la table centrale, avec quelques autres étudiants de première année. Après son départ grincheux, il lui faudrait un certain culot pour se joindre à eux, mais Kate se dit qu'à leurs yeux elle atteignait déjà les sommets sur l'échelle de la bizarrerie et qu'une excentricité de plus n'y changerait pas grand-chose. Elle commanda un demi de cidre et s'approcha de la table.

Kes la vit le premier.

— Marsden ! Elle s'en va et elle revient, ça se chante et ça se danse !

— Salut ! C'est encore moi.

Kes se décala sur la banquette pour lui faire de la place, écrasant un peu Toby, qui, le sourire aux lèvres, leva son verre dans la direction de Kate. Amy parlait avec véhémence à Luke des méfaits du modèle économique de Nestlé dans les pays en développement. Il hochait la tête d'un air sincère tout en jetant des coups d'œil réguliers par-dessus l'épaule de son interlocutrice, au cas où il se passerait quelque chose de plus intéressant.

Toby se roulait une cigarette.

— Kes et moi parlions des émissions télé pour enfants. Imagine un sujet plus morne. On est en plein déni.

— Ah ouais ?

Kate cherchait à se débarrasser de son manteau d'étudiante tout en s'asseyant, une manœuvre dont elle avait oublié la difficulté. Elle se redressa.

— Et en plein déni de quoi ?

Son mouvement et sa question firent tourner la tête à Luke et Amy. Kate réussit enfin à enlever son manteau et se rassit, adressant au passage un pouce levé à Amy. Sans bouger la main de la table, celle-ci tendit le pouce à son tour, les sourcils toujours froncés. Kate dodelina de la tête, l'air réjoui, comme si de rien n'était. Et elle choisit d'ignorer l'expression de stupéfaction sur le visage de son mari mort.

C'est ça. Keep cool.

— On est dans le déni de notre immense potentiel universitaire, répondit Kes. Parler de *Winnie l'ourson* dans un environnement comme celui-ci, c'est une véritable transgression.

Un grand fracas retentit à l'autre bout de la pièce : le bruit du plateau renversé et l'humiliation de celui qui portait les verres furent accueillis par des cris de joie.

Toby passa la pointe de la langue sur une Rizla et apporta la touche finale à son œuvre.

— Oui, cet endroit bouillonne d'énergie intellectuelle.

— Bon sang, j'adorais *Winnie l'ourson* ! intervint Luke.

Amy croisa les bras et détourna la tête. Kate devait encourager Luke, qui disait enfin quelque chose d'honnête. Il aimait vraiment *Winnie l'ourson.* Comment passer en finesse de ça à « Tu as une tumeur au cerveau » était une question d'une complexité bureaucratique qu'il lui faudrait bientôt résoudre.

— Moi aussi, j'aimais bien, dit-elle d'une petite voix.

Toby en avait toujours après Luke.

— Qu'est-ce que tu aimais dans *Winnie l'ourson*, Luke ?

— Le hibou, répondit aussitôt Luke. Maître Hibou. Il est si pédant. Il se croit au-dessus de tout le monde, mais il ne peut pas s'empêcher de se mêler de tout. Ça fait plus réel.

— Tu veux dire que c'est un patriarche bienveillant, commenta Toby en allumant sa roulée sans s'attarder sur les mouvements de cils de Luke, en quête d'un peu d'attention. Il représente l'adulte qui valide les opérations. En d'autres termes, même enfant, on attend d'être autorisé à croire à la magie.

— Le monde de Winnie est magique en soi.

— Sans aucun doute. Mais toi, tu penses qu'on a besoin d'un Maître Hibou qui nous signe la perm.

— La perm ?

— L'autorisation. On ne peut pas profiter du rêve tant qu'un professeur autoproclamé ne nous en a pas donné la permission.

— Je n'ai pas dit ça.

— Ah bon ? Pourtant tu as dit que ça faisait plus réel.

— Non, je... Oui, j'ai peut-être dit ça, mais...

Kes sentit comme une tension dans l'air et entreprit de la désamorcer.

— De toute façon, la forêt de Winnie naît de l'imagination d'un petit garçon. C'est lui, le personnage principal. Les tribulations de ces animaux anthropomorphes ne sont qu'un prétexte.

Surmontant sa réticence à participer au débat, Amy trouva quelque chose à dire :

— Oh, tu parles. Le petit garçon n'apparaît presque pas. « Anthropomorphes », ah oui ? Et où sont les femmes dans cette histoire ?

La familiarité du sujet commençait à oppresser Kate. Elle s'était déjà réjouie de participer à ces discussions la première fois – au cours du premier semestre, quand ce n'était pas de *Winnie l'ourson*, ils parlaient du chat Isidore. Mais le fait que Luke ait utilisé le mot « réel » l'avait dérangée. Kate accusait soudain le poids des années – maintenant qu'elle avait la quarantaine, son enfance lui paraissait si lointaine qu'elle se demandait parfois à quel point elle avait été réelle. Par réflexe, elle effleura son épaule gauche à la recherche de sa cicatrice du BCG.

— Ouais, la nostalgie n'est plus ce qu'elle était ! s'écria Luke.

Cette intervention mit fin à la conversation, et Luke s'empressa de boire une gorgée de bière. Le cœur de Kate se serra de compassion. Elle avait toujours su quelle était la plus grande peur de Luke, sa terreur la plus secrète : être ennuyeux.

Quand il entrait dans une pièce, son apparence éveillait des attentes qu'il craignait de ne pas satisfaire. Il était comme David Beckham : un demi-dieu avec une voix venue du *Muppet Show*. Achille ouvrait la bouche, et tout le monde était soulagé de l'entendre parler comme Kermit la grenouille. Mais la voix de Luke n'avait rien de bizarre : un léger contralto, doux comme la craie. Il redoutait plutôt ce qui pouvait en sortir. D'où ses manières affectées et ses foutaises. Kate l'avait sevré de cette crainte avec un mélange d'amour et de dérision. Elle préférait nettement quand ses phrases avaient le goût du lait et des cookies : elle aimait l'entendre parler comme Barbara, sa mère. De plus, elle connaissait intimement la vie intérieure de Luke, bien plus sombre et tortueuse. Elle avait lu son livre. Si un personnage de son interminable roman avait dit quelque chose d'aussi banal que « La nostalgie n'est plus ce qu'elle était », il l'aurait persécuté pendant cinq pages avant de le jeter sous un camion.

— Ça, c'est bien vrai ! ponctua Kate.

Elle cherchait quelque chose pour donner du relief au ton ennuyeux de Luke.

— Il paraît que les pattes d'eph reviennent à la mode, quelle connerie !

Toby prit un air inquiet.

— Elles sont déjà revenues, non ?

— Elles sont revenues, et reparties, renchérit Amy.

Kes vérifia la coupe de son jean rouge.

— Non, je confirme que c'est toujours à la mode. On est toujours dans les seventies.

— Les pattes d'eph datent des années 1960, objecta Toby. Mon père en a encore dans son armoire.

— OK, j'avais tort, fit Luke qui semblait s'être repris. La nostalgie est bien ce qu'elle était. Tout revient.

— C'est vrai. Mais ce n'est pas pareil, répondit doucement Kate.

— Personne n'a dit que c'était pareil, lança Amy.

Kate eut l'impression de heurter un mur de futilités profondes. Elle ne pouvait rien leur dire. Elle en savait trop.

— Pourtant toi, tu es pareille. Tu ne le sais pas, mais tu es la même.

Kes, qui avait perçu le déchaînement de pensées sous le front de Kate, décida de l'asticoter pour de bon.

— Oh non, Marsden a un éclair de génie, on est dans la merde !

Kate l'ignora.

— Tous aux abris ! Elle va nous anéantir à cause de nos niaiseries sur *Winnie l'ourson* et les pattes d'eph.

— Ce n'est pas niais, c'est juste que vivre dans le passé n'a aucun sens.

— Pourquoi ?

Ne dis rien de bizarre. Ne dis rien de bizarre.

Kate cria presque :

— Parce qu'il n'y a qu'une seule première fois dans tout ce qu'on fait ! Parce qu'on ne peut pas feindre l'innocence !

Il y eut un silence surpris. Kate poursuivit avec plus de calme, mais aussi une pointe de colère modérée. Elle ne savait même pas contre qui.

— Tu peux porter des pattes d'eph comme dans les seventies, tu peux jouer avec ton groupe indé comme David Bowie dans les seventies, mais ça ne sera plus pareil parce que tu sauras des choses qu'on ignorait dans les seventies. C'est comme dire : « Gardez le sida et la place Tian'anmen, nous on prend les ballons sauteurs. » En plus, ça consiste à regarder toujours plus en arrière. « Revenons aux bases. Reprenons le contrôle. *Make America great again.* » Et c'est toujours une erreur. Parce que personne ne se rappelle les choses correctement. Renationalisons les trains et oublions qu'ils étaient encore plus merdiques. Les pattes d'eph, putain. Autant danser la conga dans un cimetière.

Kes marqua une pause avant de se tourner vers une caméra imaginaire.

— Ainsi se conclut l'épisode hebdomadaire de notre série *Kate Marsden tient bon.*

La tension faiblit aussitôt, Kate se sentit aussi soulagée que vexée.

— La semaine prochaine, Kate rencontre Nelson Mandela et s'en prend à ses goûts vestimentaires.

Kate rit avec les autres.

— Désolée. J'aurais dû m'arrêter.

Amy la prit par le bras.

— Je t'interdis de t'excuser. Ils ne le feraient pas, eux, dit-elle en désignant les garçons autour de la table.

— Moi, si, peut-être, lança Luke avec une candeur empressée qui arracha un grognement à Toby.

S'étant attiré plus d'attention qu'il n'en avait souhaité, Luke maquilla sa gêne avec un raclement de gorge.

— Oui, reprit-il. Mais je ne comprends pas ce que tu racontes à propos des trains. Pour autant que je sache, ils appartiennent toujours à l'État.

Kate avait commis une erreur, mais l'intervention acerbe d'Amy lui laissa l'occasion de souffler :

— Pas pour longtemps, connaissant ces salauds.

— Notre Premier ministre, Major, en parle, mais…

Entre-temps, Kate avait retrouvé ce qu'elle cherchait dans la fresque géante de sa mémoire. Elle s'emballa au point de laisser échapper :

— 1994. Ils vont les privatiser… dans deux ans. Je pense.

— Je le savais. Non seulement Marsden a des idées très arrêtées sur la nostalgie, mais elle est aussi voyante.

— Non, non, c'est…

— Tu savais que Toby et moi étions tous les deux Verseau.

— C'était juste…

Luke intervint.

— Alors, qui va remporter la prochaine course hippique à Liverpool ?

Kate but une gorgée de cidre.

— Euh… Red Rum ?

Luke éclata de rire.

— Je crois que Red Rum devra revenir du paradis des chevaux. Désolé, ça va ?

Kate essuya le cidre sur son nez.

— Ouais, j'ai juste avalé de travers. Écoute...

— Non, continuons de parler politique, « Kate la Clairvoyante », annonça Kes en fixant le plafond.

Il avait apparemment décidé que c'était un excellent surnom.

— Alors, Marsden, est-ce que John Smith va gagner les prochaines élections ?

— Je... J'en doute.

— Pourquoi ? demanda Toby.

Crise cardiaque.

— Trop facile, intervint Amy. Maintenant que Kinnock a foiré, il leur faut quelqu'un de gauche.

— Pas faux, acquiesça Kes.

Cela faisait cinq personnes qui voteraient pour Tony Blair avec divers degrés d'enthousiasme. Kate était contente de ne pas avoir à les en informer.

— C'est quoi, mon signe astrologique ? demanda Luke en battant des cils.

D'accord – Luke me drague à nouveau. C'est... une bonne chose ?

Se rappelant que Luke avait un faible ridicule pour les horoscopes, elle aurait voulu clore cette discussion absurde au plus vite. Mais elle commençait à peine à attirer son attention, ce qui serait tout de même pratique si elle voulait lui sauver la vie. Elle soutint son regard sans se départir de son calme.

— Tu es Balance.

Luke confirma qu'elle avait vu juste. Main tendue, il la désigna aux autres avant de se tourner de nouveau vers elle. Depuis le discours qu'elle leur avait tenu, il semblait avoir eu une révélation. Elle reconnaissait enfin une expression sur son visage, qu'elle n'avait pas vue depuis très longtemps.

— Une chance sur douze, marmonna Toby en retournant un sous-bock d'une pichenette.

Kate fixait Luke, qui la regardait droit dans les yeux. Il se moquait qu'elle sache ce qu'il pensait.

Mari folâtre. Ah, tu es culotté, quand tu t'y mets.

Luke vida sa pinte et consulta sa montre d'un geste théâtral.

— Bon, voilà. Ravi d'avoir fait votre connaissance.

Il se pencha et embrassa Amy sur la joue. Rien qu'une bise, mais elle dura 0,00045 seconde de trop. Amy comprit aussitôt que ce baiser était un message pour Kate et leva un sourcil à l'intention de la fille qui lui faisait face. Luke se pencha pour ramasser son manteau et Kate répondit par un bref sourire de connivence. Amy détourna la tête, hilare. Kate avait hâte de se retrouver seule avec son amie. Lui parler sans lui faire peur…

Scandalisé, Kes se leva.

— Bon sang de bois, où vas-tu, mon gars ? Ils n'ont même pas annoncé la fermeture !

— Je sais, répondit Luke en écartant lentement une mèche de ses yeux. Dommage, hein ?

Là-dessus, il braqua de nouveau son regard sur Kate. Puis :

— Je vais au lit.

— Bonne nuit, Luke ! s'écria Toby. Fais de beaux rêves.

— Si tu changes d'avis, quand ça ferme on va danser, l'informa Amy.

— Ah bon ? s'étonna Toby.

— Ouais. Un quatrième année en éco m'a dit qu'il y a un endroit qui fait restaurant chinois le jour et boîte la nuit. Le Blossom, je crois.

Kes réfléchit un instant.

— Ça m'a l'air complètement dingue. Allons-y.

Luke jeta sa veste sur son épaule. Il ressemblait encore plus à un mannequin.

— Amusez-vous bien.

Il s'éloigna, non sans avoir lancé une nouvelle œillade à Kate au passage.

T'es bien sûr de toi ! Tu t'attends à ce que je te suive.

— Bon, je paie ma tournée, lança Toby. Qu'est-ce que tu bois, Kate ?

— Oh, merde, on paie des tournées ? fit Kes.

Amy aussi était perplexe.

— C'est nouveau, ça.

Mais Kate se leva.

— En fait, j'y vais moi aussi.

Toby s'était baissé pour chercher de la monnaie dans son manteau. Il s'interrompit un instant, une expression de résignation amère sur le visage. Kate s'excusa d'un haussement d'épaules.

— La journée a été longue.

Après l'avoir ramassée trois fois par terre depuis le petit déjeuner, la bande ne pouvait pas lui donner tort sur ce point.

— On se retrouve peut-être tout à l'heure au Pékin Express, si tu reprends du poil de la bête, proposa Kes.

— Peut-être. Vous avez tous été très sympas avec moi aujourd'hui. Merci.

Toby se leva pour aller au bar, les mains dans les poches.

— À ton service.

Kate lui adressa un salut chaleureux de la tête puis s'agenouilla près d'Amy. Les deux hommes comprirent que c'était un moment entre filles et s'affairèrent à commander la tournée.

— Surtout toi, dit Kate.

— Je sais pas ce que tu as, chouchou, répondit Amy en prenant la main de Kate. Mais si tu as besoin de compagnie… tu sais où est ma chambre.

— Ça, oui.

Fixant la main de son amie, elle repensa aux semaines qui avaient suivi la mort de Luke.

— Tu sais, j'ai fait un rêve. Pas une prophétie ou une connerie de ce genre, mais… c'était très réel. Dans ce rêve, je perdais quelqu'un. Quelqu'un de très proche.

— Affreux.

— Ouais, c'était affreux. Le truc, c'est que… tu étais là. N'aie pas peur – pas toi, évidemment, c'est impossible. Mais… quelqu'un qui te ressemblait beaucoup. Et on était amies. Et tu te documentais sur le deuil. Tu avais lu tout ce que tu pouvais lire sur le sujet, dans une grande bibliothèque. Et tu découvrais que les gens qui vivent un « deuil compliqué » – ceux qui perdent quelqu'un brutalement, ou trop jeunes, ce genre de chose – n'ont plus d'appétit pendant un moment. Alors tu me faisais des soupes, Amy. Des soupes et des bouillons. Et tu me les apportais. Tu venais chez moi avec un thermos et des magazines. Tous les jours. Enfin… la personne qui te ressemblait. Tu essayais de veiller sur moi. Et j'étais trop mal en point pour te remercier.

Amy secoua doucement la tête, avec l'air de se demander si cette fille avait besoin d'un câlin ou d'un hôpital psychiatrique.

— J'aimerais me dire que j'agirais comme ça pour quelqu'un si cette situation se présentait, mais… Enfin, on ne sait jamais, hein ?

— Non. On ne sait jamais.

Kate ne pensait pas pouvoir en dire davantage. Elle allait se lever quand une dernière idée lui vint.

— Ah, ce mec de quatrième année qui t'a parlé du Blossom. C'était pas un grand costaud teint en blond, par hasard ?

— Ouais. Ses copains l'appelaient Bonzo ou je sais pas quoi. Tu le connais ?

— Un copain de copain. Dis, ne le prends pas mal, je suis sûre que tu sais te débrouiller toute seule, mais… méfie-toi de lui. Il a mauvaise réputation. Très mauvaise.

Amy comprit le message.

— D'accord, mon chou. Merci.

— Il vaut toujours mieux être prévenue.

— Je suis d'accord.

— Salut, Amy. À bientôt.

Chapitre 14

Quand Luke ouvrit la porte, il avait déjà sur les épaules sa chemise de grand-père. Kate ne savait pas trop à quoi elle s'attendait – le « torse de l'année », avec un renflement sous son jean ? Un smoking à la Terry-Thomas et un clin d'œil ? Quand bien même elle aurait interprété correctement son expression au bar, comment devrait-elle réagir ? Il avait dix-neuf ans. Ce serait comme baiser avec un neveu.

Le court trajet jusqu'à sa chambre avait un furieux air de déjà-vu. Elle gravit l'escalier familier à en donner le vertige qui menait à son couloir, dépassa la cuisine partagée avec son fumet de nourriture d'étudiants (riz à quelque chose, pâtes à quelque chose, thon, boîtes de pulpe de tomate vides éparpillées sur un égouttoir), puis la porte de la chambre de Martin Bailey derrière laquelle retentissait *Achtung Baby*. Chaque pas lui faisait remonter des centaines de souvenirs précieux, qu'elle redoutait d'effacer. Mais elle n'avait pas le choix – les effacer servait un but.

C'était extrêmement simple. Elle allait convaincre Luke qu'elle venait du futur et qu'on devait lui retirer une tumeur du cerveau, sans quoi il mourrait à l'âge de quarante-sept ans dans sa cuisine, qui était aussi sa cuisine à elle, car elle était sa femme. Bon.

Kate fut surprise non par le fait qu'il était tout habillé, mais par son air de parfait étonnement.

— Oh ! Salut.

— Salut.

— Oui ?

— Euh... je... je passais par là.

— D'accord. Tu cherchais quelqu'un ?

Bon sang.

— Eh bien oui. C'est toi que je cherchais.

— Oh !

Elle mit fin à une pause des plus gênées en anticipant sa question suivante.

— J'ai demandé ton numéro de chambre au gardien. Ne t'inquiète pas, je ne t'espionne pas !

Luke gloussa poliment mais ne parut pas convaincu.

— Bon, d'accord, je t'ai espionné. Rien qu'un peu. Un mini-espionnage.

— Un espionnageounet.

— Exactement.

Luke parut se rendre compte qu'il fallait agir.

— Bon, eh bien entre.

Il s'adressait à elle comme à une amie de la famille avec qui il devait faire la conversation jusqu'à ce que ses parents soient de retour du supermarché.

— Merci.

Elle le frôla en entrant. C'était peut-être le plan le plus stupide que la Femme ait jamais imaginé.

Luke referma la porte derrière elle. Il était pieds nus, et elle se sentit comme une intruse.

— Je peux prendre ton manteau ?

Le trouble qu'il éprouvait avait activé ses automatismes de classe moyenne.

— Euh... merci.

Kate lui tendit le manteau qui avait récemment couvert le corps argileux de Charles Donnard et s'assit dans un fauteuil près de la fenêtre. Elle réprima un sourire en le regardant se demander où mettre son manteau, avant de se décider à le plier et le poser soigneusement par terre. Il s'assit sur le lit en face d'elle. Comme dans le rêve récurrent de Kate, mais cette fois il était tendu et recroquevillé, non plus dos au mur sous Kurt Cobain. À supposer qu'il existe des occasions convenables pour dire : « Enlève donc un peu tous tes vêtements, que je fasse mine de te dessiner », ce n'était pas celle-ci. L'univers se moquait d'elle, et même Kurt avait l'air de bien rigoler.

Très bien – que l'effacement commence !

— Luke, il faut que je te dise quelque chose.

— Un café ! s'écria-t-il. Je t'ai peut-être invitée à prendre un café. Et puis j'ai oublié.

— Tu... ? Euh... non, pas explicitement... Même si ton regard était assez...

— C'est ça. Oui. Je suis un dragueur pitoyable. Mais tu me plais beaucoup, alors je suis content que tu sois là.

— D'accord. Bien... ça, c'est clair.

— Désolé. C'était...

— Moi aussi, je suis contente d'être là.

Elle lui adressa un sourire rassurant, et ils rirent ensemble. Voilà qui était mieux – un moment de gêne atroce parce qu'ils se plaisaient, comme des adolescents normaux. Il y avait quelque chose à exploiter. Kate était touchée et rassurée de voir enfin apparaître le vieux Luke – ou le jeune Luke d'autrefois. Dès qu'il n'était plus entouré, il cessait de raconter ses conneries. Il ne faisait plus semblant d'être français, ne draguait plus en citant des phrases convenues. Il ne restait que ce jeune homme franc qui disait des choses comme « Tu me plais beaucoup », sans savoir ce qui allait se passer.

— Bon, eh ben, dit-il en scrutant la pièce à la recherche de l'inspiration. Ça devient gênant. On devrait peut-être discuter un peu.

Kate comprit que si elle avait eu encore dix-huit ans elle aussi se serait sentie gênée, et que cela aurait donné lieu à une longue conversation sur le fait qu'ils ne savaient pas de quoi parler. Mais elle en avait quarante-cinq et elle était pressée.

— Comme je te le disais, il y a quelque chose…

— En fait, je n'ai pas de café, l'interrompit-il.

— Ne t'en fais pas. Mais je tiens à te dire qu'on ne va pas baiser ce soir, Luke.

— Non ?

— Non.

— Merde.

— En tout cas, pas moi.

— Je vois.

— Je ne suis pas vraiment d'humeur à baiser.

— Je comprends. Le premier soir, tout ça.

Kate fut amusée qu'il croie qu'elle n'était « pas ce genre de fille », alors qu'elle l'était complètement. Mais ça n'était pas le sujet ce soir.

— Ouais, fit-elle.

Il parut satisfait : cette fille étrange mais intéressante avait parlé la première de coucher ensemble, et le fait qu'elle refuse était presque aussi excitant que si elle avait accepté. Il était question de sexe, et c'était le principal. Il tendit une jambe sur son lit et entreprit de se masser le pied avec nonchalance.

— On peut apprendre à se connaître. Tu parles bien. Tu m'as étonné au bar. Ah, je sais ! On peut prendre un raccourci en…

— Qu'est-ce que tu as au pied ?

— Quoi ?

— Tu te masses le pied droit. Tu t'es fait mal ?

Il regarda sa jambe d'un air surpris et retira sa main comme par réflexe.

— Non, pas du tout. Parfois il est un peu engourdi. Bizarre.

— Des picotements ?

— Ouais, ça arrive. En tout cas, je connais un bon raccourci pour apprendre à se connaître…

Kate prit une inspiration et tenta de ne pas se focaliser sur la tumeur asymptomatique de Luke, qui la titillait en exhibant son unique manifestation. Elle jeta un regard à Kurt Cobain, qui ne savait pas s'il devait rire ou pleurer. Luke avait tellement l'habitude de faire ce geste, elle aurait très bien pu ne pas le remarquer. Elle fit en sorte de se rassurer : c'était comme si elle appelait une ambulance chaque fois qu'il grattait le grain de beauté dans son cou ou prononçait le *e* de « samedi ».

Pas de panique. Rien ne presse. Laisse-le parler, puis oriente de nouveau la conversation sur la médecine, l'avenir ou… Regarde-le : à part ça, il est en bonne santé. Pas de quoi s'inquiéter.

Elle l'écouta de nouveau : il parlait de ses cours de lettres.

— … parce qu'on ne peut pas devenir un bon écrivain si on ne lit pas beaucoup, tu ne crois pas ?

Elle chercha à se concentrer.

— Tu as sûrement raison. Enfin, je n'ai jamais vraiment essayé…

— Alors, tu veux lire mon livre ?

Kate déglutit.

— Ton livre ?

— Pas en entier, évidemment. Il n'est pas terminé, mais il est déjà assez consistant.

Il se leva et ouvrit un tiroir de son bureau.

— Vois ça comme un exercice de confiance.

— De confiance, répéta Kate, étourdie.

— Ouais, comme font les acteurs.

Il brandit ce que Kate reconnut comme une ébauche de l'un des nombreux manuscrits de *Peu importe* – environ deux cents pages A4 écrites à la main, reliées par des pinces que Luke avait volées au lycée. Il le lui lança, et elle le rattrapa comme s'il s'agissait d'une grenade dégoupillée. Luke s'en aperçut, mais son enthousiasme, à son paroxysme, avait eu raison de sa modestie.

— Tu n'es pas obligée.

Kate regretta un instant de ne pas être américaine pour pouvoir prendre cette suggestion au pied de la lettre. Mais pour un Anglais, cela signifiait : « Tu ne peux pas y échapper. »

— Non, non – ça a l'air…

— Tant mieux. Je vais piquer du café dans la cuisine, soyons fous.

Il se dirigea vers la porte, puis se retourna.

— C'est le premier jet, sois indulgente ! Un peu comme si je me mettais nu devant toi, mais en moins dégoûtant.

Kate, qui avait aujourd'hui deux ans de plus que la mère de Luke à l'époque, leva les yeux de la première page.

— Je suis sûre que tu es très beau, nu. Mais comme je t'ai dit…

— Compris !

Il parut regretter de lui avoir confié son chef-d'œuvre.

— Rappelle-toi que c'est ta seule chance de le lire pour la première fois. Et que ce n'est pas fini. Tu ne te moqueras pas de moi, hein ?

— C'est une épreuve de confiance ?

Luke eut l'air soulagé.

— Exactement ! Je n'aurais pas pu mieux dire.

Il ouvrit la porte.

— Je reviens vite.

Une fois de plus, Kate se retrouvait seule dans une pièce, et ce livre insupportable était son unique lien avec Luke. Elle tourna la première page avec précaution. Le voilà : son ennemi. Le fou dans la cave. Le portrait dans le grenier. Malgré ce que Luke prétendait, elle savait que le premier paragraphe avait déjà été réécrit un nombre incalculable de fois : Luke avait commencé juste après son brevet. Ce qui l'intéressait le plus, c'était le fait d'écrire. Il n'allait pas tarder – pendant son premier semestre à York – à passer à la version digitale. Il ne posséderait pas d'ordinateur avant de nombreuses années, mais c'était là, dans la salle informatique de l'université, qu'il s'était mis à taper son texte sur un Mac Classic II.

Elle examina le parchemin devant elle avec une curiosité d'archéologue. Partout de l'encre, partout son écriture. Là d'où venait Kate, les objets portant l'écriture de Luke étaient une denrée rare. De vieilles lettres d'amour, celles qu'il lui avait écrites dans le cahier qui se trouvait sans doute dans le tiroir d'où il venait de sortir son livre. Une ou deux listes de courses, le talon d'un vieux chéquier. Elle retrouvait ses *l* penchés, la boucle de ses *f* – ses ratures rageuses et ses notes griffonnées à la verticale dans les marges. Tout cela dans une abondance insouciante, comme si l'encre était inépuisable, que sa main ne cesserait jamais d'écrire.

Kate lut, ignorant poliment ce qui avait été barré et cherchant à évaluer pour la deuxième fois ce que Luke cherchait à accomplir pour la première fois.

Les talons vertigineux de Jessica Zed cliquettent sur l'asphalte, ils transportent les seins pneumatiques de leur maîtresse, racontant leur propre histoire tandis que le toit

multiétage luit dans le brouillard de chaleur, tel un bloc de sorbet reconnaissant de fondre. Son esprit est vide. Aussi léger qu'un étron en plastique. Vide comme le toit de ce parking ; preuve que Gary Poubelle a fait son boulot. Ça, il avait choisi le bon endroit pour leur rendez-vous. Il avait malmené les draps de son lit fétide (ils puaient) mais il avait raccroché le cornet exultant. Elle avait dit d'accord.
Maintenant la voilà : elle cliquette vers lui.
– poids plume
– je t'allume
– coup d'enclume.
Est-ce son parfum qui le pousse à la digression ? Du JuJu à 80 livres la bouffée de 100 ml de vinaigre. En détresse, il regarde avec le haut et le bas, sa matière grise et sa braguette en crise : *ça* en berne, *ego* en flèche, le yin et le yang de Poubelle baisent en plein soleil et on sent l'odeur de rouille des lunes de Jupiter.
La voilà enfin : trempés de Ju, tachetés de Ju sont les tétons qui pointent à travers.
Son vagin parle le premier –

Kate soupira et secoua la tête. Il n'allait pas continuer comme ça pendant deux cents pages, quand même ? Bien sûr que si. Il allait continuer comme ça pendant vingt-huit ans. Elle feuilleta la première moitié du volume. Elle tenta – une fois de plus – de considérer ce truc de manière objective. Bon : il avait le sens du rythme, c'était une bonne chose. Il jouait avec les mots, ce qui était une bonne chose. Ça n'avait strictement ni queue ni tête, et c'était une mauvaise chose. On percevait une sorte de misogynie, et c'était une mauvaise chose. Certaines références littéraires étaient inutiles : ça aurait pu être presque bien si elles avaient eu le moindre rapport avec l'histoire, mais elles n'avaient rien à voir, donc c'était vraiment mauvais. Le problème, c'était surtout qu'il n'y avait pas d'histoire. Luke n'écrivait pas une histoire. Il s'offrait une branlette. Mais ni lui ni le lecteur ne jouirait jamais. Kate songea que si Luke se filmait en train de se branler, il y aurait au moins un marché. Et au moins, ça aurait une fin.

Elle tourna à nouveau quelques pages. Un paragraphe attira son regard.

> … mais ça se passe pas comme ça avec Morlock.
> Morris Morlock mate le terrain, genre putain, putain, voilà que ça recommence. Il se passe rien, mais il suppose. Toujours là. Comme quelque chose qui pousse dans son ciboulot. Une petite bosse dans sa tête qui gratte, comme une croûte qui t'asticote. Riche et discrète, comme Veronica Vide. Elle lui donnait l'impression que la chimio lui avait déjà pompé toute sa sève. Comme si elle l'avait attaché à la chaise de la cuisine et…

Kate avait complètement oublié ce passage. Luke avait supprimé depuis des années l'image de cette tumeur grossissant dans la tête de son personnage. Elle reprit sa lecture.

Soudain, un bruit retentit à la porte. Elle tourna la page d'un air coupable et Luke entra d'un coup de coude avec deux tasses de café dans les mains.

— Je crois que personne ne m'a vu ! murmura-t-il. Je rachèterai un pot demain matin. Malheureusement c'est de l'instantané et il est fabriqué par Nestlé. Est-ce que ça va quand même ?

— Je te promets de ne rien dire à Amy.

— Ah, oui ! Ouf ! Qu'est-ce qu'elle est bavarde, cette fille.

Il plaça un vieux cahier sur le bureau et posa une tasse dessus, à côté de Kate, essayant de rendre le mouvement aussi naturel que possible pour masquer l'évidence : il venait de lui donner un dessous-de-verre pour protéger le bureau. Kate savait que la mère de Luke avait glissé dans son sac à dos de vrais dessous-de-verre ornés d'aquarelles de la cathédrale de Salisbury. Luke les utilisait avec plaisir quand il était seul.

— Alors, dit-il en s'asseyant sur son lit, la tasse dans les mains. Tu as pu… lire quelques passages ?

Kate inspira et referma le manuscrit. Elle se surprit à lutter contre un vieux réflexe – un désir ancien de le protéger, de l'encourager : de lui donner ce qu'il voulait plutôt que ce dont il avait besoin. Comme une mauvaise mère. Mais elle n'aurait pas dû se mettre dans cette situation – elle n'était pas sa mère. Elle posa le manuscrit et se concentra sur le garçon qui lui faisait face, jaugeant sa masse et ses dimensions comme s'il était un os qu'il fallait d'abord briser pour pouvoir le réparer. Ça allait faire mal.

Il prit son silence pour une hésitation.

— Ne t'inquiète pas, je suis terriblement arrogant, je ne me vexerai pas.

Il but une gorgée de café.

— Qu'est-ce que tu en penses ?

— Je pense que tu as besoin de te faire examiner la tête, dit-elle d'une voix neutre.

Un sourire amer apparut sur le visage de Luke.

— Eh ben. Allez, saute le pas, Kate. Dis-moi vraiment ce que tu…

— Tu vas mourir à l'âge de quarante-sept ans. Je le sais parce que j'y étais et que ça m'a brisé le cœur. Luke, mon amour… Je suis ta femme. Je viens du futur et je suis là pour te sauver.

Chapitre 15

Il ne changea pas d'expression. Il la regarda fixement pendant quelques secondes avec un amusement sceptique. Il but une autre gorgée de café et posa la tasse à côté de ses pieds nus, dont les orteils s'étaient brièvement transformés en griffes préhensiles sur la moquette, mais qu'il détendit.

— Bon. Ça fait beaucoup là, dit-il.

— Évidemment, tu me prends pour une folle.

— Non ! Euh… en fait, si, un peu.

— Ouais. Bon, écoute…

— Si tu n'aimes pas le livre, il suffit…

— Ça n'a rien à voir avec ton livre.

— C'est seulement un premier jet…

— Luke, tu peux *s'il te plaît* arrêter avec ce livre ?

Il arrêta. Pas tant à cause de la remarque que de sa familiarité, comme si depuis très longtemps déjà elle lui demandait parfois de la fermer. Il décelait autre chose dans sa voix – pas seulement de l'intimité, mais aussi de l'autorité. Il avait l'impression de se faire gronder par une gentille prof ou quelqu'un qui aurait deux fois son âge.

Kate le comprit aux lignes qui plissèrent son front – les rides apparurent et disparurent comme l'ombre de nuages traversant un champ ensoleillé. À l'image de son propre visage, ces lignes se creuseraient pour devenir permanentes. Mais pour Luke, elles ne se creuseraient pas suffisamment.

Elle poursuivit.

— Si je tenais tellement à changer de sujet, je crois que j'aurais pu trouver quelque chose de tout aussi surprenant mais de plus plausible. Du genre... « Ton livre est super, mais tu savais que je suis belge ? » Ou « J'aime bien ton livre, mais parlons plutôt de mon père, qui a inventé *Les Wombles* ». Ce genre de truc.

— Je vois, dit-il prudemment.

— Mais ce n'est pas ce que j'ai fait. J'ai affirmé des choses complètement folles.

— J'ai remarqué.

— Alors pose-toi la question : pourquoi ai-je fait ça ?

— Je n'en ai aucune idée.

Kate se souvint qu'elle demandait l'impossible et réprima un frisson d'impatience. Il faisait clairement preuve d'une certaine paresse. Elle disposait d'un arsenal nucléaire de connaissances qui pourraient rendre ce garçon fou, mais elle voulait qu'il fasse au moins un pas dans sa direction. Il était capable de faire un petit effort de logique, quand même.

— Bon, jouons à un jeu. Tu aimes jouer, non ?

— Tu dois bien le savoir, non ? Tu es ma *femme.*

Luke accompagna ce dernier mot de ridicules guillemets avec ses doigts.

Kate ne savait pas si c'était bon signe qu'il ait l'air de s'amuser, mais en tout cas il l'écoutait toujours.

— Exact, fit-elle. Tu peux me poser n'importe quelle question sur le futur, et je te donnerai une réponse honnête. Tu as cinq minutes. À partir de maintenant.

Luke changea de position et s'assit en tailleur au bord de son lit. Il détourna le regard avec une moue amusée.

— D'accord… Quand, dans le futur ?

— Le début de la deuxième décennie du vingt et unième siècle.

Le sourire de Luke s'élargit.

— L'année 2020, donc.

— Oui.

— Pourtant t'es pas habillée en cosmonaute. Où est ton hoverboard ?

— On n'en a pas.

Elle resta patiente mais commença à trouver ça cruel : plus elle le laissait dire de conneries, plus il se sentirait stupide si elle parvenait à le convaincre.

— Pas de hoverboard. Merde. Qui est le président des États-Unis ?

Kate sentit le danger. Répondre à des questions sur l'avenir de la politique américaine ne convaincrait personne qu'elle était saine d'esprit. Pas plus sur la politique britannique.

— Il vaut mieux que tu ne saches pas.

— Ça peut pas être pire que George Bush.

Elle adorait parler de politique avec lui. Elle ne put résister.

— En fait, si. George Bush fils a été pire que George Bush, mais c'est Gandhi à côté du type actuel.

— George Bush… fils ?

— Question suivante.

— C'est qui ? Tu m'as dit que tu répondrais.

— T'as sûrement jamais entendu parler de lui.

— Essaie.

Kate soupira.

— Donald Trump.

— Donald…

— Tu vois ? En 1992, personne ne s'intéresse à...

— Quoi, ce connard américain ?

— Généralement, les présidents américains ont tendance à être américains, mais...

— Le truand immobilier avec sa perruque ?

Agréablement surprise de trouver une faille dans sa propre connaissance des connaissances de Luke, Kate trouva cela très inopportun. Quand avait-il entendu parler de Trump ?

— Oui.

— ... c'est le président des États-Unis ?

Kate regarda sa montre.

— Quatre minutes. Question suivante.

Très sceptique, Luke s'amusait toujours.

— Bon, c'est comment, en gros ? Le futur d'où tu viens.

Kate se concentra : elle n'irait pas loin avec un avenir abstrait. Il fallait qu'elle resserre le cadre.

— C'est de la merde. Mon mari vient de mourir.

— Moi, donc.

— Exact.

— De quoi je suis mort ?

— D'un cancer. Une tumeur au cerveau qui s'appelle méningiome.

Le sourire de Luke s'effaçait. Il ne savait pas à quoi jouait cette fille, mais le cancer n'entrait pas dans ses dix sujets de conversation préférés. Il plissa les yeux d'un air rusé.

— Vraiment ?

— Oui.

— Quand est-ce que je l'ai attrapé ?

— Tu l'as déjà.

Il cligna des yeux.

— Juste là.

Kate n'avait jamais connu Luke violent, mais en fin de compte il était costaud et elle s'apprêtait à le contrarier sérieusement. Elle garda ses distances et montra sur sa tête à elle un endroit situé deux centimètres au-dessus de son oreille gauche.

— La tumeur fait la taille d'un grain de riz, mais elle grandit chaque jour.

Il croisa les bras, comme pour résister à l'envie de s'apitoyer sur son sort.

— Très drôle, fit-il.

— En fait, ça n'a rien de drôle. Je t'aimais beaucoup et je m'en suis voulu. J'étais désespérée, au bord du suicide.

Elle le formula simplement, résumant neuf mois de souffrance en un simple exposé de la situation. Pour la première fois, une expression effrayée assombrit le visage de son mari. Ce fut presque un soulagement quand il la chassa par un sarcasme stupide.

— Oui, ça a dû être dur pour toi… « Kate », c'est ça ? Ça a dû être terrible, Kate. Parce qu'on était mariés depuis… combien de temps ?

— On s'est mariés en 2003.

— Bien sûr. Ça a dû être une sacrée fête.

— Oui. Je ne vais pas tout te raconter, mais…

— Je suppose que tu y étais.

Kate fut brièvement surprise par cette réplique.

Il poursuivit.

— Et quand est-ce qu'on s'est mis ensemble, Kate ?

— Ce soir.

— Vraiment ?

— Oui.

— Ce soir, c'est le grand soir de Kate, hein ?

— Oui, ça l'a été. Et le tien.

— Mais plus maintenant ?

— Non.

Il croisa théâtralement les jambes et inclina la tête. Kate voyait qu'elle lui avait fait peur, et que cela déclenchait certains de ses mécanismes de défense les moins avenants – le petit con prétentieux était de retour.

— Désolé, je ne dois pas être bien malin..., commença-t-il.

— Pas grave.

Il ignora son interruption.

— Mais, juste pour comprendre : comment se fait-il que tu aies eu si envie de coucher avec moi « ce soir » alors que ça t'intéresse si peu « ce soir » ?

La question n'était pas stupide, même s'il se comportait à l'instant comme un vrai crétin. Elle se pencha vers lui et l'illumination la frappa. Elle aurait dû s'y attendre.

— Parce que je ne suis plus la même personne maintenant. Mais ce n'est pas le problème. Le problème, c'est que toi non plus, tu n'es plus la même personne.

— Je suis sûr que ça a une importance capitale, mais il va falloir que tu...

— Tu es mort, mon pote. Et même si tu ne me crois pas, à partir de maintenant, tu es quelqu'un qui se l'est entendu dire. Tu n'es plus le même, maintenant. Là tout de suite, tu ne m'apprécies pas, et tu as encore moins envie de me demander en mariage.

— Oh mince, le mariage tombe à l'eau ! Tant pis.

Luke se leva en feignant un bâillement.

— Bon, c'était passionnant, mais j'aimerais que tu t'en ailles.

Kate insista.

— Et moi non plus je ne suis plus la même. Pas seulement parce que je suis plus âgée dans ma tête, mais parce que je viens de voir comment tu traites les gens que tu ne crois pas. Et ce n'est pas très sympa. Si tu crois vraiment que je suis folle, tu devrais te montrer plus gentil avec moi.

— Oui, bon, je suis terriblement décevant. Ça doit être pour ça que, d'après toi, on a mis onze ans à se marier.

Kate se leva à son tour.

— C'est pas pour ça qu'on a mis onze ans.

Elle traversa lentement la pièce pour ramasser son manteau.

— Je t'en prie, raconte-moi tout. Le suspense est insoutenable !

Elle se tourna vers lui avec un air de regret.

— J'attendais, Luke. Je faisais ce que ferait n'importe quelle femme qui dispose d'un peu de temps et de jugeote. J'attendais que le garçon grandisse.

C'était une remarque désobligeante mais, elle s'en aperçut, terriblement vraie. Le jeune Luke entreprit d'ouvrir le débat.

— Je ne vois pas de quel droit tu oses... Attends, est-ce qu'on peut revenir un peu en arrière ? On peut parler du DÉLIRE dans lequel tu nages ? Apparemment, je devrais être plus gentil, mais... vu que tu ne montres aucun symptôme classique de maladie mentale, qu'est-ce que tu fais, au juste ? À quoi tu joues, putain ?

Triste et abattue, Kate enfila son manteau. Rien à faire. Elle avait à nouveau échoué. Mais elle refusait de quitter la pièce sous ses invectives. Pour défendre son amour-propre, elle demanda :

— Parce que tu t'y connais en matière de maladie mentale, Luke ?

— Il se trouve que oui. En fait, mes parents voulaient que je devienne...

— Non, l'interrompit-elle. Pas tes deux parents. Seulement Richard. Il voulait que tu deviennes médecin, comme lui.

Luke ouvrit la bouche pour répondre, mais aucun son ne s'en échappa. Kate se rendit compte qu'elle avait pris les choses à l'envers. Ce n'était pas la voyageuse dans le temps ni la connaissance qu'elle avait de l'avenir qui atteindrait Luke, mais sa femme et la connaissance qu'elle avait de son passé.

Debout devant lui, les mains dans les poches de son manteau, elle poursuivit :

— Je sais ce qu'en pensait Richard parce que c'est l'une des premières choses qu'il m'a dites quand tu m'as présentée à tes parents l'été prochain.

— Je t'ai… l'été prochain… putain…

— Kate, ce n'est pas à ça que sert une mémoire comme la tienne.

— Et ça sert à quoi sinon ?

Elle enfonça le clou.

— L'endroit est charmant. 12 Fleetwood Avenue. Une grande maison individuelle. J'avais deviné que tu étais riche, mais ça m'a fait un choc. C'était la première fois que j'entrais dans une maison avec deux escaliers. Je croyais que ça existait seulement dans les films. Quelle chance d'avoir grandi là-bas. Tu avais le droit de jeter ta figurine Evel Knievel du haut du petit escalier, mais pas de l'autre, le grand, celui avec les barres à tapis en cuivre. Deux jardins. Barbara s'occupait bien de celui de devant et faisait pousser des plantes aromatiques – du romarin, du persil, de la menthe. Tu l'explorais avec ton astronaute Lego comme si c'était une planète étrange aux fleurs géantes. Et derrière, une grande pelouse que Richard entretenait avec sa tondeuse Flymo. Tu m'as raconté que, quand tu étais petit, c'était à toi de ramasser tous les cailloux avant qu'il commence à tondre. Le week-end et pendant les vacances d'été. Ensuite, tu lui apportais une bouteille de Batemans Ale pour sa pause. Vous vous reposiez ensemble et il t'interrogeait sur le tableau périodique ou te demandait le nom de tous les os du corps humain. Tu répondais presque toujours juste. Mais à l'adolescence, tu as changé ton fusil d'épaule, tu parlais aux poissons rouges du bassin, tu inventais des histoires. Tu as donné des noms aux poissons – que des garçons, évidemment : Rodney, Del Boy, Hannibal et Murdoch.

Luke paraissait hypnotisé.

— Luke, c'est toi qui m'as raconté tout ça. Et j'ai une assez bonne mémoire, tu vois ? Un jour, tu as retrouvé Murdoch qui flottait à la surface. Tu étais triste, tu es retourné à la maison, ta mère écoutait Radio 2 dans la cuisine. Tu te rappelles quelle chanson passait, non ?

Il avait reculé d'un demi-pas, les yeux perdus dans le vague.

— Oui, répondit-il d'une voix rauque.

— Tu n'as pas parlé du poisson mort à Barbara. Tu es passé sans rien dire parce que tu avais quatorze ans et que les garçons ne pleurent pas. Mais tu te rappelles la chanson. Ça t'a marqué parce que la chanson était triste comme il faut, mais trop merdique pour l'occasion. Tu n'arrivais pas à croire que le monde continuait de tourner alors que Murdoch était mort.

— C'était…

— C'était *Every Loser Wins* de Nick Berry, l'interrompit-elle.

Il y eut un moment où ils faillirent éclater de rire en pensant au pathos grandiloquent d'*Every Loser Wins* de Nick Berry. Comme Luke avant elle, Kate regretta que le morceau crucial n'ait pas été le *Requiem* de Mozart, ou au moins une chanson un peu émouvante de Sting. Mais à la fin de l'entracte, Luke parut prendre une décision.

— Bon, écoute-moi bien, dit-il fermement. Je ne sais pas qui tu es ni ce que tu veux, mais il faut que tu t'en ailles. Tout de suite.

— Luke, réfléchis ! Comment est-ce que je peux savoir toutes ces choses ? Et pourquoi est-ce que je te les dirais ? Pourquoi je te mentirais ? Qu'est-ce que j'ai à y gagner ?

— QU'EST-CE QUE J'EN SAIS !? hurla-t-il. Comment est-ce que je peux savoir comment fonctionne ton cerveau malade ?

— J'y ai réfléchi. Tu peux faire semblant d'avoir des crises. Ça les convaincra au moins de te faire passer un scanner ou…

— VA-T'EN ! DÉGAGE !

Il eut un geste brusque, elle leva les mains en signe de capitulation et recula.

— OK, ça va ! Pas la peine de péter une durite, putain !

Avant de partir, Kate fouilla instinctivement ses poches à la recherche de son téléphone et fut exaspérée pour la dix-huitième fois de la journée de ne pas le trouver. Si elle ne pouvait pas aider ce garçon débile, qu'est-ce qu'elle faisait là ? Elle avança vers la porte, puis se retourna immédiatement.

— Fait chier, je vais aller danser, annonça-t-elle.

— Quoi ?

— Je sors avec les autres. Je vais au Blossom, je vais prendre de la drogue, me bourrer la gueule et me jeter sur le premier mec que je verrai. T'as qu'à rester ici.

Luke fut abasourdi par cet ordre inutile.

— C'est… C'est exactement ce que je compte faire.

— Tant mieux.

— D'accord.

Elle ouvrit la porte et était presque sortie quand il la rappela.

— Kate !

— Qu'est-ce qu'il y a ?

Plus calme et un peu abattu, il s'approcha et lui demanda en regardant le chambranle de la porte :

— Ça va aller ?

Elle songea à son rêve récurrent, où il la rassurait comme ça. *Tout ira bien.* L'espace d'un instant, elle resta sans voix.

— Je veux dire… ce soir. Si tu sors toute seule.

Elle hocha sèchement la tête.

— Merci, mais je serai pas toute seule. J'ai des amis.

Chapitre 16

Elle les entendit avant de les voir. Kate tourna dans Coney Street et s'approcha de l'entrée du Blossom. La voix braillarde de Kes à l'avant de la queue lui parvint :

— Non, non ! Vous êtes tous trop mélodieux ! Il faut une seule note ! Surtout toi, Toby, tu chantes comme un enfant de chœur. Ça me fait bander, c'est vraiment très mal !

L'attitude joviale, très xxe siècle, de Kes face aux blagues de mauvais goût ne changerait jamais, mais ce ne fut pas ce qui retint l'attention de Kate. Elle se rappela le projet extravagant de Kes. Destiné à une carrière dans les comédies musicales du West End, il était actuellement obsédé par l'idée de faire fortune en montant des spectacles où toutes les chansons seraient chantées sur une note. Une seule. À tous autres égards, les comédies musicales seraient les mêmes : les productions coûteuses, les décors et les costumes, le casting de stars et le marketing tape-à-l'œil tout aussi prestigieux que ce à quoi le public du West End était habitué. Mais chaque mot de chaque chanson serait chanté sur la même note. *Sol* dièse, pour être précis. Car, selon Kes, c'était « une note injustement négligée, et de loin l'une des plus amusantes ».

— Ce sera magnifique, disait-il – pas seulement à Toby et Amy, mais au moins à une dizaine de première année et d'habitués dans la queue, qu'il dirigeait dans cette non-chanson. Au début, le public londonien sera surpris. Puis ils trouveront ça hilarant. D'une manière hystérique, dangereuse. Certains se souilleront littéralement et les placeurs devront se précipiter avec des serpillières et des pots de chambre. Vers la fin du premier acte, les bonnes gens de Shaftesbury Avenue détesteront. Mais ensuite, ils adoreront à nouveau. Ils trouveront *I Whistle a Happy Tune* chanté en *sol* dièse intensément perturbant. Puis transcendant ! À l'entracte, la plupart des gens partiront. Mais ensuite…

Du point de vue de Kate, ce projet n'était pas encore arrivé à maturité. En réalité, Kes y consacrerait le plus clair des huit années suivantes. Mais elle se rappela que la bande sonore de sa première semaine d'université comptait de longs passages de *Oliver !* et du *Roi et moi* joyeusement monotonisés. Plus les participants étaient nombreux, plus c'était drôle. Mais pour ceux qui ne faisaient pas partie du chœur, c'était aussi désagréable qu'agaçant. Une expérience qui ressemblait à l'amitié avec Kes lui-même.

Elle les rejoignit dans la queue, glissant son bras sous celui d'Amy. Celle-ci scruta l'expression de Kate puis accepta le geste avec un sourire et lui tapota la main sans faire de commentaire.

À la santé des amis qui ne posent pas de questions !

Kate eut aussitôt honte de cette pensée. Les amis ont le droit de poser des questions quand ils en ressentent le besoin. Les amis ont le droit de déranger. Et leurs amis les y autorisent.

Toby parut particulièrement heureux de voir Kate.

— Sauve-moi, je t'en prie, dit-il.

Kate se gratta le nez.

— Te sauver ?

— De ça. De la répétition imposée du rêve fou qui est celui de cet homme.

— La comédie musicale en soi ne compte pas, s'exclama Kes. Mais un soir comme celui-ci, on est obligés d'interpréter « Getting to Know You ».

Amy serra fort le bras de Kate.

— Effectivement, on commence à se connaître, dit-elle assez fort. Par exemple, je viens de découvrir que Toby a une petite amie à Édimbourg avec qui il compte rompre en lui écrivant une lettre !

— Oh, Toby ! s'écria Kate. Tu ne peux pas faire ça par courrier !

Kate savait parfaitement que cette petite amie était un personnage imaginaire que Toby invoquait quand une femme qui ne lui plaisait pas s'approchait de lui. Il était si compliqué. Et Kate remarqua qu'Amy s'appuyait lourdement sur son bras.

— J'ai pas dit ça, Amy, objecta mollement Toby. J'ai seulement dit qu'on se donnait du temps pour réfléchir, tu sais ? On fait une pause.

— Très adulte, répliqua Kate.

Toby, qui tanguait un peu, retrouva soudain son équilibre.

— Je me plais à le croire.

Il détourna le regard, fronçant un peu les sourcils, comme s'il regrettait de ne pas avoir trouvé une réponse plus spirituelle.

— Bon, on y est presque ! beugla Kes. Une dernière chanson pour célébrer notre toute première visite – et vraisemblablement notre dernière – au… comment ça s'appelle, déjà ?

— Le Blossom, branleur d'étudiant ! lança quelqu'un.

Les habitués rirent de bon cœur.

— Merci, public ! répondit Kes, ivre mort.

Puis, sur un ton de conspirateur, à ses amis :

— J'adore mon public, vous savez. Je l'adore.

Et ils entrèrent, dépassèrent le videur et la porte insignifiante, gravissant l'escalier raide et gras.

— Regardez où vous mettez les pieds, fit Toby. À l'odeur, on dirait que tout York vient vomir dans cet escalier chaque soir depuis deux cents ans.

D'instinct, il offrit sa main à Kate mais la retira ensuite en marmonnant immédiatement :

— Désolé.

À sa propre surprise, Kate tendit son bras et lui prit la main.

— Merci, dit-elle.

Toby s'arrêta, et ils montèrent l'escalier étroit côte à côte.

— J'imagine que tu es capable de monter quelques marches sans aide.

— Je me serais débrouillée, sourit Kate. Mais c'était gentil de ta part.

— Donc tu n'es pas une de ces effrayantes féministes, Kate ?

— En fait, Toby, je suis l'une des féministes les plus effrayantes que tu rencontreras jamais.

— Oh, non. Je suis dans la merde.

— Nan, je rigole.

Son sourire s'évanouit quand elle repensa à toutes les fois où elle avait ramassé le tee-shirt VOILÀ À QUOI RESSEMBLE UN FÉMINISTE de son mari sur le parquet de leur chambre ; toutes les fois où – avec tout son linge sale – elle l'avait lavé, séché, plié et rangé dans son tiroir pour le retrouver par terre deux semaines plus tard.

— En fait, je ne suis pas sûre que ma sororité approuverait certains de mes choix.

Toby la regarda d'un air surpris.

— Je ne prétends pas connaître tes sœurs, mais je suis sûre qu'elles sont plus indulgentes que tu crois.

— On verra.

Enhardie, elle serra sa main avec espièglerie. Il la pressa à son tour, et la douce étreinte de sa paume et de ses doigts provoqua des picotements de chaleur dans son bras et tout le long de son corps.

L'air de rien, Toby regarda derrière eux.

— Bon, ils nous ont laissés entrer, on a passé l'épreuve du *dress code*.

L'idée que son très cher Blossom impose un *dress code* amusa Kate.

— On est tous les deux super élégants, dit-elle.

— Toi, oui.

Il regarda son gilet ringard.

— Ce truc a connu des jours meilleurs.

Ils s'arrêtèrent quand la queue se resserra devant le placard à balais qui faisait office de vestiaire. Kate examina le gilet de Toby de plus près. Elle remarqua une pièce en coton d'un bleu plus clair.

— En tout cas, quelqu'un en prend soin.

Il suivit son regard.

— Ouais, les mites se sont rassemblées dans mon armoire cet été et lui ont réglé son compte.

— C'est ta mère qui l'a réparé ?

Toby lui jeta un regard faussement offensé.

— Comment oses-tu ? Pour ta gouverne, sache que c'est mon œuvre.

— Vraiment ? Tu reprises tes vêtements ?

Il parut sincèrement étonné.

— Bien sûr ? Qui d'autre devrait le faire ?

— Désolée, gloussa Kate.

— Non, pas de problème. Je ne suis pas le seul garçon avec un kit de couture dans son coffre.

Puis, en y repensant, il murmura :

— Même si on ne doit pas être très nombreux, à vrai dire.

Bien que Kate ait souvent répété la routine du Blossom – monter l'escalier, tendre sa main pour recevoir le tampon vert, balancer son manteau, entrer dans la grande pièce au plafond bas avec les tables du restaurant poussées sur le côté –, pour la première fois de la journée, elle sentit qu'il se passait quelque chose de nouveau. En fait, elle avait l'impression de vivre dans le présent. Elle écouta Amy et Kes derrière eux, qui interprétaient une version en *sol* dièse du *Roi et moi*, et elle garda la main de Toby dans la sienne tandis qu'ils se dirigeaient vers le bar.

Mieux vous connaîîîîître
Enfin découvriiir tout de voooous
Pour mieux vous aiiiimeeeer
En souhaitant que vous m'aimiez.

Elle dansa comme si elle avait huit ans. Pas dix-huit. Huit. Même Kes n'arrivait pas à la suivre, lui qui ne faisait pas de la figuration sur la piste de danse. Chaque chanson ringarde qu'envoyait le DJ du Blossom était comme un appel à la vie : Kate tournait, sautait, groovait, riait, criait, tombait, dansait comme une possédée. Cela aurait dû faire peur aux autres, mais elle était au Blossom et sa joie était invincible, contagieuse. Quant il eut avalé son deuxième shot de tequila, Toby aussi perdit toute inhibition – ainsi que son gilet et son élastique à cheveux. Ses boucles blondes et sales volaient autour de son centre de gravité étroit, son tee-shirt blanc, trempé de sueur, collait à son corps telle une groupie à une icône sexuelle improbable. Kate et lui donnaient au monde une leçon de joie de vivre : tour à tour ridicules et séducteurs ; élégants et chaotiques ; ensemble et séparés. Mais ils gardaient toujours un espace entre eux quand ils se lançaient des regards chargés de promesses, comme si trop s'approcher risquait de créer un court-circuit qui ferait disjoncter la ville. Jamais depuis qu'elle avait envoyé Olga Boukharine au tapis d'une adroite balayette aux tibias, ce qui lui avait valu de serrer la médaille d'argent dans sa main, Kate ne s'était sentie aussi sûre que son corps était au bon endroit, à faire ce qu'il fallait. Amy tendit son poing en l'air et rit tandis que Kes prenait une série de poses bizarres qui menaçaient de laisser une trace de plus dans le faux plafond. Urban Cookie Collective déboula avec le beat de son chef-d'œuvre planétaire, *The Key, The Secret.*

— Il faut qu'on rencontre cette femme ! cria Toby à Kate.

— Quoi ?

— Il faut qu'on rencontre la chanteuse ! Elle a non seulement la CLÉ, mais aussi le SECRET !

— C'est GÉNIAL, elle a à la fois la CLÉ et le SECRET ! Je me demande quelle est la différence !

— Elle a l'air de s'en foutre !

Kate rit et s'approcha encore pour crier dans l'oreille gauche de Toby :

— Ne bouge pas. J'ai envie de pisser.

Il fit semblant de ne pas comprendre.

— Quoi ? Tu veux m'embrasser ?

— Non. Je veux…

Elle posa les mains sur les épaules de Kes et ils ralentirent, perdant le rythme, mais ensemble.

— En fait, je veux bien t'embrasser, dit-elle.

Le courage de Toby l'abandonna et il tenta de continuer la blague.

— Tu veux bien pisser ? On a tous besoin...

Elle l'embrassa. D'une main, elle glissa ses doigts dans ses boucles emmêlées ; de l'autre, elle lui serra la taille et sentit son bassin ondoyer avec elle. Une main forte passa dans son dos et l'attira doucement à lui. Et sous le goût d'alcool et de tabac – qu'est-ce que c'était ? Elle faillit éclater de rire en identifiant ce goût sucré.

La fraise. Putain, ce garçon a le goût de fraise.

Il l'embrassa avec émotion et retenue ; la moitié de son désir était dans ce qu'il retenait. C'était le baiser le plus sexy qui soit. Une promesse.

Ils se bécotaient au milieu de la piste de danse, bousculés de temps en temps par leurs compagnons. Ils se séparèrent et se sourirent de surprise – elle le prit par la main et l'attira dans un coin.

— Salut, dit-elle.

— Salut.

Puis, soudain, comme une évidence :

— Comment tu vas ?

— Comment je vais ?

Toby lui adressa un large sourire et contempla un instant la pièce.

— Je crois que ça a déjà été pire.

Il se retourna vers elle.

— J'ai la tête qui tourne un peu, à vrai dire.

— Ah, je vois. C'est ce qui t'arrive quand tu danses ?

— Non. Apparemment, c'est ce qui arrive quand je suis près de toi.

Kate regarda ses pieds et rougit comme une écolière. Inutile d'essayer de faire comme si de rien n'était.

— C'est gentil.

— C'est agréable, ça ne me gêne pas de te le dire.

Elle l'embrassa à nouveau, plus passionnément. Il posa une main sur son visage et elle ressentit comme un creux dans le bas-ventre.

Elle se détacha.

— Oooh, d'accord. Jc vois.

— Mmmh, dit-il. Je pensais exactement la même chose.

Pompette, Kate songea que ce soudain changement de sentiments pour Toby était tout sauf soudain. Il n'était pas différent – c'était juste elle qui voyait ce qu'elle avait raté la première fois. *Bien sûr !* Bien sûr que Toby était un dieu du sexe discret. Bien sûr qu'il était réservé et gentil. Et ce baiser – bien sûr qu'il était riche et tendre. Pourquoi ne l'aurait-il pas été ? Il mijotait depuis vingt-huit ans.

Cette révélation l'effraya tout de même, et la fit douter de ses sentiments. Il lui fallait une pause. Heureusement, sa vessie lui offrait une excuse insistante. Elle fut soulagée de ne pas avoir à lui mentir. Les occasions n'avaient pas manqué.

— Ne le prends pas mal, mais j'ai vraiment envie de pisser.

Il parut hésiter.

— OK…

— Toby, sérieusement.

Elle l'embrassa à nouveau.

— Je te promets que je ne vais pas disparaître.

— Vas-y alors. J'exige que tu fasses ce pipi si important.

— Tu seras ici ?

— Je t'attendrai.

Elle posa une main sur son torse chaud puis se força à se diriger vers la porte.

La provocation olfactive des cabines qui se dénommaient toilettes des femmes se trouvait derrière la porte principale, au-delà de l'escalier. Kate longea les murs de la pièce, saisit en chemin quelques chips aux crevettes dans un saladier. Un réflexe conditionné : au Blossom, tu t'empiffres de chips aux crevettes. Pas seulement parce que tu as faim, mais parce que, un jour, tu as entendu dire que leur teneur en gras te permettait de boire plus longtemps sans t'effondrer. En franchissant le passage encombré, elle réfléchit à la dimension métaphysique de son rapport aux chips aux crevettes. Son moi plus âgé – ou plutôt, elle-même dans sa vie future – verrait d'un mauvais œil le fait qu'elle expose son système immunitaire à la loterie bactériologique de est-ce-que-les-garçons-se-lavent-les-mains-après-avoir-pissé ? en piochant dans un saladier commun. Encore une fois, son moi plus âgé ne semblait pas entièrement contrôler son corps. Ce dernier semblait avoir des idées assez arrêtées. Par exemple, son bas-ventre, remarqua-t-elle, faisait plutôt la fête à cause d'un baiser de Toby Harker.

Elle tourna au coin en titubant et découvrit un spectacle tout aussi inattendu, mais nettement moins plaisant.

Luke était en haut de l'escalier, arborant une expression de détermination farouche. Il avait l'air d'un homme qui, venant de découvrir que son voisin a écrasé son parterre de bégonias, s'apprête à lui dire deux mots. Kate voulut se cacher, mais Luke l'avait vue et l'arrêta dans son élan en disant, bizarrement :

— Excuse-moi !

Elle tenait encore à la main une chips aux crevettes et sentit qu'elle devait avoir des miettes sur les lèvres. Elle eut l'impression d'avoir été prise en flagrant délit. Elle s'en voulut aussitôt d'avoir éprouvé ce puissant sentiment de culpabilité et rejeta sa mèche en arrière, attendant qu'il parle.

— Je suis venu te demander à quoi tu joues, dit-il.

— Je t'ai dit tout ce que j'avais à te dire. Le reste est entre tes mains.

— Et tu t'attends à ce que je te croie ?

D'un air de défi, Kate mordit dans sa chips aux crevettes.

— En fait, oui, dit-elle en mâchant.

— Que j'ai une tumeur au cerveau et que tu es ma... femme du futur ?

Kate, qui ne voulait pas que cette conversation soit entendue, regarda autour d'elle. Les joyeux clients du Blossom allaient et venaient sans leur prêter la moindre attention. Luke remarqua son malaise.

— Quoi ? Tu ne veux pas que les autres sachent ? T'as peur qu'ils te prennent pour une folle ?

Elle laissa tomber le reste de sa chips et s'essuya les mains sur son jean.

— Luke, tu es en train de te ridiculiser. Je comprends que tu aies du mal à accepter ça, mais...

— Comment tu pourrais comprendre !?

Il criait à présent, le visage et le cou empourprés de colère.

— Des gens qui comptent pour moi, ma grand-mère que j'aimais, sont morts du cancer, ça n'a rien de drôle !

Mamie Fairbright. Lilian. Cancer du côlon. Quand il avait douze ans.

Kate ouvrit la bouche pour parler, mais Luke ne lui en laissa pas le temps.

— Et ne dis pas que tu le savais ! Ne t'avise pas de dire que tu le savais ! Tu ne sais rien de moi ! Tu ne sais rien ! Je ne te crois pas ! Tu ne sais pas !

Il était hystérique. De toute évidence, il venait de passer une heure enfermé dans sa chambre à monter en mayonnaise sa peur et son incompréhension. Elle s'approcha pour tenter de le calmer.

— Luke…

— ME TOUCHE PAS, PUTAIN ! hurla-t-il en reculant brusquement d'un pas.

Sauf qu'il n'y avait nulle part où reculer.

Au lieu de cela, le pied d'appui de Luke rencontra le vide de la première marche. Kate plongea pour le rattraper. Déjà en train de tomber, Luke prit ce geste pour une attaque et chassa sa main. Il agita son autre bras le long du mur nu de la cage d'escalier mais ne trouva rien pour le sauver. La force de son geste pour échapper à Kate entraîna sa carcasse d'un mètre quatre-vingt-dix dans l'escalier, la nuque en avant. Elle heurta une marche, et le reste suivit en une culbute molle. Il roula une, deux fois.

Kate se précipita derrière lui et fut à ses côtés avant qu'il ait cessé de bouger.

— Luke ! Luke !

Ses yeux fermés ne réagirent pas. Kate haleta tandis qu'une flaque de sang se formait sous son crâne fendu.

Elle hurla :

— À l'aide ! Au secours !

Chapitre 17

— Je ne peux pas dire que je sois surprise. Ta tante Vanessa n'a pas tenu plus d'une journée à l'école de secrétariat.

— Maman, je te l'ai déjà dit, je n'ai pas abandonné la fac. Je suis seulement venue chercher quelques affaires.

— À quelque chose malheur est bon, poursuivit Madeleine. Elle n'aurait jamais pu devenir dactylo avec ces ongles. Ni avec son attitude envers les hommes.

Elles s'assirent face à face dans la petite pièce bien rangée que Bill appelait le salon et que Madeleine appelait le séjour. Un modeste lever de soleil fendait les voilages : un dimanche matin dans la maison d'enfance de Kate à Deptford. Une enfance encore toute récente, du point de vue de Madeleine. Quant à Kate, elle venait de franchir la porte d'entrée pour la première fois depuis de nombreuses années. En réalité, depuis que sa mère avait vendu la maison, après la mort de Bill. Kate savait que son père était en train de dormir à l'étage et elle en frémissait.

Kate buvait à petites gorgées l'Earl Grey que sa mère avait préparé. Elle n'avait pas dormi. Elle était montée dans l'ambulance avec Luke et lui avait tenu la main en se répétant « Je suis désolée, je suis désolée » tandis que les secouristes poursuivaient les efforts qu'elle avait entrepris pour arrêter l'hémorragie. Quand il fut stabilisé en soins intensifs, elle n'eut d'autre choix que d'appeler ses parents. Barbara avait décroché avec une rapidité surprenante étant donné qu'elle devait être au lit. Mais Kate imagina que les parents étaient ainsi : quand le téléphone sonne après minuit, ils s'attendent au pire. *Pauvre Barbara !* Kate l'avait toujours aimée, et elle admirait à présent la concentration et la simplicité avec lesquelles elle avait noté les coordonnées de l'hôpital que lui donnait au téléphone cette jeune femme inconnue. Elle avait dit la vérité à Barbara, d'une certaine manière : elle ne connaissait pas bien Luke, mais il avait eu un accident.

Kate regarda sa montre. Il n'y avait pas de train à cette heure tardive et le père de Luke, Richard, ferait la route de Salisbury à York dans la nuit. Kate s'était dit – peut-être pour se rassurer – qu'elle serait de trop si elle restait. En vérité, elle ne pouvait pas supporter de voir les parents de Luke à l'hôpital. Pas une nouvelle fois. Elle ne pouvait imaginer un instant les mensonges qu'elle devrait leur raconter tout en dissimulant la force de son propre deuil ravivé. Qu'était-elle censée dire ? Qu'elle l'avait rencontré quelques heures plus tôt, et que c'était pour ça qu'elle se trouvait à l'hôpital et qu'elle avait l'air effondrée ? Impossible. Il était en vie, et il y avait des médecins ; en revenant à lui, il trouverait ses parents, et non la sorcière qui l'avait poussé avec son balai du haut de l'escalier. Elle avait essayé de ne jamais prendre le mot « sorcière » comme une insulte, même quand c'était l'intention. Une sorcière était seulement une femme excentrique qui essayait de soigner les gens d'une manière qui provoquait trop souvent la peur. Alors là, elle en avait été une, de sorcière.

Mais surtout, Kate avait besoin de parler à son père. Elle avait attendu devant la gare de York dans la nuit et resquillé en prenant le premier train pour Londres. Bénie soit 1992 : les contrôleurs qui ne bougeaient pas leur cul avant l'heure de pointe, et les portillons automatiques qui n'existaient pas.

Madeleine, qui avait le sommeil léger, était apparue dans sa magnifique robe de chambre orientale noir et or avant que Kate ait eu le temps de remplir la bouilloire.

À présent, dans le séjour, elle scrutait sa fille d'un œil rusé. Le soleil s'était levé et Madeleine éteignit une petite lampe sans quitter du regard les vêtements de Kate.

— Ton père va bientôt se réveiller, dit-elle. Ce serait une bonne idée que tu fasses un tour à la salle de bains pour te laver et te changer.

— Je sens mauvais, maman ?

— De toute façon, je sais que c'est lui que tu es venue voir. Tu as de la chance de le trouver un dimanche, mais je suis sûre que tu y as déjà pensé.

À quarante-cinq ans, la mère de Kate était un système ultraperformant de livraison à guidage laser de remarques passives-agressives. Dans sa tête, Kate compta lentement jusqu'à vingt, en russe. Madeleine venait d'entrer dans sa période teinture blonde – un carré élégant, efficacement peigné dans le noir pendant que son mari dormait. Les rides au coin de sa bouche étaient moins prononcées que dans le souvenir de Kate, ses yeux verts agiles et perçants. Sa mère version vintage – une femme puissante. Kate se mit en alerte maximale.

— Ma chérie, dit soudain Madeleine, la faisant sursauter. Si c'est une peine de cœur, tu sais que tu peux m'en parler.

Kate dressa un rapide inventaire mental des personnes à qui elle raconterait une peine de cœur avant d'en parler à sa mère. La liste commença par le Dr Susie Orbach, et quand elle atteignit Anders Breivik, elle abandonna.

— Ça n'a vraiment rien à voir avec un garçon, maman.

— Ç'a à voir avec une fille, alors, insista Madeleine en reculant dans son fauteuil à dossier droit. Tu peux m'en parler, ma chérie. J'ai connu les années soixante, il en faut plus pour me choquer.

— Oh, tu vas pas recommencer.

Kate fut assez agacée d'avoir mordu à l'hameçon.

— Quand est-ce que tu vas accepter que je ne suis pas lesbienne ?

— Il n'y a pas de quoi avoir honte.

— Écoute, je comprends que tu serais ravie de raconter à Estelle, Sheila et toutes les commères du quartier que ta fille est une grosse gouine et que tu te tiens vaillamment à ses côtés, mais…

— Pas besoin de te moquer de mes amies. Elles ont déjà été très présentes pour moi.

— Comment ça, « déjà » ? Oh punaise, je le savais ! Ça fait des années que tu en parles à tes dîners en ville !

— Ça te surprend ? Les arts martiaux ! Tes tenues ! On se fait du souci pour toi, ma chérie.

— Eh ben tu peux prendre tes soucis à la con et te les mettre dans le cul, ma chérie.

Madeleine écarquilla les yeux, stupéfaite d'entendre sa fille s'approprier le mot « chérie ». À dix-huit ans, Kate savait argumenter, mais là elle se montrait nettement plus combative que d'habitude. Elle était ravie. Il y avait de quoi lancer une véritable dispute.

— Ce n'est pas la peine d'être si blessante, Katherine.

Mais Kate avait deux mots à lui dire.

— Les arts martiaux, bon sang ! Mais regarde-toi. Dans les années soixante, à te balader avec ton Petit Livre rouge, à citer les aphorismes d'un tueur fou, et au premier signe que ta fille aime quelque chose que les filles ne sont pas censées aimer, voilà. Elle doit être gouine.

— Je n'emploierais jamais un terme si péjoratif.

— Je m'en fous, des termes. Les termes changent. C'est moins important que les individus.

— Ah, l'individualisme. Une vraie enfant de Thatcher !

— Pour qui tu as voté deux fois, sale conne hypocrite.

— Kate !

— Quoi ? Je croyais qu'il en fallait plus pour te choquer.

— Il existe une chose nommée courtoisie, je pensais que tu l'avais compris.

Cette réaction instinctive était rusée. Kate savait que son mauvais caractère affaiblissait ses arguments. Elle prit une inspiration.

— Excuse-moi. C'était grossier.

— Toutes ces années…

Madeleine secoua la tête, accablée de regrets culpabilisants.

Kate comprit qu'elle avait trop fait monter la température émotionnelle pour que Madeleine écoute un mot de plus. Mais de son point de vue, elle avait mis fin à la conversation – chose que, ironiquement, Madeleine lui avait toujours appris à faire.

— Je te demande pardon. Mais ce n'est pas sympa de dire aux filles qui aiment le karaté qu'elles sont lesbiennes. Elles peuvent l'être, et ce n'est pas un problème, mais elles peuvent aussi ne pas l'être, et ce n'est pas non plus un problème. Le principal, c'est que les filles ne s'intéressent pas à des trucs de garçons juste pour que leurs parents trouvent une excuse pour se glorifier. Ça nous plaît parce que ça nous plaît.

Les mains devant les yeux, Madeleine commençait à trembler.

— Je n'arrive pas à croire que ma fille soit homophobe.

— Maman, s'il te plaît, ne pleure pas.

Madeleine pleurait. Ou plutôt, comme Kate le constata d'un air las, Madeleine avait activement convoqué les sentiments qui lui permettaient de pleurer. Ces sentiments étaient réels, mais elle y avait accédé avec précision : elle était une actrice accomplie. Kate remercia le ciel du fait que sa mère ne parviendrait jamais vraiment à utiliser Twitter. Ce talent pour l'affliction sur commande aurait fait d'elle une star.

Le parquet au-dessus grinça.

— Et voilà, tu as réveillé ton père, gémit-elle. Parfait.

Kate se rappela que même Madeleine ne vivrait pas éternellement. Quelle que soit la victoire qu'elle remportait, elle ne valait rien. Elle lui proposa un gage de réconciliation – ou du moins un potin qu'elle pourrait développer lors d'un prochain déjeuner avec Estelle et Sheila.

— Très bien, maman. Écoute. Il y a bien un garçon.

Madeleine cessa de pleurer et trouva un mouchoir.

— Pas la peine de chercher à me faire plaisir, dit-elle amèrement. Il est évident que ces questions sont au-dessous de ta dignité.

— En fait, deux garçons.

Madeleine cessa de se moucher.

— Oh… Kate !

— Je sais, fit Kate, impassible. Choquant.

— Tu n'es partie que depuis vingt-quatre heures. Tu tiens absolument à mourir du sida ?

— Je les ai pas baisés, maman. Je suis seulement un peu perdue. C'est tout ce que j'ai à dire.

À l'étage, la chasse d'eau coula.

— J'aimerais que tu n'en parles pas à papa, reprit Kate. Je ne veux pas que vous vous inquiétiez pour moi.

Kate n'avait jamais tenté cela auparavant – attirer sa mère dans une confidence qui excluait Bill. Madeleine émit un vague « Mmmh… », mais elle se demandait si elle devait se sentir flattée. Kate poursuivit :

— Mais comme je t'ai dit, je suis venue chercher des affaires. Que j'avais oublié de prendre. Des choses qui me manquent.

— Bonjour, bonjour ! Je connais cette voix !

Bill passa la tête à la porte, son épaisse tignasse grise follement décoiffée, le col de son pyjama relevé. On aurait dit un sosie d'Elvis qui aurait vingt minutes pour dessoûler avant un spectacle. Kate se leva et s'approcha de lui aussi calmement que possible. C'est-à-dire pas très calmement. Elle le serra fort dans ses bras.

Chaleur. Menthe poivrée. Cigarette. After-shave de la veille. Un peu d'odeur de transpiration. Tout y était.

— On dirait que je t'ai manqué !

Elle le lâcha et rit, s'essuyant les yeux. Bill se tourna vers sa femme.

— Je te l'avais dit, Maddy. Kate ne tiendrait pas deux jours sans notre compagnie brillante.

Madeleine vida sa tasse de thé et se leva.

— Tu n'as rien dit de tel, Bill. Arrête un peu tes histoires.

Kate sentit que son père était surpris par ces embrassades, mais pour l'instant il s'en tenait aux politesses.

— Bon, buvons une tasse de thé.

— Il y en a dans la théière, annonça Madeleine en franchissant la porte. Je vais te servir.

— Merci, mon amour.

Kate venait de retrouver l'usage de la parole.

— Je suis venue prendre quelques affaires, articula-t-elle.

Madeleine reparut instantanément.

— C'est ça. Kate est venue prendre quelques affaires. Ah, et puis elle est sur les nerfs parce qu'elle s'est fourrée dans un ménage à trois. Pour ce que j'en sais, elle se prostitue et elle est tombée enceinte à trois reprises. Mais ce sont des histoires de femme, ça reste entre nous. Elle préfère ne pas en parler, je respecte ça.

Bill se tourna vers Kate, ébahi.

— Eh ben.

Kate regarda son père puis sa mère avec un sourire résigné.

— Merci, maman.

— De rien. Je suppose que tu restes déjeuner ?

— Je ne voudrais pas m'imposer.

Ses parents s'unirent dans leur étonnement.

— T'imposer ?

— Raconte-moi comment vous vous êtes rencontrés, demanda Kate tandis que Bill lui tendait une autre casserole à essuyer.

Ils se tenaient côte à côte dans leur petite cuisine, qui donnait sur le jardin.

Plus tôt, Kate avait aidé sa mère à couper les légumes, soulagée de ne pas devoir dissimuler un nouveau savoir-faire acquis au XXIe siècle dans ce domaine, car elle n'en possédait aucun. Elles étaient parvenues à s'en tenir à la météo. Après le déjeuner, Madeleine s'était retirée pour faire la sieste. Bill ferait la sienne plus tard évidemment. Kate admirait le caractère prévisible de cette routine. Bien que la répartition des tâches domestiques soit essentiellement traditionnelle – à savoir que Madeleine faisait à peu près tout –, tous deux paraissaient satisfaits de cette organisation. Le mari allait travailler ; et si sa femme pensait s'être fait flouer par l'univers (ou, dans son cas, Dieu), elle ne semblait pas diriger son ressentiment contre Bill. Madeleine Theroux était en colère contre de nombreuses choses et de nombreuses personnes. Mais pas contre le beau rockeur qu'elle avait rencontré dans une boîte de nuit en 1963. Et vraisemblablement, malgré les siestes décalées, ils partageaient encore leur lit – image que Kate, bien qu'adulte maintenant, n'aimait toujours pas évoquer.

Bill frottait patiemment la plaque du four.

— Mon Dieu, tu dois avoir entendu cette histoire des milliers de fois.

— Seulement deux fois, je crois. Allez. J'aime bien comme tu la racontes.

Il imita un comique nord-irlandais heureusement déjà ringard en 1992.

— C'est ma façon de raconter ! Tordant !

— Allez.

Il n'eut pas besoin de plus d'encouragements.

— C'était un samedi soir à la Mecque de Hammersmith. Le Palais de la Danse, rien de moins. Joe Loss & His Orchestra, des centaines de jeunes. C'était bondé. Magique. Et j'aperçois cette jolie jeune fille assise seule. Elle portait une belle robe vert clair, très classe. On aurait pu croire qu'elle attirerait beaucoup l'attention, mais personne n'osait – certains la prenaient pour la princesse Margaret. Bref, je vais la voir et je lui demande si elle m'accorderait un moment pour que je lui parle de mes nouvelles bottes. Mes chaussures plutôt. Semelles de crêpe. Une idée stupide, mais je n'ai rien trouvé de mieux à lui dire. En tout cas, je savais que les jolies femmes n'ont jamais envie d'entendre qu'elles sont belles, soit parce qu'elles le savent déjà, soit parce qu'elles ne sont pas d'accord. En tout cas, on le leur a déjà dit. Comme tu le sais sans doute, ma chérie. Bref, elle me répond qu'elle était en train d'admirer mes nouvelles chaussures de loin et qu'elle n'en revient pas que j'aie mis si longtemps avant de venir lui en parler. Elle était d'un calme olympien, moi j'ai failli me pisser dessus. Bref, on se met à parler. J'ai dû lui plaire, ou plutôt elle a dû avoir pitié. Ensuite je sais plus trop comment on est venus à parler de politique, elle me demande si je vote travailliste et je dis ouais. À ma grande surprise, elle me dit qu'elle vient de prendre sa carte au Labour, surtout pour faire chier son vieux, mais elle est vraiment fan de Wilson. Alors je lui dis que, sans vouloir la vexer, je suis assez surpris vu son accent chic. Elle rit et répond : « Les gens disent que je suis comme ci ou comme ça... Mais je sais que je suis juste Madeleine Theroux. » Alors je dis : « Ouais, chacun s'en sort comme il peut, ma belle. Bon, on se lance dans une putain de danse ? »

Kate gloussa. Elle n'avait jamais compris si Bill avait mal entendu Madeleine dans la salle de bal bruyante ou si sa réponse était une plaisanterie délibérée. Le mouvement de son torchon autour du bord de la casserole ralentit quand elle songea que c'était peut-être sa dernière occasion de le lui demander.

Elle décida de ne pas le faire. Mieux vaut ne pas expliquer certaines histoires. Elles doivent garder leur part de mystère et de contradictions. Mais cela lui inspira une autre question.

— Tu crois au destin ?

Bill fixa l'eau savonneuse, l'air interloqué.

— Quoi, tu veux dire pour ta mère et moi ?

— Ouais. Tu penses que deux personnes sont faites l'une pour l'autre ? Ou bien c'est juste ce que se racontent les couples quand ils deviennent trop vieux pour sortir danser ?

— Petite malpolie ! On sait encore danser ! Tu aurais dû nous voir aux cinquante ans de Keith.

— Tu vois ce que je veux dire.

Amusé, Bill sortit les mains de l'eau et s'appuya sur l'évier. Il regarda les nuages par la fenêtre.

— Nan, pas vraiment.

Kate éclata de rire.

— Espèce de vieux romantique !

— Tu m'as posé la question.

— C'est pas grave. Au moins, tu es honnête.

Toujours souriant, Bill joua d'un air rêveur avec son alliance.

— C'est pas le destin qui compte, Kate. C'est l'amour. Est-ce qu'elle aurait pu finir par épouser quelqu'un d'autre si j'étais pas sorti ce soir-là ? Bien sûr que oui.

— Et toi ?

Bill se tourna vers elle.

— Je veux dire : si tu ne t'étais pas trouvé à cet endroit-là à ce moment-là. Si tu étais sorti le samedi d'après. Ou si tu t'étais trouvé dans un autre coin du Palais ce soir-là… Tout aurait pu se passer autrement, non ? Il n'y a pas une loi qui dit que ça devait être toi et maman.

— Non, bien sûr. Il y a pas vraiment de loi. Mais… il ne faut pas voir les choses comme ça. En tout cas, moi je ne les vois pas comme ça. C'est… Je sais que t'es intelligente, Kate, mais c'est difficile à expliquer à quelqu'un de jeune, qui s'est jamais marié.

Kate hocha prudemment la tête.

— Ouais, ça m'intéresse, c'est tout. Je pense à l'avenir.

— Bon, d'accord – mettons que tu rencontres quelqu'un. C'est peut-être le hasard, mais le principal c'est que la rencontre a eu lieu, et tu ne peux pas revenir en arrière. Tu peux pas. Ça va, ma puce ? T'inquiète pas, la casserole est solide – j'arrête pas de faire tomber des trucs.

Kate ramassa la casserole en silence et la posa doucement sur l'égouttoir. Bill poursuivit.

— Comme je te disais, on peut jamais revenir en arrière. Et en général, on n'a pas envie. Ça serait bizarre. Et puis si tu te maries… c'est un choix. Ce n'est pas le destin, c'est un choix. Tu te maries parce que tu es amoureux. Et le mariage… ça dure longtemps, du moins si tu as de la chance. Mais on doit prendre le bon et le mauvais, pas de doute là-dessus.

Kate devait insister.

— Ouais, je sais tout ça, mais…

— Tu dis que tu sais tout ça, mais…

— Je veux dire : je peux imaginer tout ça mais… Et si tu étais *obligé* de revenir en arrière ? Et si tu croyais avoir un bon mariage, une bonne vie, mais que tu te retrouves d'un coup au Palais à Hammersmith et qu'il y a cette autre fille que tu avais pas remarquée la première fois ? Une fille incroyable. Pas comme une timide violette qui fait semblant d'être timide alors qu'en réalité elle est une rose anglaise pleine de confiance – mais une violette vraiment timide…

La métaphore florale n'aidait pas Kate à voir plus clair ; dans son expérience récente, Toby Harker n'avait rien de *timide*.

— Plutôt comme un chardon charmant, en fait, mais bien moins piquant que tu croyais, même si un peu de piquant a du bon…

Elle prit une inspiration.

— Je veux juste dire qu'il est possible de bien tomber du premier coup mais, quand tu sais ce que tu sais maintenant – et que tu ignorais à l'époque –, tu continues à penser que tu avais raison la première fois, mais la deuxième fois il y a une tout autre première fois, et cette fois-ci la première fois est parfaite.

Elle regarda son père et ajouta, optimiste :

— J'espère.

Bill l'avait écoutée, les sourcils froncés. Il s'essuya les mains dans un torchon.

Kate, où veux-tu en venir ? demanda-t-il calmement.

— Quoi ?

— Qu'est-ce que tu fais ici, ma puce ?

— Je suis juste venue chercher quelques affaires.

— Allez.

Kate se tourna lentement et traversa la pièce.

De nombreux parents espèrent que le mot « Allez », prononcé sur le ton juste au moment opportun, incitera leurs enfants adolescents à livrer la vérité. Toutes les dissimulations et tous les secrets tomberont, s'ensuivra un échange sincère, au cours duquel les parents pourront exposer leur sagesse considérable, rendant ainsi la vie de leurs enfants plus heureuse, et délestant aussi la leur de tout sentiment de culpabilité et d'inadéquation.

Bill l'aurait mérité – il en avait consacré, du temps à sa fille –, mais Kate savait qu'il était impossible de lui expliquer même dans les grandes lignes ce qui se passait. Elle sentit sa gorge se serrer et elle s'essuya les yeux comme pour les rappeler à l'ordre.

— Il se passe juste des trucs un peu compliqués, j'avais besoin de faire une pause.

— Qu'est-ce qu'il y a, mon ange ? Ça fait qu'une journée que t'es partie.

— Il peut se passer beaucoup de choses en une journée. Regarde Papy Marsden, dit-elle pour changer de sujet.

— Quoi ?

— Papy Marsden à la bataille de Cable Street.

— Mais quel rapport ?

— Et s'il avait pas été là pour virer les fascistes de Mosley ? Tout aurait pu être différent, non ?

Bill lui tourna le dos pour regarder par la fenêtre. Du fond de la cuisine, Kate insista.

— Ça aurait pu changer le cours de l'histoire, non ? Il suffit qu'une personne fasse une chose différemment et… Après tout, peut-être que je ne devrais pas aller à la fac. Peut-être que je ferais mieux de rester ici, à passer du temps avec toi et… je sais pas, trouver un boulot chez Our Price. Bon, pas chez Our Price, parce que les disquaires ne vont pas tenir cinq minutes, mais…

Bill se retourna vers elle.

— Je ne te laisserai pas foutre en l'air ton éducation !

— Pourquoi tu te mets en colère ? Pourquoi est-ce que tu te mets toujours dans cet état quand on parle de ton père ?

— Je ne parlais pas de…

— C'est juste une légende ? Il n'y était pas ?

— Si, il y était !

— Alors pourquoi… ?

— Parce qu'il y était, mais du mauvais côté, OK !

Kate resta bouche bée. Dans la pièce, il n'y avait plus que le bruit du cycle de rinçage de la machine à laver. Bill remarqua sa réaction.

— Eh ouais, tu as bien entendu. Le grand héros de Cable Street.

Contrôlant le volume de sa voix pour éviter de réveiller Madeleine, Bill se lança dans une danse improvisée sur l'air de *My Old Man's a Dustman*.

— Mon vieux est Chemise noire ! Il a les cheveux blonds ! Il porte un futal de nazi et marche au pas comme un con !

Kate observa son père tandis qu'il reprenait sa respiration. Elle reconnut la défense propre aux Anglais contre l'humiliation personnelle – la tourner en dérision. Elle éprouva une infime partie de la douleur que Bill portait en lui depuis tout ce temps.

— Tu as aussi écrit les couplets ? lança-t-elle, brisant le silence.

— Quelques-uns.

Sans un mot, elle traversa la pièce et prit son père dans les bras.

— Pourquoi tu me l'as jamais dit, andouille ? demanda-t-elle, enfouie dans son épaule.

— Personne veut avoir un connard pour grand-père.

— Ça ne m'aurait rien fait.

— Oh que si.

Elle songea aux pieux mensonges qu'elle avait dits à Luke à propos de son livre pour le protéger, et à la vérité qu'elle lui avait dite la veille – des souvenirs qui l'avaient plutôt conduit à l'hôpital qu'au salut. Impossible de savoir si elle avait bien fait. Et Madeleine…

— Maman a toujours su, alors ?

Bill se dégagea et lança un regard penaud à sa fille, glissant ses mains dans les siennes.

— Ouais. Bien sûr qu'elle sait. En fait, c'est en partie pour ça qu'on s'entendait si bien. Son père à elle était un beau salaud.

Kate s'adapta à cette nouvelle réalité du mieux qu'elle put. Elle aimait l'idée que la relation de ses parents se soit en partie construite sur une alliance antifasciste.

— Bref, ils sont morts tous les deux, reprit Bill. Mais je ne vais pas te cacher que c'était affreux de grandir en sachant que mon vieux avait été de ceux-là. Des crânes rasés qui braillent dans les rues de Londres. Qui agitent leurs drapeaux, à la recherche d'un coupable. Le *Daily Mail* qui les encourage, la police qui sait pas quoi faire d'eux. Horrible.

— Au moins, cette époque est révolue, hein ? marmonna Kate avec amertume.

— Peut-être, mais il faut toujours être sur le qui-vive.

Il soupesa la bouilloire.

— Depuis la guerre, ils ne s'annoncent plus en fanfare. Ils n'enfoncent plus la porte en disant : « Salut, c'est les nazis. »

Il alla remplir la bouilloire au robinet.

— Mais ils reviendront, d'une manière ou d'une autre.

Kate l'observa reposer la bouilloire et prendre des tasses.

— Parce que les gens traverseront toujours des périodes difficiles et qu'il y aura toujours des politiciens effrayés, dit-elle.

— Ouais, fit Bill. Ça, et parce que certains sont juste des connards.

Elle rit, et il se joignit à elle. Il s'adossa à l'évier et croisa les bras.

— Il faut toujours être sur le qui-vive. La vie est un devoir.

Kate songea à la clé USB qu'elle avait renvoyée à Charles Donnard.

— Écoute, ma puce, je vais pas insister si tu as pas envie d'en parler. Et je suis pas vraiment bien placé pour te faire la morale en matière de secrets.

— Effectivement, tu serais dans le pétrin, papa.

Il baissa les yeux sur le sol entre eux et secoua la tête en repensant à la « scène » qu'ils venaient de vivre. Kate et Bill n'étaient pas habitués aux effusions ; du moins en temps normal.

— Oui, pas faux. Mais quoi qu'il se passe à la fac, si tu as de vrais problèmes, je t'aiderai autant que je peux. Tu le sais. Après tout, tu as dix-huit ans. Tu es une femme. Quoi qu'il se passe, il faut que tu l'affrontes.

— Je sais, dit-elle doucement.

— Toutes ces histoires sur le passé, sur moi et ta mère… Je vois pas en quoi ça t'aide, ma puce. Maintenant, si tu veux rester ici, rien ne me rendrait plus heureux. Mais jc tc lc dis, Katc, tu vivrais dans un rêve. Ce sera toujours chez toi, ma puce, mais ce n'est plus ta place. Pas vraiment, pas pour toi. Tu crois pas qu'il est temps de retourner dans la réalité ? À ta propre vie ?

Quelque chose changea en Kate. Elle éprouva une soudaine clarté, telle une brise d'automne dispersant des graines de pissenlit.

— Tu me raccompagnes à la gare ?

Bill hocha la tête d'un air satisfait mais triste.

— Buvons cette tasse de thé avant de se dire au revoir à nouveau.

— Ouais. Faisons ça.

Chapitre 18

Kate sauta du bus et traversa la ville à l'éclairage ambré en direction de l'hôpital. Il tombait une « bonne pluie du Yorkshire », comme aurait dit Amy. Le col relevé, la tête baissée, l'averse battant sur son crâne, Kate se demanda où ils allaient chercher ça, les habitants du Yorkshire. Qu'est-ce qu'elle avait de bon ? Qui parlait de la « bonne pluie de Londres » ? Ou du « célèbre sens de l'humour londonien » ? Elle renifla sa morve mêlée de pluie et tenta de se calmer. L'odeur chaude d'antiseptique et de défaite contrôlée l'accueillit : c'était une pluie du Yorkshire, mais un hôpital comme un autre.

À l'accueil, elle se présenta comme une amie de Luke Fairbright. Avec l'habituelle lenteur de l'hôpital public, l'employé luttait contre un logiciel qui ne marchait pas correctement. Étrangement, le fait qu'il ne marcherait toujours pas correctement vingt-huit ans plus tard la rassura.

Luke n'était plus en soins intensifs et Kate prit l'ascenseur jusqu'à sa chambre. Elle ignorait ce qu'elle pourrait lui dire, mais de toute façon il était peu probable qu'elle le trouve conscient. Le principal, c'était d'être là. C'est ce que font les amies/épouses/veuves. *Les mères aussi*, se rappela Kate quand elle faillit heurter Barbara Fairbright.

La mère de Luke aidait une infirmière à débarrasser des tasses à café. Debout au milieu du couloir, elle posa une pile de porcelaine vacillante. C'était une femme courtaude, ronde, avec des lunettes épaisses et un cardigan en laine aux couleurs timides de l'arc-en-ciel. Kate dut réprimer une forte envie de la prendre dans ses bras.

— Excusez-moi, dit-elle. Vous êtes Mrs. Fairbright ?

Barbara la fixa, inquiète. Elle dégageait quelque chose de prématurément fragile et vieilli, mais Kate se rappela qu'elle en avait bavé aujourd'hui.

— Oui ?

— Je suis Kate, la fille qui vous a téléphoné hier soir et...

— Ah, c'est toi Kate ! l'interrompit Barbara. Luke te réclame.

— Luke me... Comment va-t-il ?

— Ils ont l'air de dire qu'il va se rétablir complètement, Kate. Complètement.

À cet instant, Kate la prit réellement dans les bras. Barbara accepta l'étreinte avec un petit rire apaisant et lui frotta le dos.

— Oh, tu es toute trempée, ma pauvre.

— Désolée, je ne voulais pas vous mouiller.

— Grands dieux, je ne savais même pas qu'il pleuvait. Pauvre Richard – il déteste conduire sous la pluie.

Kate tenta de prendre un air interrogateur comme si le nom appelait une explication.

— Le père de Luke, poursuivit Barbara avec son léger accent du Wiltshire. Il a repris la route, il reçoit des patients demain matin, et maintenant que Luke est hors de danger – mais viens, tu dois avoir envie de le voir. Et moi qui parle pour ne rien dire. Viens.

Elle entraîna Kate dans les lumières tamisées et la paix troublée d'un service hospitalier la nuit. Il y avait six lits, dont cinq étaient occupés par des hommes aux cheveux grisonnants qui lisaient, toussaient, ronflaient, parfois tout en même temps. Le sixième, au fond de la pièce, était séparé des autres par un rideau. Barbara l'écarta en silence pour laisser passer Kate.

Luke ne dormait jamais sur le dos, et ce fut la première chose que Kate remarqua – ça, et le bandage propre qui couvrait son crâne jusqu'au-dessus des yeux. Étrangement, il ressemblait davantage au Luke de ses trente ans. C'est alors qu'elle comprit : le sommet de son crâne avait été rasé. Barbara referma le rideau et Kate se tourna vers elle.

— Il a été opéré ?

La mère hocha la tête et tira deux chaises.

— Oui, ma chère, dit-elle en s'asseyant, imitée par Kate. Une craniectomie. Le médecin a dit qu'il avait une « fracture enfoncée », ce qui est très grave. Ils craignaient que des morceaux d'os brisé se promènent près de son cerveau et lui causent des problèmes.

Barbara croisa les jambes et retira ses lunettes pour les nettoyer. Elle avait l'air de ne pas avoir dormi depuis une semaine.

— Ils lui ont fait un scanner et ont découvert une « anomalie ». Quelque chose qui pouvait être une tumeur. Ils ont dit que c'était probablement juste un kyste, mais qu'il pouvait devenir mauvais. Normalement, ils n'y auraient pas touché et l'auraient surveillé quelques années, mais puisqu'ils étaient « en train de farfouiller là-dedans », le spécialiste, le neuro-oncologue, a dit qu'il valait mieux lui retirer ce truc.

— Ils l'ont enlevé ? s'écria Kate, ahurie.

— Oui. Peu importe ce que c'était, mais il ne l'a plus. Bref, ils ont mis une sorte de grillage pour aider son crâne à cicatriser. Il devrait être en parfaite santé dans quelques mois.

Kate contempla le jeune homme au bandage. C'est ainsi qu'elle se souvenait de Luke – comme de quelqu'un qui pouvait raisonnablement espérer vivre vieux. Sauf que cette fois-ci c'était vrai. Cette fois-ci, aucune menace ne rôdait. Luke avait un morceau de métal dans la tête et il lui faudrait des semaines de soins ; mais en même temps, il était en meilleure santé que jamais. Le soulagement et l'euphorie frappaient à la porte, mais Kate ne pouvait pas encore tout à fait les laisser entrer.

— Est-ce que les médecins ont parlé à Luke de la tumeur ? Je veux dire : avant l'opération, est-ce qu'ils lui ont parlé de… l'anomalie ?

— Oh, oui, répondit Barbara en rechaussant ses lunettes. Ça a été étrange. Luke insistait pour qu'ils la retirent. Le petit ange venait de subir une commotion cérébrale, alors on ne l'a pas pris au pied de la lettre, mais il ne cessait de répéter : « Elle avait raison, elle avait raison. Dites à Kate qu'elle avait raison. »

Barbara observa la jeune femme à la manière d'une lionne qui n'aime pas la façon dont une hyène a regardé son lionceau.

— Sais-tu ce qu'il voulait dire, Kate ?

Kate avait elle-même tendance à réagir en grand félin quand il s'agissait de son mari, mais elle ravala son indignation. Elle n'avait jamais eu besoin d'affronter sa charmante et prudente belle-mère, et ce n'était pas le moment de commencer. Il fallait qu'elle réfléchisse vite.

— Oui. Je lui ai raconté quelque chose à propos de mon passé et il ne m'a pas crue. Je me suis fâchée, et on était en train de se disputer quand il est tombé dans l'escalier.

— Il a dit qu'il avait trop bu et qu'il avait glissé.

— C'était un accident, mais il n'était pas soûl. On se disputait. J'ai essayé de le rattraper, mais il était déjà en train de tomber.

Le front plissé de compassion, Barbara, qui digérait cette nouvelle information, contempla son fils endormi.

Kate poursuivit :

— C'est en partie ma faute. On était tellement fâchés qu'en partant il a fait un faux pas. Je suis désolée.

Barbara posa une main sur le bras de Kate.

— Les médecins ont dit que tu avais bien réagi en arrêtant l'hémorragie et en appelant une ambulance si vite. Merci. Merci d'avoir été là pour mon garçon.

Kate prit la main de Barbara.

— Il va s'en sortir, Mrs. Fairbright.

— Ça va prendre du temps.

— Vous êtes là pour lui.

— Il y aura peut-être des effets secondaires. Un coup pareil sur la tête… Ils disent qu'il oubliera peut-être des choses que la plupart des gens se rappellent. Et qu'il se rappellera peut-être des choses que la plupart des gens oublient. Mais ils ne s'attendent à rien de grave. L'avenir le dira.

— Comme toujours.

Barbara sourit face à cette sagesse adolescente et se leva.

— Ils m'ont installé un lit dans le couloir, dit-elle en ajustant sa jupe. Je crois que j'ai besoin d'une sieste.

— Bien sûr, allez dormir, Barbara. Je vais rester avec lui jusqu'à ce qu'ils me mettent dehors.

Barbara lui tendit la main en souriant.

— Ravie d'avoir fait ta connaissance, Kate.

Kate se leva et fit une révérence.

— Ravie aussi.

La mère de Luke se pencha pour embrasser le bandage de son fils et lui lissa un sourcil avec son pouce. Elle partit, tirant le rideau derrière elle.

Kate approcha sa chaise du lit et regarda fixement Luke.

— Salut, murmura-t-elle. On dirait que tu es à nouveau coincé avec moi. Tu sais, la folle qui se prend pour ta femme. Le problème, c'est que c'est vrai. En tout cas, je l'étais.

Elle tendit l'oreille pour s'assurer que personne n'arrivait, mais elle n'entendit que les ronflements et les pets des camarades de chambre de Luke. Elle poursuivit :

— Le truc, Luke… Je croyais que je t'avais laissé tomber. Je croyais que tout était ma faute. Qu'il te fallait quelqu'un de plus raisonnable. Tu sais, une jolie blonde qui s'y connaît en talons et en ragoûts. « Anne », peut-être. Une fille normale qui s'appelle « Anne ». Je pensais qu'Anne aurait mieux pris soin de toi. Mais je me trompais. Ce n'était pas ma faute. Rien de tout ça n'était ma faute. Enfin bref… il y a un truc que je n'ai pas eu l'occasion de te dire.

Elle trouva l'une de ses mains sous le drap.

— Je t'aime, Luke. Et je t'aimerai toujours.

Elle s'apprêtait à se pencher pour l'embrasser sur la joue quand Luke remua. Elle recula d'un air coupable et dut se concentrer pour comprendre qu'elle n'avait pas à s'en vouloir de quoi que ce soit. Luke marmonna quelque chose comme « tototte-an ».

Il ouvrit les yeux et tourna légèrement la tête vers elle. Kate se leva pour qu'il la voie mieux.

— Qu'est-ce que tu as dit, mon cœur ?

Luke déglutit péniblement et lâcha d'un souffle rauque :

— Aux chiottes, Anne. Elle m'a poussé dans l'escalier.

Kate lui caressa tendrement l'épaule.

— Désolée, ce n'était pas Anne, c'était moi. À sa décharge, je ne t'ai pas vraiment…

— Je te connais pas.

Il n'était qu'à moitié conscient, abruti par l'anesthésie.

— Je m'appelle Kate.

— Mmmh. La Fille du futur.

— Oui.

— Ma femme.

— Exact. Écoute, n'y pense pas maintenant…

— Et j'étais… ton mari merdique.

— Non ! Non, tu étais adorable.

Il cligna lentement des yeux. L'espace d'un instant, elle le reconnut.

— Je suis fatigué, dit-il.

— Rendors-toi, Luke.

Ses paupières retombèrent puis se rouvrirent.

— J'allais bien avant de te rencontrer, marmonna-t-il.

Kate encaissa en le regardant sombrer à nouveau.

Elle le dit simplement pour elle-même, à voix basse :

— Non, tu n'allais pas bien.

Kate retourna jusqu'à Benedict à pied, soulagée que la pluie noie ses larmes.

Son mari avait disparu. Mais le garçon était sauvé.

Dans sa chambre d'étudiante, elle retira ses lentilles de contact et ses vêtements mouillés puis alla se coucher.

Elle repensa à ce qu'avait dit son père.

La vie est un devoir.

Et une autre voix – la voix douce qu'elle avait entendue sur la piste de danse. Qu'avait-il dit ?

Je t'attendrai.

Troisième partie

Et si on pouvait tout recommencer…

Chapitre 19

Elle s'éveilla avec un seul mot à la bouche. *Dégueu.*

La chambre empestait la bière.

Wouah ! Qu'est-ce qui se passe ? C'est pas le bon lit. Un lit double. Je suis sur la couette, pas dessous. J'ai transpiré mais je suis sèche ; habillée, pas nue ; les cheveux pas mouillés ;les rideaux pas orange. Pas de rideaux. Fenêtre. Lumière du jour, maison. MAISON ! Maison de Londres, corps de Londres, vieux corps. Vieux corps vivant ! À la maison et vivante.

Vivante. Guérie. Revenue d'entre les morts.

Deuxième chance… Charles ! Clé USB. Va chercher. Chien ? Retriever. Va chercher. Va chercher clé USB chez Charles. Entre tes dents. Mords, 16 gigaoctets, cours. La vie est un devoir. La vie est un devoir.

Le souffle lourd, le cœur battant contre ses côtes tel celui d'une souris affolée, Kate se redressa. Elle était dans la chambre de sa maison, à Clapham. *Comme Super Souris, la souris musclée de dessin animé qui chante de l'opéra. Pas comme… Wallace ! La souris de la cuisine. Sa cuisine sinistrée. La cuisine de dix mille jours. Vivante. Encore vivante !* Une sueur glacée perlait sur son front. Elle se pencha vers la table de nuit et trouva son téléphone. *Ah ! iPhone ! Salut, toi ! Mort. Batterie morte.* Siri avait oublié l'alarme-suicide parce que la batterie était morte pendant la nuit. *Va te faire foutre, Siri !*

Dieu bénisse l'alcoolisme et la désorganisation !

Elle brancha son téléphone et attendit avant de regarder l'heure. 10 h 23. Mercredi. Il s'était écoulé précisément vingt-quatre heures depuis qu'elle s'était traînée à la cuisine. Elle sauta du lit mais y retomba aussitôt. OK. Elle était à nouveau lourde. Pas anormalement lourde. Seulement son poids habituel. Son corps faisait son âge. Elle se leva plus prudemment, tel un vieux pirate qui reprend pied en mer. Elle scruta la pièce et tomba à genoux, pleurant de gratitude. D'énormes sanglots d'espoir et de regret. Le rêve. Ça ne pouvait pas avoir été un rêve. Mais il y avait une deuxième chance. Elle se moucha dans la couette, tout en se promettant que ce serait la dernière chose répugnante qu'elle ferait dans cette adorable chambre en bazar. Elle se leva et descendit en courant se regarder dans le miroir de la salle de bains.

Oh... ma copine. Te voilà. À la maison.

Quarante-cinq ans trait pour trait, chaque ride méritée. À l'intérieur, les cernes s'additionnaient, mais l'arbre était en fleur. Mûr et régénéré.

— Tout recommencer encore, encore, encore.

D'où est-ce que ça venait ? Philip Larkin. Pourquoi pensait-elle au poète ? Elle entra dans la cuisine.

Elle n'avait jamais été si contente de voir cette pièce. *Regarde ce trou à rats !* Dans quelle vie antérieure avait-elle cru bon de vivre comme une clocharde ? Même le ménage clandestin de Toby n'était pas venu à bout de la puanteur des céréales moisies. Une main sur la hanche, Kate s'appuya sur l'îlot central et s'accorda un peu de répit. Elle était malade. Une maladie qui faisait partie de la vie, comme se tordre la cheville ou attraper la grippe. Sauf que cette maladie mentale avait failli la tuer.

— Qu'elle aille se faire foutre, murmura-t-elle.

Il y avait plein de raisons de vivre. Il y en avait toujours eu. Elle aperçut le cadeau que Toby lui avait laissé.

Ah oui. Il y a même une autre raison maintenant. Peut-être.

Elle saisit le paquet et fut immédiatement exaspérée par l'emballage méticuleux de Toby.

— Il n'y a qu'un mec sans enfants pour apprendre à faire si bien ce genre de truc, marmonna-t-elle. Quoique Luke ne s'y soit jamais essayé.

Elle inspecta la table, à la recherche d'un objet tranchant, et trouva une paire de ciseaux à ongles plantés dans un vieux brownie. Chaque Noël, chaque anniversaire, chaque anniversaire de mariage, Luke lui présentait des paquets qu'on aurait dits emballés par des lutins sous crack. Elle se rappela comment Luke haussait les épaules en signe d'autodérision. Elle se rappela qu'elle le trouvait charmant et que, au fil des ans, cette tendresse s'était muée en déception, puis en tristesse, puis en colère. Ce gros flemmard nonchalant était incapable de la respecter assez pour faire un paquet correctement.

Mais là, tandis qu'elle coupait soigneusement le papier d'emballage sur la largeur du livre, un miracle se produisit dans l'esprit de Kate Marsden. Deux idées se contrebalançaient : l'enchantement et la colère que lui inspirait Luke ; son amour et son chagrin. Debout dans la cuisine, et sans s'en rendre compte, elle entama enfin le processus de réconciliation entre le passé qu'elle avait perdu et le nouveau présent. Son imagination commençait à faire le travail silencieux du deuil.

Elle sortit le livre du papier kraft.

C'était un mince volume de poésie – *Les Hautes Fenêtres* de Philip Larkin.

OK, qui m'a jeté un sort ?

À l'instant, dans sa chambre, elle avait pensé à un vers de ce même écrivain. Immobile, elle tenta de faire le point. Que savait-elle ? Déjà, elle était ravie d'être de retour chez elle – géographiquement, physiquement, temporellement –, au bon endroit, dans le bon corps, à la bonne époque. Elle savait qu'elle se sentait régénérée. En fait, elle se sentait merveilleusement bien. Elle savait que la réputation de salaud de Larkin n'était pas totalement usurpée, mais qu'il était aussi capable de sauts dans le sublime. Et puis… *ah, voilà…* elle savait que Toby aimait Larkin. Elle associait Toby à Larkin, et Larkin à la vie renouvelée. Mais que représentait ce livre pour Toby ?

Caressant la tranche, elle découvrit une page cornée. Malgré son bonheur, Kate fronça les sourcils, car elle ne supportait pas qu'on corne les livres neufs. C'était un poème intitulé « Ô tristes pas ». Elle fronça à nouveau les sourcils en découvrant que Toby avait laissé un commentaire au crayon dans la marge du dernier vers – cela non plus elle ne le supportait pas. De son écriture soignée, il avait noté au crayon :

> J'ai la chance d'être ton ami, mais à vrai dire je suis encore en train de rêver. Dis-moi que c'est absurde et je n'en parlerai plus jamais.

Elle lut le poème. Elle ne le connaissait pas et s'astreignit à le lire attentivement avant d'arriver aux deux derniers vers – la partie que Toby avait soulignée. Il ne pouvait donc pas faire les choses simplement ?

Kate se rappela l'expression préférée de sa prof d'anglais adorée, Ms. Benjamin : « Alors, qu'est-ce qui se passe ici ? »

Le poète s'était levé la nuit pour pisser, et avait remarqué par la fenêtre la lune qui brillait dans toute sa splendeur romantique. Cela lui inspirait-il des pensées épiques d'amour conquérant ? Non, écrivait-il :

> ... Non,
> On frissonne légèrement, en regardant là-haut.
> La dureté et la clarté et la simple,
> Longue solitude de ce large regard
>
> Nous rappellent la force et la douleur
> De la jeunesse ; qui ne peut revenir
> Mais rcstc pour d'autrcs intactc quclquc part.

Elle lut et relut le dernier vers et tenta de le comprendre à travers le regard de Toby.

Oh, bon sang. Oh, Toby ! Il était intact – il était les « autres ». Elle était celle dont la jeunesse ne pouvait revenir, mais Toby rêvait encore. Toby était encore amoureux. Son cœur s'emballa avec ses pensées. Elle ne parvenait pas à les organiser – il lui fallait des mots. Elle se précipita sur son ordinateur portable et se mit à taper comme une folle dans son journal intime.

> Oh, Toby ! C'est bien mieux que ça ! Je suis revenue ! Je suis là à nouveau. J'ai rêvé de jeunesse mais dans ce rêve je n'étais pas jeune. Je n'ai jamais été aussi jeune qu'à cet instant. Personne ne l'est.
> Mais dans mon rêve – si c'en était un – tu étais vraiment jeune et... Je ne devrais pas me sentir d'humeur romantique, n'est-ce pas ? Je ne devrais pas regarder la lune brillante et penser qu'elle fait cette chose magnifique pour moi. Il est mort, tu vois. Mon cher mari est mort. Et j'ai voulu le suivre. C'était une sacrée erreur.
> Mais laisse-moi te dire : maintenant je suis revenue et prête pour l'aventure, mon cher Toby. Je ne sais pas si cela te concerne aussi. J'aime comment tu embrasses.

Et si on pouvait tout recommencer...

Mais d'abord, j'ai une chose à faire. La vie est un devoir, pas vrai ? Donne-moi deux heures, homme merveilleux. Il faut juste que je voie un autre vieil ami. Il finira la journée dans une cellule, foi de Kate Marsden.

Chapitre 20

Kate reprit le chemin du bureau.

Le trajet jusqu'à BelTech fit ressurgir les sensations de 1992 : le présent familier fourmillait d'une énergie inattendue. Qui aurait cru que prendre le train de Clapham Junction à West Brompton pour la quatre millième fois pouvait être si excitant ?

Elle avait décidé d'appeler son expérience récente « L'Expérience ». Elle avait l'intime conviction qu'elle et elle seule avait été concernée par cette dernière. C'était réel, mais c'était faux. Impossible que ces souvenirs soient juste un rêve, mais impossible aussi qu'il se soit réellement passé quelque chose. C'était comme une pièce, un roman ou un poème : c'était réel le temps que ça avait duré ; ça prendrait place dans sa mémoire, où ça influencerait subtilement ou profondément sa vision du monde… et ça n'avait pas eu lieu.

Rien n'avait changé à la maison. Le profil LinkedIn de Charles Donnard était toujours le même ramassis de mensonges que la veille. Kate avait beau l'avoir sauvé des griffes des mafieux, il serait à l'avenir tout aussi corrompu. Kes était toujours le directeur artistique du Duke of York Theatre dans le West End et il s'attribuait toujours les rôles principaux. Amy était toujours interprète du français et de l'espagnol dans une ONG. Pour autant que le reste du monde le sache, Kate était toujours une veuve dépressive qu'un bouffon harcelé par une bande de gangsters et de crypto-fascistes venait de virer de son poste sous-dimensionné.

Elle sortit de la station de métro et se dirigea vers le bureau, ressentant une énergie qu'elle n'avait plus eue depuis longtemps. À nouveau, elle avait quarante-cinq ans, aucun doute là-dessus. Mais quarante-cinq ans en forme, pas quarante-cinq ans après neuf mois à se détruire.

Belgravia Technologia n'avait évidemment rien à voir avec le quartier de Belgravia. Charles pensait qu'un nom chic impressionnerait les clients potentiels, ce qui s'était avéré tristement juste. En réalité, l'entreprise occupait le quatrième étage d'un immeuble de bureaux couleur taupe des années 1970 dans une ruelle calme de West Brompton.

Quand elle tourna dans la petite impasse, elle remarqua un détail inhabituel. Face à l'entrée, un grand gaillard vêtu d'un long manteau noir était adossé à un Range Rover blanc, en train de fumer une cigarette. D'instinct, Kate évita son regard.

Elle entra dans le bâtiment et tomba sur Ray, l'un des deux agents de sécurité, qui s'apprêtait à partir à la retraite. Comme d'habitude, il se curait le nez avec son pouce, absorbé dans ses mots croisés. Il leva les yeux.

— Ah, Ms. Marsden – vous tombez à pic.

Soit Ray n'avait pas remarqué que Kate avait été virée la veille, soit il s'en fichait. Elle travaillait à BelTech depuis le début et lui était d'une aide précieuse pour les mots croisés.

— Je suis un peu pressée ce matin, Ray.

— Y en a pour une seconde.

Il lui lut la définition.

— « Batterie pour horloge. Pfiou ! Il s'en est fallu de peu. » Quatre, un, cinq.

— Pas facile. Laisse-moi deux minutes, répondit Kate en continuant de marcher.

Elle aimait bien Ray, elle n'avait rien à craindre de lui. Le plus difficile, ce serait d'entrer et sortir du bureau de Charles avant que quelqu'un comprenne ce qui se passait. En supposant que la poste ait effectivement distribué sa lettre en vingt-quatre heures, l'enveloppe était déjà triée et Janice, la secrétaire de Charles, devait avoir respecté l'inscription CONFIDENTIEL et l'avoir déposée intacte sur son bureau. Suivant ses instructions habituelles, elle avait fait de son mieux pour glisser le courrier dans le vieux grille-pain sur le rebord de la fenêtre derrière son bureau. Kate regarda l'heure en montant dans l'ascenseur. 12 h 34. Elle comptait sur le fait que Charles serait trop feignant pour ouvrir son courrier avant le déjeuner. Avec un peu de chance, il serait déjà sorti pour tenter de lécher le cul de Liam Fox devant des asperges grillées au Ritz. Il lui suffirait d'entrer, récupérer la clé USB, ressortir, héler un taxi et se rendre à la rédaction du *Guardian* sur York Way.

Respirant aussi calmement que possible, elle sortit au quatrième étage et se dirigea droit vers le bureau de Charles. Elle sentit plusieurs têtes se tourner sur son passage mais ignora ses anciens collègues tandis qu'elle se dirigeait d'un pas vif et – espérait-elle – naturel vers le fond de l'*open space*. Près de la porte de Charles, Janice était à son poste mais heureusement cachée par la large carrure de Colin, l'ancien assistant de Kate. Il tournait le dos à Kate et expliquait apparemment en détail pourquoi « Excel peut parfois être un très mauvais garçon ». Kate les dépassa discrètement. La porte de Charles n'avait pas de vitre, et elle entra sans frapper.

À l'intérieur, elle trouva trois hommes, aucun n'était Charles. À sa droite, deux grands gars blancs musclés, debout, en manteau noir. Devant elle, assis face au fauteuil de bureau inoccupé, un homme plus mince, de dos, probablement la cinquantaine. Cheveux gris coupés court, une ligne nette un centimètre au-dessus du col de sa chemise pourpre bien repassée. L'homme se retourna pour la regarder, et Kate reconnut le visage lisse de Nestor Petrov.

Elle s'immobilisa.

Fuir ou se battre ? Ni l'un ni l'autre. Plan A. Il y a de bonnes chances pour qu'il ne sache pas qui je suis.

Kate sourit et referma la porte derrière elle.

— Désolée, dit-elle. Janice est occupée, elle m'a demandé de prendre quelque chose. Je suis la sous-secrétaire adjointe de Charles.

Petrov la toisa sans concession de la tête aux pieds et se retourna vers le bureau avec impatience. Il s'adressa en russe à l'un des gros bras à son service. Kate identifia l'accent de Moscou.

— Combien de temps il lui faut pour pisser ?

— Vous lui faites peur, chef.

Petrov regarda sa montre et Kate le contourna, inspectant le rebord de la fenêtre derrière le fauteuil de Charles, à la recherche du grille-pain rempli du courrier du matin.

Il n'y était pas.

Hébétée, elle se dirigea vers l'endroit où il aurait dû se trouver et caressa d'un geste absent une tirelire plaquée or qui trônait à sa place.

Petrov poursuivit en russe.

— Le problème, c'est cette salope de Marsden. Le fichier doit être chez elle. Je ne sais pas ce qu'on attend. Un attachement sentimental de cet abruti de Donnard.

Peut-être qu'il la saute. On aurait dû entrer chez elle hier soir pour mettre un terme à cette affaire.

Ce n'était pas ainsi qu'il s'exprimait sur les plateaux de télévision.

L'enveloppe de Kate restait obstinément introuvable, et elle s'aperçut que son seul but était maintenant de ne pas trembler de peur. Elle fixa la tirelire comme si elle avait voulu glisser dedans. Petrov reprit la parole, cette fois-ci en anglais.

— Vous n'êtes pas un peu vieille pour une sous-secrétaire adjointe ?

Son anglais était bon : Kate se demanda si c'était grâce à ou malgré vingt ans de conversations succinctes avec des entraîneurs de foot et des éditorialistes anglais.

Kate se retourna et se mit à fouiller carrément dans les tiroirs du bureau de Charles.

— Oui ! lança-t-elle d'un air triomphal. Très vieille. Réorientation professionnelle. Un programme gouvernemental pour les femmes d'âge moyen.

Petrov la regardait fouiller, les sourcils froncés.

— Vous vous appelez comment ?

Elle se fia à son subconscient et répéta les premières syllabes qui lui vinrent à l'esprit.

— Buffindra, répondit-elle. Mes amis m'appellent Buffy.

— Buffy ?

Petrov eut une moue amusée.

— Comme Buffy contre les vampires ?

Kate parcourut du regard le bazar sur le bureau et se mit à déplacer les objets comme pour ranger.

— Exactement. Même si, comme vous dites, je suis bien trop vieille pour lui devoir mon prénom. Mais j'adore ce qu'elle fait.

Elle déplaça le *Financial Times* du jour, intact, révélant une pile de courrier retenue par un élastique.

Son enveloppe !

Elle la dégagea du reste et la glissa dans sa poche arrière.

— Je déteste ces putains de vampires, vous savez.

— Comment ça ?

— Je peux vous offrir un thé ou un café ?

— Qu'est-ce que vous venez de mettre dans votre poche ?

Kate avançait rapidement vers la sortie.

— Je prends ça pour un « oui ».

La porte s'ouvrit à la volée et Charles entra en s'essuyant les mains sur son pantalon.

— Désolé de vous avoir fait attendre, messieurs. Ce satané sèche-mains n'arrête pas de… Kate Marsden !

— Salut, Charles !

Kate le dépassa et quitta la pièce. Elle entendit derrière elle la voix de Petrov qui criait.

— Cette femme est Kate Marsden ?… ELLE VIENT DE VOLER QUELQUE CHOSE SUR VOTRE BUREAU, PAUVRE CON !

Charles :

— Nestor, je vous assure solennellement de l'absolue impossibilité que…

— ELLE A LE FICHIER !!

Kate s'enfuit.

Chapitre 21

— Oooh, Kate, tu es dans la...

Kate hurla :

— Klingons, par tribord avant, Colin !

Elle dépassa son ami en courant, et ils entendirent tous deux Petrov répéter ses ordres en hurlant.

Il doit le dire deux fois à ses sbires. Ils ne sont pas des services secrets russes, c'est juste des gros bras. C'est... une bonne chose ?

Tandis qu'elle se précipitait vers l'escalier de secours, elle enfonça instinctivement le bouton de l'ascenseur au passage, espérant que la vision de la cabine vide laisserait les gorilles interloqués pendant quelques précieuses secondes. Peut-être penseraient-ils qu'elle l'attendait, cachée quelque part. *Mais en même temps, il se peut qu'appeler l'ascenseur pour ses poursuivants ne soit pas la meilleure idée dans ce genre de situation*, songea-t-elle en s'agrippant à la rampe pour dévaler le troisième étage.

Deux, quatre, six, huit – elle bondissait sur les marches de béton blanc telle une gazelle affolée. Essoufflée, elle tendit l'oreille, à l'affût de pas lourds au-dessus d'elle.

Ils ont tous les deux pris l'ascenseur.

Au rez-de-chaussée, elle s'engouffra dans la porte battante de l'accueil. Ray était toujours concentré sur ses mots croisés. Il leva le nez et vit Kate qui fonçait vers lui en direction de l'entrée principale.

— Pile à temps, Ray !

— Quoi ?

— « Batterie pour horloge » ?

Ray jeta un coup d'œil à sa grille et poussa un « Aaah ! » ravi.

Kate regarda l'ascenseur, qui semblait bloqué sur le 2. Qu'est-ce qui se passait, nom de Dieu ?

Colin ! Colin avait la compétence et la présence d'esprit pour bloquer l'ascenseur, même de l'ordinateur de Janice.

Si je m'en sors, mon ami, je te promets que je viens jouer avec Carly.

Bon – maintenant direction Old Brompton Road pour disparaître dans la foule. C'est l'heure du déjeuner. Je pourrais me cacher chez Elvis Fried Chicken.

Une fois dehors, elle tourna à droite vers la rue principale. Mais le troisième gorille – le gars louche avec le Range Rover – courait maintenant dans sa direction tout en parlant dans sa manche.

Oh merde, ils ont des micros. Comme Tom Jones, mais en plus effrayant.

Elle retourna dans la ruelle, qui débouchait sur un mur trente mètres plus loin. Désespérée, elle courut vers une allée étroite longeant le bâtiment et qui formait le cul-de-sac. À sa gauche, un escalier de secours, dont les marches en fer s'arrêtaient un étage plus haut, sur une porte murée. Face à elle, un terrain vague jonché de détritus urbains et une benne de chantier emplie de panneaux de signalisation et de photocopieuses cassées. Plus de place. À bout de souffle, elle se retourna.

Le costaud ralentit le pas et d'un œil efficace scruta les environs à la recherche d'échappatoires ou de témoins. Il parla à nouveau en russe dans sa manche.

— Je l'ai trouvée.

Il réduisait l'espace entre eux d'une démarche arrogante.

Kate fit le vide dans son esprit – à part une citation de *Star Trek III : À la recherche de Spock*, qui s'obstinait à rester. Comme d'habitude, Scotty se plaignait auprès de Kirk, cette fois-ci de l'*Enterprise* refaite à neuf :

— Je ne pensais pas m'en servir au combat, tu sais !

La veille, elle était encore une éponge imbibée d'alcool. Elle n'avait pas mis les pieds dans une salle de sport depuis neuf mois, ce qui, pour une championne de karaté, faisait d'elle une chiffe molle. D'un autre côté, elle avait pour elle trente ans de mémoire musculaire et assez d'adrénaline pour assommer un babouin. La question était juste de savoir ce qui se passerait quand le babouin se relèverait. Elle reprit le contrôle de sa respiration et imagina le sang dans ses veines qui se chargeait d'électricité. D'habitude, She-Ra prenait le temps de jauger son adversaire.

Trop sûr de lui, 1,90 m, environ 120 kilos, indice de masse corporelle loin d'être optimal mais musclé, pas un jeunot, à peu près mon âge, oublie le cou – trop gros. Cet effronté regarde son téléphone, droitier, toutes petites mains. Pas en forme. Il va falloir faire vite et fort. Comme un burger d'Elvis. Un peu dégueu. Les autres vont pas tarder. Pauvre type. Il a pas de bol. Juste un boulot de merde. Je veux pas lui faire mal.

Le gorille reprit dans son micro :

— Elle le cache où, à votre avis ?

Il entendit quelque chose dans son oreillette et eut une moue répugnante.

— Ouais, je vais d'abord chercher dans sa chatte.

OK, je devrais peut-être lui faire mal.

Le costaud reprit une expression impassible et dit en anglais, avec un fort accent géorgien :

— Donne-moi ce que tu as volé, et peut-être que je te violerai pas.

Kate sourit et répondit en russe :

— Je suis désolée, je ne peux pas faire ça.

Il eut l'air surpris, mais pas autant que Kate l'avait espéré. C'était vraiment un gros salaud. Il fallait qu'elle le déstabilise plus que ça. Elle poursuivit :

— C'était ton petit copain qui te chuchotait à l'oreille ? Il est toujours avec toi ? Comme c'est mignon ! Tu as un autre écouteur dans le cul ? Est-ce qu'il a un bouton pour faire vibrer ton petit anus ? Aaah !

Le gorille rit, pourtant son cou s'était empourpré de colère. Il avança encore d'un pas, mais à présent il paraissait indécis. Quelle forme de violence allait-il infliger à cette petite femme répugnante ? Deux mètres les séparaient.

Encore un peu plus près.

Sans se départir de son sourire amical, Kate poursuivit dans un russe impeccable :

— Mais bien sûr, je suis bête. Tu ne peux rien garder dans ton anus.

Elle prit une voix grave, inarticulée, insultante, et dit avec un accent géorgien prononcé :

— Parce que ton chéri l'a trop élargi.

Ça fit son effet.

Le costaud gâcha son souffle à pousser un hurlement bizarre et se jeta maladroitement sur elle, ses deux toutes petites mains tendues vers sa gorge.

Kate se baissa, plongeant en avant avec autant de force que possible et propulsant son poing dans les couilles du type. À travers son pantalon de costume et son slip apparemment léger (*un boxer effet soie ?*), elle sentit son gland contre ses jointures, ainsi que le rebond de ses testicules ballottés comme dans un flipper. Quand il s'effondra sur elle, il y eut, une fraction de seconde, un silence glacial, puis elle roula vivement sur la gauche pour éviter le poids de son corps. Elle l'entendit crier de douleur tandis qu'elle se relevait. Le gros homme était à terre mais pas hors de combat, il tentait déjà de se remettre debout. Se souvenant de la benne, Kate se précipita pour saisir un panneau triangulaire INTERDIT DE TOURNER À DROITE. Son attaquant avait réussi à se mettre à genoux quand elle revint, brandissant la plaque de métal au-dessus de sa tête pour l'abattre droit sur son crâne.

— Aaargh !

Il était sur le dos. Elle sauta et atterrit avec les deux genoux dans son abdomen. Elle écrasa le panneau sur son visage au rythme des syllabes prononcées dans son plus pur accent du sud de Londres :

— FAUT... PAS... FAIRE... CHIER... L'ÉQUIPE... D'AN... GLE... TERRE !

Elle se releva et balança la plaque de métal sur le côté. Toisant son agresseur terrassé mais toujours vivant, elle ajouta :

— On y arrive très bien tout seuls, merci.

Elle se baissa et plaça l'homme inconscient en position latérale de sécurité.

Rassurée que Mr. Peut-Être-Que-Je-Te-Violerai-Pas soit à peu près en vie, elle tâta sa poche arrière à la recherche de l'enveloppe avec la clé USB. Toujours là. Elle se retourna et quitta en courant l'allée, puis la ruelle, pour déboucher dans la rue.

Elle regarda à gauche puis à droite. À gauche, les deux gorilles de BelTech franchissaient enfin la porte. L'un d'eux l'aperçut et fit signe à son collègue. L'autre la vit et dit quelque chose dans son poignet. Kate jeta un coup d'œil autour d'elle, paniquée. *Oh, merde. Là !* De l'autre côté de la rue, deux autres gorilles scrutaient les alentours, le doigt sur l'oreille droite.

Non, pas quatre d'un coup. Deux, à la rigueur. Pas quatre.

Kate se remit à courir. Elle dévala Old Brompton Road. C'était une artère pratique pour les voitures et les bus, mais ça n'était pas non plus Notting Hill Market. Ou Camden Town. Ou Oxford Street.

Fait chier, Charles. Pourquoi tu peux pas avoir un bureau dans un quartier où il y a plein de monde, espèce de naze ?

Elle regarda par-dessus son épaule. Quatre costauds en manteau noir la poursuivaient, apparemment tous plus jeunes et en meilleure forme que Mr. Chatte. Elle approchait du croisement avec Eardley Crescent. Elle n'avait pas l'intention de traverser le carrefour à l'aveugle. Pas question que la poursuite se termine sous les roues d'une voiture.

Tant pis pour le triste spectacle.

Elle prit à gauche et entrevit une solution à cinquante mètres. Au-delà du virage de la rue en arc de cercle, il y avait un taxi garé. Le chauffeur s'était installé dans un fauteuil pliant et déjeunait sous le soleil automnal. Rien n'était aussi familier et rassurant pour Kate qu'un taxi londonien noir. Elle accéléra et cria :

— Au secours ! Aidez-moi !

Le chauffeur était un mec blanc en surpoids, d'une quarantaine d'années. Mon Dieu, ils étaient partout. Il leva la tête et aperçut la petite femme poursuivie par quatre types. Il posa son journal et se leva, son sandwich du Subway à la main.

— Mais qu'est-ce qui se passe ?

— Ils travaillent pour Uber ! hurla Kate.

— Quoi ?

— Ils travaillent pour Uber et ils ont pas aimé mes commentaires ! Ils roulaient dans le couloir de bus à l'heure de pointe !

Le chauffeur de taxi blêmit. Il le savait. Salauds d'Uber ! Il posa son sandwich sur son fauteuil de camping et s'avança d'un pas décidé vers les poursuivants, le torse bombé, son short hawaïen et son crâne chauve luisant au soleil.

— Hé, bande de trous du cul d'Uber ! Laissez cette fille tranquille ! Je vais vous en foutre un, moi, de commentaire ! Quand j'aurai fini, vous en verrez, des étoiles !

Kate possédait le Savoir. Il ne s'agissait pas seulement d'un impressionnant catalogue de centaines de rues et de monuments londoniens. C'était le Savoir que dans les couloirs de bus, les taxis toléraient à peine les bus. Les voitures n'avaient pas intérêt à s'y aventurer. Quant aux Uber... c'étaient leurs ennemis mortels : ces abrutis mal formés qui bossaient au rabais, capables de suivre leur GPS jusqu'au fond d'un lac.

En s'approchant du chauffeur, elle le vit ralentir et se demander si affronter quatre types athlétiques était vraiment l'idée qu'il se faisait de sa pause-déjeuner. Peu importait. Ce n'était pas le chauffeur qu'elle visait.

— Bon, les gars ! cria-t-il aux gros bras tandis que Kate le dépassait en courant. On a tous un coup dans le nez. On se calme.

Kate jeta un regard à la dérobée et vit la même chose que le chauffeur : les Russes qui l'observaient, dans son dos, et essayaient de comprendre ce qui allait se passer. Ils s'arrêtèrent brusquement et se mirent à courir dans l'autre sens tandis que Kate se jetait sur le siège conducteur du taxi ouvert et démarrait le moteur. Dans le rétroviseur latéral, elle aperçut le chauffeur qui se retournait, stupéfait de voir son taxi partir dans un crissement de pneus, cette femme au volant.

Kate attacha la ceinture de sécurité et vit dans son rétroviseur que les gorilles traversaient la rue pour s'engouffrer dans une rangée de Range Rover blancs.

Bien sûr. Le Range Rover blanc – la voiture impardonnable.

La course-poursuite avait commencé.

Chapitre 22

Elle engagea le taxi dans un virage serré à gauche. C'était un magnifique TX tout neuf – un taxi électrique. Peu avant la mort de Luke, Kate les regardait dans la rue en songeant « Pfwouah ! », comme un amateur de voitures admirerait une Porsche. Elle s'en voulait pour le chauffeur dont elle avait volé la fierté, la joie et le moyen de subsistance. En jetant un coup d'œil au numéro de licence sur le tableau de bord, elle se promit de le lui rapporter avec la batterie chargée et sans une égratignure.

Elle prit vite la main – rapide et réactif ; aussi rapide que le vieux FX4 Fairway que Bill lui laissait conduire quand il ne travaillait pas, après qu'elle avait eu son permis. Mais elle n'avait aucune intention de se lancer dans une course-poursuite de boulevard. Le taxi ne tiendrait pas le choc face aux pompes à diesel qui la poursuivaient : il lui fallait de la circulation et des rues étroites. Elle se contorsionna pour tirer son téléphone de sa poche de devant et le mit à la place de celui du chauffeur dans le support ventousé au pare-brise. Tandis qu'elle tournait à droite, elle regarda derrière elle et compta trois Range Rover.

Danger devant, danger derrière, danger sur les côtés.

Pourquoi essayait-elle de faire ça toute seule ? Après tout, elle était de retour dans le monde des vivants, non ? Kate posa son pouce sur son téléphone pour le rallumer.

— Siri, appelle Toby Harker.

Elle filait dans Finborough Road, une deux-voies. Dans son rétroviseur, elle vit le premier des Range Rover déboiter pour dépasser les voitures qui les séparaient.

La voix de Toby sortit des haut-parleurs de la voiture.

— Kate ?

— Toby !

Elle renversa une rangée de plots de circulation en faisant un écart pour augmenter le volume.

— Kate ? Ça va ?

— Bien, merci. Bon, en fait, pas vraiment.

— Qu'est-ce qui se passe ?

— Euh… Bon, j'ai découvert que Charles est… Écoute, c'est un peu compliqué, mais pour faire court, je suis au volant d'un taxi volé, poursuivie par les hommes de main de Nestor Petrov parce que j'ai piraté et copié un fichier de BelTech qui l'implique dans un énorme complot et je l'ai sur une clé USB dans ma poche arrière, et ce mec peut pas sérieusement être en train de…

Le Range Rover derrière elle emboutit le pare-chocs du taxi, et la ceinture de sécurité se resserra sur Kate.

— CONNARD !

— Kate ?

— Attends.

Elle braqua à droite, pleine vitesse sur le terre-plein central de King's Road. Face à elle, le flot de circulation clignotait et klaxonnait tel un essaim d'abeilles enragées. Le Range Rover le plus proche poursuivit tout droit, mais elle vit les deux autres freiner pour prendre le virage. Elle tourna immédiatement à droite encore une fois et atterrit dans une rue résidentielle.

Hortensia Road – ça va me ramener à la route principale. C'est pas bon.

— Kate !

— Oui. Désolée. Bon, je suis un peu stressée, pour être honnête.

Il y eut une très courte pause, et Toby prit une décision.

— Tu ferais mieux de venir au bureau.

— Quel bureau ?

— Mon bureau.

Kate vit deux Range Rover sur ses talons.

— Je sais pas où est ton bureau, Toby ! Tu me l'as jamais dit !

— Thames House, Millbank.

Kate reconnut l'adresse du siège du MI5, les services de renseignement britanniques.

— Ah, c'est maintenant que tu me le dis !

— Ça me semble être un très bon moment pour te le dire.

Les deux Range Rover gagnaient du terrain.

— Je suis pas sûre d'arriver jusqu'à la rivière avec ce truc, Toby.

— OK, je t'ai maintenant.

Kate fut déconcertée.

— C'est un peu direct. C'était un joli cadeau, mais...

— Je veux dire que je trace ton téléphone. Tu vas dans la mauvaise direction.

— Ah. Attends, je... excuse-moi, copilote de mes deux, je ne vais *pas* dans la mauvaise direction.

Tout en parlant, elle vit dans le rétroviseur que le premier Range Rover se trouvait à la distance parfaite pour une démonstration de l'agilité des taxis londoniens.

— Je veux dire qu'on peut...

— Tais-toi un instant, Toby.

Kate serra le trottoir, freina brusquement et décrivit un virage à cent quatre-vingts degrés en une seule manœuvre. Elle enfonça l'accélérateur et brandit le majeur vers le gorille tandis qu'elle passait en trombe devant lui.

— Va faire ton créneau, maintenant, pauvre con ! hurla-t-elle en voyant la lumière des freins de l'énorme voiture blanche s'allumer.

— Eh ben, les taxis font vraiment ressortir le chauffeur en toi, commenta Toby.

Le deuxième Range Rover freinait déjà quand Kate le dépassa, majeur toujours brandi. Elle aperçut Petrov sur la banquette arrière, qui, ébahi, ne la quittait pas du regard.

— Bon, fit Toby. J'ai les caméras, tu en as quatre en face de toi.

— QUATRE ?

— Qu'est-ce que tu as dans ta poche, Kate ?

— Laisse tomber, qu'est-ce que… ?

— Prends à gauche.

— Ça va pas me ramener…

— Kate, arrête de discuter et TOURNE À GAUCHE !

— D'accord, d'accord !

Kate braqua si fort à gauche que le taxi resta un instant sur deux roues. Toby avait raison – elle eut le temps d'apercevoir ce qui ressemblait à une flotte de Range Rover sur la route qu'elle venait de quitter.

— Ils sont partout, ces salauds ! lança-t-elle.

— Je sais. T'inquiète pas, la cavalerie arrive. Reste sur cette route.

Kate s'engageait sur une autre deux-voies et voyait ses poursuivants non loin derrière.

— Je vais pas pouvoir les semer, Toby !

— Tu n'as pas à tenir longtemps. Laisse juste autant d'espace que tu peux. Je suis déjà monté en voiture avec toi, me dis pas que tu n'en es pas capable.

Kate enfonça l'accélérateur et slaloma copieusement entre les voitures devant elle, guettant les vélos et criant de temps à autre « Pardon ! » aux automobilistes ulcérés. Elle concentrait tous ses talents dans ce moment – elle se fondit dans la tâchc.

— Mon cadeau t'a vraiment plu ? demanda Toby.

Kate monta brièvement sur le trottoir pour doubler un scooter Deliveroo.

— On peut en parler plus tard, mon cher ? Je suis un peu occupée.

— Bien sûr. Tu t'en sors super bien. Tu y es presque.

— Où ça ? Je peux provoquer un accident à tout…

À cet instant, l'un des Range Rover déboula d'un carrefour à sa gauche. Elle vira à droite pour l'éviter et encaissa le choc de biais avec la roue arrière gauche. Kate cria de douleur et le cul du taxi chassa, mais elle se remit sur les rails comme un pilote de rallye et reprit le contrôle du véhicule.

— Ce connard a essayé de m'emboutir ! hurla-t-elle. Elle est où, cette cavalerie, Toby ?!

— Elle est là.

— Quoi ?

— Regarde dans ton rétro.

Kate dépassa une rangée de neuf ou dix taxis noirs.

Puis, dans son rétroviseur passager, un miracle.

Tous les taxis démarrèrent en trombe à sa suite. La route s'était élargie à trois voies, toutes occupées par des taxis londoniens noirs qui la séparaient des Range Rover. Bouche bée, Kate se plaça instinctivement sur la file du milieu et laissa les taxis s'approcher. Elle regarda à gauche, et un jeune chauffeur asiatique lui adressa un clin d'œil et un salut militaire. À droite, une conductrice plus âgée avec une casquette en tweed lui souffla un baiser. Dans son rétroviseur, trois gros chauffeurs de taxi la saluaient de la main. Elle pensa à Toby qui l'attendait.

Amis devant moi, amis derrière moi, amis sur les côtés.

Jamais de sa vie elle ne se serait attendue à voir les plus individualistes, les plus autarciques des solitaires agir de concert pour quelque chose qui ne les concernait sûrement pas. Qu'est-ce qu'elle aurait aimé que son père voie ça. Elle dut reprendre ses esprits pour parler d'une voix posée.

— Toby, je sais pas comment tu as fait ça, mais c'est magnifique.

— Je t'expliquerai plus tard. On n'est pas encore tirés d'affaire. Les hommes de Petrov sont partout – t'as débusqué toute une armée.

— Celui que j'ai croisé se battait comme un enfant au passage de grade pour la ceinture marron, répondit Kate. Je ne suis pas spécialiste, mais je ne crois pas que ce soient les renseignements russes.

— J'espère bien. Je préférerais ne pas déclencher la Troisième Guerre mondiale juste parce que tu étais en rogne contre Charles.

— Oh, va te faire voir, Toby... C'est un peu plus important que...

Elle entendit Toby rire.

— Je sais, je sais... Je plaisante.

— Contente que tu t'amuses.

— Pas toi ?

— Eh bien...

— Bon, écoute – je les observe et je crois qu'ils ont compris où tu vas. Il va falloir passer au plan B.

— OK ?...

— Dirige-toi vers le Duke of York.

— Toby, il y a au moins vingt pubs qui ont ce nom...

— On ne va pas boire une pinte, Kate. Le théâtre.

— Le théâtre ? Celui de Kes ?

— Celui-là. On a un petit local là-bas. Tu seras en sécurité jusqu'à ce qu'on vienne te chercher.

Elle mit du temps à comprendre ce qu'elle venait d'entendre.

— Excusc-moi, tu cs cn train dc mc dirc quc tu as unc pièce sécurisée au Duke of York ?

— C'est toujours une bonne chose d'avoir le choix, non ? Kes nous a laissés apporter quelques modifications à une loge dont les acteurs se plaignaient et qu'ils n'utilisaient pas.

— Ah, donc tu peux dire à Kes que tu es un espion, mais…

— Arrête un peu.

— Ooh, « Arrête un peu », qu'il dit. C'est un ordre ? Je suis ta bonniche d'espion maintenant ?

— S'il te plaît, Kate. Tu n'es pas encore sauvée.

Kate était obligée de reconnaître que, malgré le danger qu'elle représentait pour les passants innocents, elle s'amusait comme une folle. La réaction qu'elle avait eue la dégoûta.

— Toby, je crois que j'ai blessé quelqu'un.

— Je te pardonne.

— Non, pas toi. Même si… Bref, il y a un homme à terre dans Lillie Yard, près de BelTech, et…

— Ah, le gars près de la benne. Il est en route vers l'hôpital de Brompton. Il va s'en tirer.

— Tant mieux.

— Mais malheureusement, le chauffeur dont tu as volé le taxi est mort d'une crise cardiaque.

— Oh mon Dieu !

— Je plaisante.

— TOBY !

— Désolé.

— TOBY !

— Désolé.

— Ce n'est pas drôle. Mon père est mort d'une crise cardiaque, connard !

— Je suis vraiment désolé, Kate. Je suis un peu éméché. J'ai pris un petit whisky. Désolé encore. Le chauffeur de taxi va bien. Il est en train de brailler dans un commissariat de King's Road. Tourne à droite dans quatre cents mètres.

— Non. Je vais traverser le parc.

— Ne traverse pas le parc. Ils n'attendent que ça.

— Toby, si je prends la A4, je me dirige vers Hyde Park Corner, qui est le deuxième rond-point le plus fréquenté après Trafalg...

— Ça va bien se passer.

— Non, ça ne va pas bien se passer. Je vais me retrouver immobilisée, et trente gros Russes vont me tirer de ce taxi et...

— Je ne les laisserai pas faire.

— OK, c'est très chevaleresque de ta part, mais...

— Je ne les laisserai pas faire.

Kate marqua une pause. Entre se fier à son instinct et s'entêter malgré de nouvelles informations, la frontière était mince. Elle était tout aussi ténue entre avoir des principes féministes et refuser de recevoir des ordres d'un homme, même si ce dernier se trouvait être la personne la plus compétente qu'elle avait jamais rencontrée. En regardant à droite, elle ne fut pas surprise de voir que la femme à la casquette de tweed avait avancé pour lui laisser la place de tourner.

Et puis merde. De toute manière, la veille elle avait failli mourir. Dorénavant, tout était cadeau.

Elle tourna.

— J'espère vraiment que tu sais ce que tu fais, mon cher Toby.

— Je sais ce que je fais.

Kate fut inquiète de constater qu'aucun des taxis ne l'avait suivie. Ils avaient tous continué sur la route et s'étaient dispersés. Les Range Rover en avaient profité pour se rapprocher dangereusement.

Rideau, donc.

Elle entendit Toby dire :

— Kate, je t'ai perdue. Tout va bien ?

Elle ne répondit pas.

— Kate, si tu te demandes pourquoi les taxis ont continué, ils vont ouvrir la voie plus loin. Il y en a d'autres qui attendent au rond-point.

Cela éveilla une petite étincelle de curiosité, mais Kate replongeait dans sa cuisine de dix mille jours.

— Peu importe, lâcha-t-elle d'une voix monocorde. Peu importe qui m'attend au rond-point.

— Kate, je suis désolé, tu as l'air un peu déprimée. Mais... tu as ralenti un peu, là. Il faut que tu accélères.

— Je suis la fille d'un chauffeur de taxi. On ne peut pas « ouvrir la voie » autour de Hyde Park Corner.

— Tu ne vas pas faire le tour du rond point. Tu vas passer au milieu.

L'étincelle se ralluma. Cette fois-ci, elle la laissa brûler un moment.

— Quoi ?

— Tu vas passer au milieu du rond-point.

Le carrefour célèbre et notoirement embouteillé approchait. L'arche de Wellington, Apsley House, le bronze nu de Derwent Wood, *The Boy David.*

Joli cul. Comme celui de Luke. Je me demande comment est celui de Toby. Sûrement canon. Mais peu importe. Ne sois pas si futile. Tu as du boulot. Mais je suis sûre qu'il est canon. Oh, arrête ! Tu n'es pas Carrie Bradshaw, tu es Jeanne d'Arc. Mais Jeanne d'Arc n'avait jamais envie de baiser ? Bien sûr que si. Tu peux être Carrie ET Jeanne d'Arc. ET Buffy ET Mary Shelley ET Valentina Terechkova ET She-Ra ET Frida Kahlo plus toutes les autres meufs géniales et les autres meufs plus normales. Tu es Kate Marsden. Tu maîtrises.

Ces quelques mots d'encouragement à la noix laissèrent l'espoir s'insinuer dans son imagination, mais se changèrent en déluge quand elle vit ce qui se passait devant elle. Des taxis noirs étaient garés de chaque côté de la route tout le long du carrefour. Ils formaient...

— Tu m'as fait une haie d'honneur, dit-elle en commençant à sourire.

— Je ne dirais pas ça comme ça...

— Tu m'accompagnes à nouveau à l'autel !

— Euh... honnêtement, je n'avais pas vu les choses comme ça, mais apparemment j'ai assuré. Il faut surtout que tu appuies sur le champignon. Il faut que tu mettes de la distance.

Kate commença à accélérer, puis hésita.

— Toby, il y a une barrière.

— Ne t'inquiète pas pour ça.

— Non, sérieusement, il y a une barrière autour du monument.

— Ouais. Fonce droit dessus.

— Je vais m'emplafonner.

— Non.

Elle était à trois cents mètres du rond-point. Au-delà de la mer de circulation ouverte par les taxis se trouvait l'île déserte de l'arche de Wellington. Mais une barrière d'acier incorruptible en protégeait l'accès.

— Elle est pas en bambou, Toby !

— Kate, fais-moi confiance. Il faut que tu accélères.

— TOBYYYY !!!

— Pars du bon pied, Kate.

Elle enfonça l'accélérateur.

— Tu es vraiment une grosse MEEEERDE !

Elle fonça vers la barrière. Le compteur affichait 45 km/h. Ça allait faire mal. Elle s'agrippa de toutes ses forces au volant mais refusa de fermer les yeux. Elle avait perdu assez de temps à dormir.

OH, TU DÉCONNES.

Au dernier moment, la partie centrale de la barrière pivota à quatre-vingt-dix degrés en arrière et se confondit parfaitement avec le bitume. Elle pensa aux palmiers de Tracy Island qui s'écartaient pour le lancement du Thunderbird 2.

Kate hurla telle la reine des pirates tandis qu'elle fonçait dans la haie de taxis et traversait l'esplanade de Hyde Park Corner. Elle ne l'avait jamais vue de là – on aurait dit une cour de récréation cernée d'adultes. Le soleil brillait. Elle leva le regard vers le toit vitré du TX : le ciel était couleur bleuet. Dans son rétroviseur, la barrière se releva et elle vit un – non, trois ! – Range Rover piler en désordre. Devant elle, une autre mer dégagée par des rangées de taxis lui ouvrait un chemin vers le nord, en direction de Soho et du théâtre où elle avait rendez-vous.

Elle était ravie, mais une pensée la perturbait. Les premiers mots qu'elle adressa à Toby tandis qu'elle se dirigeait vers West End furent :

— Tu as été élu par qui ?

— Tu sais, la plupart des gens se contenteraient de dire merci, répondit-il dans le haut-parleur.

— Personne ne devrait avoir autant de pouvoir.

— Nous sommes au service du gouvernement élu.

— Et si le gouvernement élu est un ramassis de connards ?

— Ça n'a rien d'exceptionnel. Nous les servons avec une certaine discrétion.

— L'idée que tu te fais de la discrétion ressemble à l'idée que d'autres se font des canons à eau ou de l'arrestation d'un militant écologiste.

— Oh, mon Dieu, j'adore les écolos ! On ne leur ferait jamais une chose pareille. À moins qu'ils dépassent vraiment les limites.

— Quelles limites ?

— Celles de la loi.

— Toby ! Tu sais parfaitement qu'à nous deux on a enfreint une douzaine de lois au cours de la seule dernière heure.

— Ouais. Comme je disais : discrétion.

— On va sacrément s'engueuler là-dessus.

— Tant mieux ! J'ai hâte. On se retrouve au théâtre. Tu arriveras avant nous. Entrée principale, à droite. La porte marquée « Privé ». Code : 1072.

Kate mémorisa les chiffres.

— L'anniversaire de Luke ?

— Ouais.

Kate secoua la tête.

— Tu es vraiment sentimental. Il va bien, tu sais.

— Quoi ?

— Bien sûr, il est mort. Mais il va aussi s'en tirer.

— Euh... d'accord. Bon, je suis en voiture là, mais si nous on arrive à te suivre, probable que les hommes de Petrov aussi. L'équipe des taxis va t'emmener jusqu'à St. Martin's Lane, mais je ne peux pas leur en demander beaucoup plus.

Kate s'extirpa de la conversation qui était fort agréable et comprit le nouveau risque qu'elle courait.

— Tu veux dire que... Je serai là-bas, les connards seront là-bas, tu ne seras *pas* là-bas et les membres de la cavalerie magique vont se transformer en citrouilles ?

— Euh... ouais. On ne sera pas loin. Il faut juste que tu ailles dans la pièce sécurisée.

— Et si ça se passe mal ?

— Eh bien... tu vas peut-être devoir improviser.

— Génial. Dis-moi un truc : est-ce qu'ils sont armés ?

— Non. Non. Absolument... très improbable. ACCÉLÈRE, LEO ! C'EST QUOI, CETTE BAGNOLE, UN PUTAIN DE TRACTEUR ?! Non, sûrement pas, selon les analystes. Hum.

— Toby...

— Petrov lui-même est un tueur. Il vaut sans doute mieux l'éviter.

— Toby !

— Écoute, Kate. Tu as tout en main. Tu as toujours tout eu en main.

Kate se sentit un peu réconfortée. Cela lui donna le courage de dire quelque chose d'honnête.

— Toby, j'ai peur. Ne tarde pas trop.

— J'arrive.

Chapitre 23

Kate gara le taxi en épi sur une petite place face au Duke of York. En descendant, elle fut accueillie par un énorme portrait de Kes au-dessus de l'entrée principale. Il s'était donné le rôle de Prospero dans une superproduction de *La Tempête* intitulée *Tempête !*. Il ressemblait à Gandalf après un copieux repas de Noël.

Kate jeta un regard au programme et constata qu'il y avait trois représentations prévues ce jour-là. Elle se rendit compte que Kes et sa malheureuse troupe d'esclaves devaient tout juste terminer celle du matin. Elle fut soudain alertée par une cacophonie de cris et de klaxons au bout de St. Martin's Lane. Trois Range Rover provoquaient un tumulte.

Ces connards sont en train de remonter la rue en sens interdit. Je commence à vraiment les détester.

Les gros bras descendaient déjà de voiture en regardant dans sa direction. Elle courut pour traverser et entra dans le théâtre.

L'espace d'un instant, elle fut déstabilisée par la confortable normalité d'un hall de théâtre : papier peint doré et velours rouge partout, l'ambiance chaleureuse et rassurante d'une civilisation poussiéreuse avec la promesse de raisins secs enrobés de chocolat et de glaces trop chères.

Les hommes qui la poursuivaient ne pourraient sûrement pas entrer. Des types comme eux ne tiendraient pas longtemps dans un endroit pareil. Mais peut-être qu'elle était juste snob. Peut-être que certains de ces hommes adoraient Tchekhov et que, dans d'autres circonstances, Kate aurait pu créer un club de lecture avec eux, où ils auraient pu lire chacun leur tour les passages amusants de Dostoïevski. Peut-être.

Elle se dirigea vers la porte sur sa droite, où était inscrit « Privé ».

Au dernier moment, sa route fut barrée par une grosse femme d'une vingtaine d'années avec une queue-de-cheval sévère et un gilet d'ouvreuse.

— Pardon, madame, hurla-t-elle d'une voix chantante comme si elle s'adressait à une peronne âgée, vous ne pouvez pas entrer ici. C'est privé.

Kate lut son nom sur son badge.

— Bonjour, Tassy. Je suis une amie de Kes, il est d'accord.

Tassy ne se départit pas de son sourire ni de son volume sonore.

— Avec tout le respect que je vous dois, madame, j'ai du mal à y croire.

— Quoi ?

— Je connais *extrêmement bien* Kes, et en tant qu'ouvreuse en chef, j'aurais été informée s'il avait autorisé un membre du public à se promener dans les coulisses pendant un spectacle.

Kate jeta un regard vers la porte principale.

— Je n'ai pas de temps à perdre.

Elle tenta de contourner le corps massif de Tassy, mais la jeune femme posa une main imposante sur la poitrine de Kate et la repoussa.

— Aïe !

— Je dois vous avertir que j'ai un bon niveau en arts martiaux, madame.

— Moi aussi ! Vous ne pouvez pas donner comme ça un coup dans les seins à une cliente !

Pour autant que je sache, madame, vous n'êtes pas une cliente. À moins que vous ne puissiez me montrer votre billet.

Confuse, Kate regarda à nouveau derrière elle. Le premier Russe était à la vitre et se dirigeait vers l'entrée. Elle n'avait plus le temps.

— Putain, c'est pas vrai !

Il fallait qu'elle tombe justement aujourd'hui sur l'ouvreuse psychotique la plus consciencieuse de tous les théâtres londoniens ! Exaspérée, elle fit volte-face et traversa le hall en direction du premier balcon.

— Madame ! aboya Tassy.

D'instinct, Kate saisit un programme sur un présentoir. Au milieu de l'escalier tapissé de rouge, elle comprit que les gros bras allaient demander à Tassy par où elle était partie. Si l'ouvreuse persistait dans son attitude, elle allait avoir des ennuis. Kate se retourna et se baissa pour voir trois hommes entrer dans le hall. Elle tira l'enveloppe de sa poche et l'agita devant elle.

— Hé, les connards, c'est ça que vous cherchez ?

Les trois hommes s'élancèrent à sa poursuite. Elle se retourna et monta les marches quatre à quatre, poursuivie par la voix de Tassy.

— Madame ! Messieurs ! Mr. Lloyd n'accepte pas les retardataires !

Elle écarta un rideau noir, poussa une lourde porte battante et se trouva en haut du premier balcon. Il était à un quart plein : surtout des personnes âgées et des touristes. Elle avança rapidement, mais des années de conditionnement théâtral la poussèrent à sautiller avec l'air contrit, comme lorsqu'à un mariage l'on passe entre un photographe et une pièce montée. À côté du premier rang se trouvait une autre porte marquée « Privé » mais sans code. Elle était en train de la pousser quand ses poursuivants débouchèrent de la première.

Elle se trouva dans un escalier miteux des coulisses, sale et éclairé d'ampoules nues vacillantes. Elle dévala trois étroites volées de marches en colimaçon. Deux nouvelles portes : à droite, sans doute les fauteuils d'orchestre. La porte en face devait ouvrir sur un côté de la scène. Elle poussa la porte insonorisée et la laissa se refermer derrière elle. Elle entra dans la pénombre relative des coulisses à droite de la scène, légèrement éclairées par des ampoules bleues. Elle entendait Kes déclamer un monologue annonçant la fin de la pièce. La plupart des acteurs étaient sur scène, mais une jeune femme vêtue de noir regardait Kate, ébahie. Elle tenait une sorte de costume de fée par les épaules, prête à aider un acteur à l'enfiler. Kate lui adressa un sourire excité et un pouce levé, puis passa son chemin.

— Merde ! murmura-t-elle.

Puis elle se mit à grimper une échelle en fer boulonnée au mur. Elle n'était jamais entrée dans les coulisses d'un théâtre et, malgré le risque qu'elle-même courait, elle devait reconnaître qu'elle était assez enthousiaste. Ou peut-être était-ce juste de la terreur.

Tandis qu'elle montait, elle vit les trois gorilles entrer dans les coulisses en bas. Détail charmant, ils parlaient bas, même si Kate songea que c'était peut-être pour entendre où elle était et pour fouiller l'obscurité. Puis ils levèrent le regard et la repérèrent.

Kate se trouvait à présent dans les cintres du théâtre et avançait précautionneusement sur un portique d'éclairage en métal qui traversait le plafond jusqu'à l'autre côté de la scène. Il était étroit, avec un garde-corps bas du côté du public, et vingt mètres de vide de l'autre. C'était l'habitat naturel de techniciens lumière portant des harnais de sécurité. Elle avança de quelques pas mais aperçut l'un des gorilles qui avait déjà gravi la moitié de l'échelle du mur en face. Elle se retourna. Un autre était déjà arrivé en haut.

Celui-ci d'abord, alors.

L'homme de main s'avança vers elle avec un calme intimidant. Le portique vacilla légèrement. Kate tira le programme de sa poche arrière et le roula en tube. Le costaud gloussa face à son arme pathétique. Il se trouvait à un mètre d'elle quand Kate saisit l'un des puissants spots pointés vers la scène et le dirigea droit dans ses yeux. La lampe était brûlante. Kate étouffa un cri de douleur mais se jeta sur l'homme aveuglé et lui planta le programme roulé dans l'œil. Il tomba en arrière et se débattit inutilement au bout du portique, bloquant sa retraite.

En se retournant, elle vit l'autre homme qui se précipitait vers elle, faisant vibrer la passerelle, au risque de perdre l'équilibre. Plus petit, mais rapide et trapu. Kate paniqua en songeant comme il serait facile de faire trébucher cet abruti pour le faire tomber vingt mètres plus bas. Elle posa le programme et leva les bras.

— Je me rends ! dit-elle.

Il s'arrêta, surpris. Elle poursuivit d'un ton sincère, murmurant lentement en russe :

— Le plus étrange, c'est que j'adore la Russie ! Je suis désolée que vos chefs soient des nazes ! Les nôtres le sont aussi ! Descendons et parlons du colonel Gagarine. Dans le temps, j'avais un poster de ce cher Youri que je trouvais magnifique !

Le gorille cligna des yeux puis décocha un crochet du gauche en direction de la tête de Kate. Déçue, elle esquiva, balança son poids sur sa jambe droite, se baissa, arma, puis bondit ! Elle se détendit vers l'avant, recula la tête pour l'abattre avec une puissance terrible sur le visage de son adversaire. Le nez du gorille éclata en sang quand le coup de boule l'atteignit. Kate retomba en arrière, un éclair de douleur dans le front, mais atterrit sur ses pieds. L'homme recula en trébuchant, les mains sur son nez cassé. Kate essuya le sang qui gênait sa vision, fit trois enjambées, sauta et assena un coup de pied dans la poitrine de l'homme. Son talon s'enfonça dans son plexus solaire et elle rebondit lourdement en arrière sur la passerelle d'acier tandis que le Russe basculait tel un petit sapin pour atterrir sur le dos.

Kate se releva et enjamba prudemment l'homme qui gémissait. Elle prit une inspiration et courut jusqu'à l'échelle à l'autre bout.

Elle sauta les derniers barreaux et atterrit dans les coulisses du côté gauche de la scène. Elle aperçut le troisième Russe dans une situation désagréable : il était en pleine dispute muette avec un groupe d'acteurs et de techniciens outrés. Le spectacle continuait et sous les projecteurs Kate voyait Kes avec une énorme barbe grise, qui jetait des regards agacés vers la source des bruits en coulisses. Le Russe l'aperçut, poussa brusquement au sol le jeune homme légèrement vêtu qui jouait Ariel et se précipita vers Kate. Elle s'empara d'une épée parmi les accessoires disposés sur une table et la brandit à deux mains au-dessus de sa tête. L'épée était en métal mais émoussée. Parfait.

En fait non, ce n'est pas parfait. C'est peut-être une erreur. Je ne sais pas ce que je fais avec ce truc.

Sans se soucier de l'épée, l'homme fonça sur elle avant qu'elle puisse l'abaisser. Les narines de Kate furent agressées par son after-shave vinaigré tandis qu'ils s'effondraient tous deux sur un trône en bois de balsa qu'ils brisèrent en morceaux. Kate se trouvait sous l'homme et sentit ses mains chercher sa gorge.

Elle se débattit de toutes ses forces et parvint à décocher un coup de coude dans la tempe du mastard. Il cria de douleur et elle en profita pour se dégager. Elle se remit sur ses pieds et courut vers la scène, mais le gorille la plaqua à nouveau au sol. Elle sentit la chaleur des spots lumineux et regretta de ne pas avoir fait une entrée plus digne.

— Lâche-moi ! hurla-t-elle, le visage dans les planches. Je suis nulle en lutte. Lève-toi, que je puisse te frapper, sale con.

L'homme lui enserrait maintenant la taille et tentait de l'étouffer. Sentant le sang affluer à son visage, elle leva le regard et vit Kes vêtu d'une sorte de cape de sorcier transparente et d'un pantalon doré. Il les fixait, proche de l'apoplexie. Mais en véritable pro, il parviendrait sûrement à intégrer cette invasion de la scène dans le spectacle.

— Marsden ! Putain, qu'est-ce que tu fous ?

— Désolée !

Elle se retourna, attrapa les oreilles du costaud et tira aussi fort que ses triceps le lui permettaient. Il poussa un grognement et sa prise se relâcha suffisamment pour qu'elle puisse se libérer. L'homme se releva en premier : quand Kate se retourna, le poing du Russe s'abattit violemment sur sa pommette gauche.

Elle heurta la scène. La douleur lui parvint seulement quand sa tête rebondit sur les planches cirées. Sa vision commençait à se troubler, mais elle aperçut les veines des pieds nus de Kes.

Pourquoi est-ce qu'ils ne portent plus jamais de chaussures ?

Son entraînement lui permit de traduire la douleur en simples informations.

Toujours pieds nus. Dans la vraie vie, les gens ne se promènent pas pieds nus. Vraiment bizarre.

Allongée sur le dos, elle tendit ses baskets vers le portique tout en haut et concentra la force qu'il lui restait. Les genoux presque au menton, elle se redressa d'un bond et se retourna, décochant un coup de poing là où elle espérait que se trouverait le ventre du type. Elle n'était pas loin, mais il la bloqua de sa main droite, et de la gauche la gifla au visage.

OK, fin de l'élément de surprise. Celui-là sait que je peux me battre.

Le coup lui fit tourner la tête et elle retomba. Dans le brouillard où elle se trouvait, elle remarqua qu'une bonne partie du public riait et applaudissait. Les touristes et les retraités de la représentation du mercredi matin étaient estomaqués mais impressionnés par cette interprétation osée de *La Tempête*. Certaines critiques la qualifiaient d'avant-gardiste, mais jusqu'à présent ils croyaient que c'était surtout à cause de la musique reggae.

Le costaud s'avançait vers elle. Soudain, Kate eut une vue parfaite sur le cul de Kes en lamé doré quand il s'interposa.

— Comment oses-tu frapper mon amie, ATROCE CONNARD ?

Kes dévisagea le Russe et lui décocha un excellent coup de poing de scène – c'est-à-dire qu'il le manqua de deux centimètres. Étonné que le Russe ne s'effondre pas obligeamment, Kes resta planté, tandis que l'homme lui assenait un puissant uppercut qui l'étendit au sol, inconscient. Kate était en train de se relever quand elle entendit un cri : Ariel, vêtu d'un justaucorps en mousseline, avait sauté sur le dos du mastard et, un bras fin et musclé enroulé autour de son cou, il lui martelait l'oreille de son poing libre. Le costaud se retourna, confus, et Miranda, Caliban et Antonio (l'usurpateur du duché de Milan) le poussèrent tous au sol et se jetèrent sur lui.

Au même instant, deux autres hommes de main firent irruption de l'autre côté de la scène. Kate eut une seconde de plus pour se reprendre quand les hommes s'arrêtèrent net, stupéfiés par le spectacle de leur collègue se noyant sous une mer de lycra déchiré et de jambes nues.

Kate regarda vers le bord de la scène. Il fallait qu'elle mette la clé USB en sécurité. Elle envisagea de sauter d'un mètre vers le parterre pour se précipiter en direction de la sortie.

Mais maintenant une voix. Profonde, avec un accent russe.

— Merveilleux !

Elle se retourna et eut la surprise de voir Nestor Petrov s'avancer sur scène. S'il avait porté des gants et utilisé un sifflet, il aurait rappelé les enfants à l'ordre, comme la gouvernante dans *La Mélodie du bonheur*.

— Merveilleux, répéta-t-il.

La quarantaine élégante avec ses cheveux gris et son costume sombre, toute la contenance d'un mauvais acteur, Petrov dépassa ses hommes de main médusés pour occuper le centre de la scène.

Nestor posa brièvement son regard sur Kate avant de se tourner vers le public.

— Est-ce que quelqu'un est en train de filmer ? Vous devriez ! Sortez vos téléphones ! Ne soyez pas timides, ça fait partie du spectacle ! Le théâtre est trop élitiste. Il appartient à tout le monde !

Kate scruta l'obscurité de la salle. Avec l'éclairage de la scène, elle ne voyait que les deux premiers rangs d'orchestre : la plupart des visages souriaient, ils l'avaient reconnu. Mais personne ne sortait son téléphone.

Petrov poursuivit :

— Content de vous voir – de vous voir contents ! Je suis Nestor Petrov. Vous ne me reconnaissez sans doute pas, mais j'apparais parfois dans de magnifiques émissions comme *J'ai des nouvelles pour toi* ou le tirage de la loterie nationale. Vous me connaissez aussi peut-être pour mon émission *Mon équipe de foot gagne la Ligue des champions*.

Une vague d'amusement secoua la salle. Petrov enfonça les mains dans ses poches et haussa les épaules, faussement modeste.

— Bon… Peut-être un jour ?

Cet étalage de richesse et de célébrité de la part du véritable Nestor Petrov n'était pas ce à quoi s'attendait le public ce mercredi midi. Mais au vu des récents développements de cette mise en scène loufoque, tout était possible.

Petrov agita un index entendu à l'intention du public et poursuivit :

— Je sais ce que vous pensez. Quel rapport avec la célèbre *Tempête* de notre merveilleux Shakespeare ? Haha ! Je vais vous le dire.

Kate se leva avec son coquard, ses mains en sang ballantes.

Le regard rivé sur le public, Petrov parcourut quelques pas, à gauche puis à droite, délimitant un petit territoire à l'avant de la scène.

— Je m'identifie à Prospero, dit-il avec une sincérité désarmante. C'est mon frère.

Hum.

— Comme moi, il est parti de rien et a dû travailler dur pour devenir le roi de l'île.

Hum hum.

— Malheureusement, ce n'est pas ce que vous diront les médias. Ça ne plaît pas aux élites. L'*establishment* s'acharne contre les hommes simples comme moi…

Kate tenta de jauger si le public appréciait. Mais elle eut un éclair de lucidité.

On s'en fout, du public. Le public n'a pas idée des conneries cosmiques qu'il leur raconte.

— Excusez-moi, Mr. Petrov, intervint Kate en levant la main comme une écolière. Puis-je dire quelque chose ?

— Bien sûr. Je suis un défenseur de la liberté d'expression. Chacun devrait être libre de dire ce qu'il pense.

— Vous êtes trop bon.

— Y compris les femmes.

— Merci.

— En Russie, on me considère comme un féministe.

— Fascinant.

— Bien sûr, il ne faut pas exagérer.

— Bien sûr. Ce que j'aimerais...

— En fin de compte, un homme est un homme et une femme est une femme.

— Mmh-mmh. J'allais demander...

— Vous, par exemple, vous n'êtes pas vraiment une femme.

Kate s'était lentement approchée du pervers fanfaronnant. Mais sa curiosité était piquée. Elle n'avait aucune intention d'entamer un débat avec cet homme lamentable. Le public serait conquis le lendemain quand il découvrirait ses crimes dans les journaux respectables. Mais elle ne pouvait s'empêcher de s'intéresser au fonctionnement de son cerveau tordu.

— Je ne suis donc pas une femme ? demanda-t-elle avec son sourire le plus raisonnable.

— Non. Vous faites partie de ce spectacle, n'est-ce pas ?

— Autant que vous.

— Et votre performance était remarquable. La manière dont vous avez fait semblant d'attaquer ces hommes. Impressionnant. Mais Shakespeare avait raison. Une femme n'a rien à faire sur scène. Peut-être que je suis un peu vieux jeu.

— Shakespeare n'a jamais dit ça, putain. Il travaillait dans le contexte de...

— Vous voyez, votre langage vulgaire n'a pas sa place dans l'espace public. En effet, les pièces que vous prétendez écrites par Shakespeare sont plus vraisemblablement l'œuvre de votre comte d'Oxford...

— Rien ne prouve que...

Petrov tendit sa main ouverte vers Kate et la referma lentement comme pour faire taire une marionnette, en sifflant :

— Chhhhhhhhut.

Bon, désolée, mais va te faire foutre.

Elle lui cassa le bras.

Ou plutôt, pour revenir un peu en arrière, en une fraction de seconde, elle saisit son poignet, le tordit, serra sa prise tandis qu'elle lui faisait une balayette, leva son bras à la verticale et abattit un coup de poing à l'arrière de son coude avec toute la force qui lui restait, le pliant à l'envers.

— Comte d'Oxford, ma chatte !

Petrov hurla et s'évanouit.

C'est alors que le public de la matinée commença à se demander si cette représentation de *Tempête !* se déroulait exactement comme à la répétition.

Trois gorilles ébahis se regardèrent, indécis. Celui qui se trouvait le plus près de Kate lui jeta un regard assassin. Il s'avança vers elle. Les autres aussi. À bout de forces, Kate se demanda quand quelqu'un dans le public comprendrait que ce qui lui arrivait était réel.

— Service de sécurité ! Que personne ne bouge !

Toby Harker remonta l'allée de gauche, suivi par six agents du MI5 armés. Trois autres remontaient l'allée parallèle.

— Merci de votre patience, messieurs-dames. Je vous prie de rester à vos places. Ce ne sera pas long.

Toby monta sur scène, et Kate remarqua qu'il tentait de masquer son angoisse en voyant les plaies et les bleus sur son visage.

— Bon, toi, toi et toi, dit-il en désignant un à un les colosses. Je vous arrête en vertu de la loi sur la prévention des connards de 2008.

— Ce n'est pas une vraie loi, protesta l'un des hommes.

— Ce n'est pas grave, on n'est pas des vrais flics.

L'un des agents de Toby le dépassa, son pistolet pointé vers le Russe.

— À genoux, mains derrière la tête. Tout de suite, imbécile.

Toby désigna son agent de la tête.

— Vous voyez ?

Sans chef et en infériorité numérique, les hommes cédèrent avec résignation à l'autorité incontestable du nouveau venu. Les agents de Toby rangèrent leurs armes et menottèrent les mercenaires.

Toby s'approcha de Kate et murmura :

— Je suis vraiment désolé de ne pas être arrivé plus tôt.

Kate eut un sourire douloureux.

— Ça valait le coup d'attendre.

Kes, partiellement remis, les rejoignit et dit, chancelant :

— Content de te voir, Toby. Marsden, pourquoi tu n'as pas utilisé la pièce sécurisée ?

— Tassy m'en a empêchée.

Kes comprit.

— Oh, mon Dieu, oui. On a tous peur de Tassy.

Soudain, une voix retentit au fond du parterre :

— Il est armé !

Kate se retourna et vit Petrov debout à côté d'elle. De son bras intact, il pointait un pistolet sur sa tête.

— Ces gens veulent me salir avec leurs mensonges ! hurla-t-il d'une voix rauque. Mais ce sont des *fake news*, mes amis. Tout ce que vous avez pu lire dans leurs journaux...

Il n'alla pas plus loin.

Sans réfléchir davantage, Kate se jeta en arrière, décochant un coup de pied dans le poignet de Petrov qui fit voler son pistolet dans les cintres. Elle se releva d'un bond et lui assena une puissante manchette sur le cou. D'un mouvement fluide, Toby rattrapa l'arme et fit tomber son chargeur sur la scène. Petrov s'effondra au sol. Toby glissa l'arme dans sa ceinture après avoir mis la sûreté et s'agenouilla auprès du Russe inconscient.

— Ce con a besoin d'une ambulance, murmura-t-il à l'un de ses agents.

Conscient de l'excellente acoustique de son théâtre, Kes sut que ce commentaire avait été entendu jusqu'au fond du parterre. Toujours à demi étourdi, sa barbe grise pendant sur le côté de son menton, il décida d'incorporer cette réplique dans une sorte de conclusion.

— Ce con a besoin d'une ambulance, entonna-t-il d'un ton solennel tout en se balançant légèrement. Et oui...

Maintenant voilà nos divertissements finis ;
nos acteurs, comme je vous l'ai dit d'avance,
étaient tous des esprits ; ils se sont fondus en air, en air subtil ;
et, pareils à l'édifice sans base de cette vision,
se dissoudront aussi les tours qui se perdent dans les nues,
les palais somptueux, les temples solennels,

notre vaste globe, oui, notre globe lui-même,
et tout ce qu'il reçoit de la succession des temps ;
et comme s'est évanoui cet appareil mensonger,
ils se dissoudront, sans même laisser derrière eux
la trace que laisse le nuage emporté par le vent.
Nous sommes faits de la vaine
substance dont se forment les songes,
et notre chétive vie est environnée d'un sommeil.

Kes croisa le regard de son collègue dans la cabine d'éclairage, qui éteignit obligeamment les lumières.

Le public saisit l'invitation à clore ce spectacle extraordinaire et applaudit à tout rompre.

Les lumières se rallumèrent et le volume des applaudissements redoubla tandis que les spectateurs voyaient la petite femme balèze qui jouait la pro du karaté et le fringant Écossais qui jouait l'agent des services secrets s'embrasser passionnément. Kes prit la main d'Ariel, son mari, et réunit la troupe pour une révérence désordonnée sur l'avant-scène. Miranda et Ferdinand brisèrent l'étreinte de Kate et Toby en les entraînant au milieu de la ligne. Main dans la main, ils rirent de leur gêne manifeste.

Ils n'avaient pas le choix : ils saluèrent.

Chapitre 24

Kate posa le pain de glace et but une gorgée de thé.

— Que va-t-il arriver à Petrov ?

— Tu ferais mieux de garder ça sur ton œil.

— Je vais bien.

Toby la regarda un instant et se versa un nuage de lait dans sa tasse de thé. Il parlait à voix basse, bien qu'ils soient dans son bureau. Son ton rappelait celui du médecin au chevet d'un patient. Elle appréciait sa douceur après toute cette violence et ne put s'empêcher de penser à la voie que Luke avait failli emprunter.

Encore un médecin frustré.

Ils se faisaient face, assis sur des canapés séparés par une table basse en verre, dans le coin confortable de la pièce.

— Petrov est cuit, dit-il. Le parquet ne va pas lui pardonner la tentative d'assassinat. On laissera filtrer le reste à point nommé.

— Et Charles, que va-t-il devenir ?

— J'aime bien ton idée de donner deux millions à des ONG. J'ai ajouté un million pour ce qu'il a dit sur Luke. En échange, je propose de laisser Charles tranquille. Je sens qu'il va nous être très utile.

Toby en mode espion lui glaçait le sang, malgré ses manières polies. Mais Kate se sentait soulagée : le chantage exercé sur Charles et la protection du MI5 dont il bénéficierait à vie étaient la meilleure des sanctions pour ce crétin dangereux.

Leo, le jeune assistant de Toby, leur avait fait quitter le théâtre. Sur le trajet, Toby avait donné des ordres au téléphone, sans jamais lâcher la main de Kate. Assaillie par des frissons post-traumatiques, elle avait apprécié cette chaleur constante.

Une petite équipe médicale de l'hôpital St. Thomas, de l'autre côté de la rivière, attendait le véhicule aux vitres teintées qui avait franchi le portail électronique à l'arrière de Thames House. Elle avait maintenant deux points de suture sur le front, et une généreuse dose de codéine l'engourdissait agréablement. Cependant, la journée n'était pas terminée, et elle tenta de se concentrer.

— Et le fichier ? demanda-t-elle.

— On n'est pas obligés d'en parler maintenant, Kate.

— Ça va. Dis-moi.

Toby l'observa avec sérieux. Kate se demanda si c'était par admiration ou pour évaluer son niveau de stress post-traumatique. Quoi qu'il en soit, il reposa sa tasse sur sa soucoupe.

— Nos amis à Moscou savent que nous avons la vidéo de Moncrief et celui qui l'a faite – ça devrait les calmer un bon moment. On ne peut pas les empêcher d'assassiner tous ceux qui ne leur plaisent pas, mais au moins ils ne le feront pas de sitôt par ici.

Kate hocha la tête et but une autre gorgée de thé. Elle contempla le bureau et la vue sur la Tamise, à l'autre bout de la pièce.

— Je vois que tu n'as pas chômé pendant tout ce temps, dit-elle doucement.

Toby se pencha en avant et regarda timidement ses paumes, qu'il frotta l'une contre l'autre.

— Je ne pourrais pas te dire, Kate.

— Je sais.

— On a le droit d'en parler à nos parents. À notre compagne si on en a une. Mais quand on signe, on sait qu'on passera le restant de sa vie à mentir à ses amis.

— Ça doit être dur.

Toby leva les yeux pour voir si elle se moquait de lui, mais elle était sérieuse. Désarmé, il répondit :

— C'est gentil à toi. Sir Steve aurait été moins compréhensif. Le moins qu'on puisse dire, c'est qu'on n'est pas censés entrer dans un lieu public le flingue à la main.

La main de Kate s'arrêta sur l'anse chaude de sa tasse.

— Sir Steve ? demanda-t-elle doucement.

Toby parut inquiet de sa réaction.

— Oh, bon sang, je fais tout à l'envers. Désolé, Kate.

Il se leva et se dirigea vers son ordinateur en marmonnant pour lui-même, agacé :

— Un vague semblant de professionnalisme serait bienvenu…

— Sir Steve, répéta Kate.

— Ouais. J'aurais dû commencer par là.

Toby était soudain plein d'énergie, penché sur son bureau tandis qu'une imprimante laser ronronnait à côté de lui.

— C'est ma faute ! lança-t-il. En fait, il n'est plus souvent question de lui. La dernière fois, c'était en 1998 quand j'habitais avec Kes, et qu'il était devenu très fort pour me suivre au travail.

Il prit une feuille A4 de l'imprimante et revint vers elle.

— Un acteur au chômage qui n'avait rien de mieux à faire. Je lui ai fait signer l'*Official Secrets Act*, la loi sur la confidentialité relative à la sécurité nationale. D'habitude, les gens prennent ça plutôt au sérieux. Même Kes.

L'espace d'une seconde, elle crut qu'il allait s'asseoir à côté d'elle sur le canapé, mais il parut se raviser et prit place en face. Il posa la feuille retournée sur la table en verre.

— Bon, dis-moi ce que tu sais à propos de sir Steve, demanda-t-il.

Kate était vexée. Toby traitait l'affaire comme s'il s'agissait d'un jeu bidon à la radio. Elle le regarda fixement pendant cinq secondes, attendant que son excitation de jeune chiot disparaisse de son visage. Et elle finit par disparaître.

— Sir Steve est un nom qui remonte à mon enfance, dit-elle.

— D'accord, répondit timidement Toby, calmé, comme s'il venait de se rappeler que la femme face à lui venait d'envoyer quatre hommes à l'hôpital.

Il commença à se verser du thé, mais sa tasse était déjà pleine, et il reposa la théière.

— Mon père allait à la pêche avec lui, raconta Kate.

— Oui, bien sûr. L'étang de Clapham Common.

— Alors ma question est la suivante... C'EST QUOI CE BORDEL ?

— Oui, désolé. Je vais essayer d'y remettre de l'ordre. Sir Stephen Bellingham était mon supérieur direct ici. Malheureusement, il n'est plus des nôtres. Il était devenu ami avec Bill au début des années 1980 – par la pêche, comme tu dis. Presque tous les dimanches matin, je crois.

— Tous les dimanches matin.

— D'accord.

— Mais on ne l'a jamais rencontré. Ça mettait maman hors d'elle que papa ne l'invite jamais – imagine Madeleine qui a pour hôte un vrai chevalier du royaume. On a commencé à se dire qu'il n'existait pas.

— Au contraire, il existait. C'était mon prédécesseur à ce poste.

Toby sortit une paire de lunettes de vue, qu'il entreprit de nettoyer.

Kate réfléchit un instant.

— Sur ta porte, il y a écrit « directeur ».

— Il y a plusieurs directeurs, on s'occupe de différentes choses.

— Et toi, de quoi tu t'occupes ?

Toby chaussa ses lunettes et regarda Kate.

— Du recrutement.

Kate secoua lentement la tête, ne sachant pas trop si elle devait éclater de rire ou bien renverser la table à la tête de Toby. Il s'empressa d'ajouter :

— Ton père n'était pas un espion, Kate. Il ne menait pas une double vie, et je doute qu'il ait jamais eu besoin de te mentir.

De sa main blessée, Kate lui fit signe de continuer.

— Mais... ?

— Mais... Quand Stephen et lui sont devenus amis, ton père a eu le droit de savoir comment il gagnait sa vie. Et ils se sont mis à parler des chauffeurs de taxi londoniens.

Un sourire commença à se dessiner sur les lèvres de Kate. L'histoire prenait forme. Au lieu de se sentir coincée ou flouée, elle éprouva une grande fierté en découvrant cette nouvelle facette de Bill.

— Le début des années 1980, dit-elle. Le National Front dans les rues. Les scissions qui minaient le Labour. Danger à droite, danger à gauche.

— C'est ainsi qu'ils voyaient les choses, chacun de son côté de la barrière. Steve était ce qu'on appelait un conservateur « tiède ». Comme tu le sais, Bill était socialiste, mais les bolcheviks extrémistes l'exaspéraient. Sans vouloir te vexer.

Kate porta inconsciemment la main à ses points de suture.

— Il n'y a pas de mal.

— Ensemble, ils ont mis au point ce que beaucoup de gens ici considèrent comme un projet plutôt loufoque. Mais il s'est révélé utile. Un petit groupe de chauffeurs de taxi londoniens triés sur le volet – politisés mais pas extrémistes – a reçu pour mission d'ouvrir l'œil, par exemple, à proximité des ambassades chinoise et russe. Dans les endroits où les employés vont boire un verre pour se détendre. Écouter de quoi ils parlent en fin de soirée. Ils reçoivent une formation rapide pour savoir quoi chercher, ce qui peut être utile. Et un minimum de matériel pour l'action coordonnée. Officiellement, ils sont connus sous le nom de HPS-156.

Il retourna la feuille de papier et la fit glisser vers elle.

— Mais entre eux ils s'appellent la brigade de Bill.

Kate saisit prudemment le papier. La première chose qu'elle vit fut l'image que Toby avait prise en photo avec son téléphone dans la cuisine de dix mille jours : le cliché de Kate, neuf ans, avec son père dans son taxi, le pouce levé. Ensuite, elle reconnut la plaque d'immatriculation du taxi volé et un code qui permettrait à ses destinataires de suivre sa position. Et enfin, un message : « LA FILLE DE BILL MARSDEN EST POURSUIVIE PAR DES ENNEMIS – AIDEZ-LA À RENTRER AU BERCAIL – POINT DE RENDEZ-VOUS 19. »

Kate regarda Toby.

— Tu leur as envoyé ça ?

— Oui ?

— À la station de taxis dans Bracewell Street ?

— Oui.

— Il n’y a pas de station de taxis dans Bracewell Street.

— J’étais surpris que tu ne remarques pas ça sur le coup.

— J’étais un peu occupée.

— Certes. Non, habituellement il n’y a pas de station de taxi là-bas.

— Tu as réussi à rassembler tes dix taxis au même endroit en à peine cinq minutes ?

— Non, j’ai rassemblé les dix taxis *les plus proches.*

— Tu en as combien qui travaillent pour toi ?

— Actuellement ? Un peu plus de neuf cents.

Kate bondit sur ses pieds et applaudit, mi-euphorique, mi-scandalisée.

— Putain, mais tu te fiches de moi !?

— Pas du tout.

Elle se mit à faire les cent pas dans la pièce, jetant de temps à autre un regard à Toby qui resta immobile, à boire son thé.

— Tu es en train de me dire que tu as – non, attends –, que mon PÈRE et ton chef ont démarré un projet grâce auquel tu as maintenant NEUF CENTS taxis londoniens qui espionnent des civils ?!

— Des ressortissants étrangers. Des diplomates et autres.

— Des hommes et des femmes politiques britanniques dont la tête ne te revient pas ?

— Non.

— Des gauchistes ? Des écolos ?

— Sûrement pas.

— Extinction Rebellion ?

— Kate, si je ne travaillais pas ici, je les rejoindrais sûrement.

Malgré sa rencontre récente avec le jeune Toby à tresse et queue-de-cheval, Kate resta sceptique.

— Pourtant tu travailles ici.

Il haussa les épaules.

— Ils peuvent faire ce qu'ils veulent tant qu'ils ne font de mal à personne.

Kate se souvint qu'au fond elle était en train de parler à un policier chic. Elle prit un moment pour se ressaisir et se dirigea vers la fenêtre. Un bateau de plaisance remontait lentement le courant. Elle repensa à la photo d'elle et son père, et à l'émotion avec laquelle Toby avait évoqué son souvenir ; ainsi qu'à l'admiration évidente de Bill pour Toby. Elle sentit qu'il la rejoignait à la fenêtre.

— C'est lui qui t'a recruté, c'est ça ? Mon père. C'est à cause de lui que tu es là.

Toby suivit son regard jusqu'au bateau.

— Oui.

Kate gloussa.

— Donc il y a eu une conversation où mon père a lancé sa ligne, ou un autre truc de pêcheur, et où il a dit – Kate fit alors une imitation réussie de son père – « À propos, Steve. Comme tu sais, ma Kate est en train de finir ses études à York, et elle est copine avec ce gamin qui s'appelle Toby. Il veut devenir fonctionnaire et d'après moi, il a la tête sur les épaules. Qu'est-ce que t'en penses ? Je te l'envoie ? »

Toby répondit avec un accent huppé :

— « Grands dieux, Bill ! Que ne me l'as-tu dit plus tôt ? Qu'il passe son concours, et j'irai le voir. S'il n'est pas idiot, on pourrait peut-être… »

— « Oh, il n'est pas idiot, Steve, interrompit Kate. Brillant, ce garçon. »

— « A-t-il une relation amoureuse avec ta fille, Bill ? Ce Toby m'a l'air aussi merveilleux que beau garçon. »

Kate apprécia son culot. Elle répondit :

— « Eh ben, c'est pas à moi de juger, sir Steve. Mais oui, je dirais que c'est un beau gars. »

— « Elle devrait se le taper immédiatement. C'est comme ça que disent les jeunes ? »

Kate fit la grimace.

— « La jeune Kate a des idées très arrêtées sur qui elle veut ou ne veut pas se taper. Toby n'a aucune chance, malgré ses nombreuses qualités. »

— « Quel dommage. »

Kate sentit que Toby introduisait une note grave dans leur jeu. Elle fit de même.

— « Le truc, c'est qu'elle aime cet autre gars. Luke, il s'appelle. »

Une nouvelle pause. La voix de Toby s'adoucit.

— « Parle-moi de ce Luke. »

— « Tu as l'air de drôlement t'intéresser à la vie amoureuse de ma fille, sir Steve. »

— « J'étudie la nature humaine. »

Kate suivit du regard le bateau jusqu'à ce qu'il disparaisse derrière les méandres de la rivière. Sa propre voix se mêlait à celle de Bill.

— Il est tombé amoureux de la bonne personne, notre Luke. Mais c'est un doux rêveur, si tu veux mon avis. En tout cas… ils m'ont l'air heureux.

Il y eut une pause, et Toby dit, aussi avec sa propre voix :

— Je suis sûr qu'ils seront heureux.

— Ils l'ont été, dit-elle simplement.

Elle se tourna vers lui.

— Mais les choses changent. Et la vie continue. On ne tombe amoureux qu'une fois pour la première fois. Ça ne veut pas dire qu'on ne peut pas tomber amoureux une deuxième fois.

Toby sonda son regard, désespéré.

— Mais cette conversation n'a pas eu lieu.

— Si. Elle vient d'avoir lieu.

Elle se pencha vers lui et l'embrassa. Il posa doucement sa main sur le côté indemne de son visage, le même que quand ils se tenaient sur la piste de danse du Blossom. Elle n'avait qu'un baiser d'avance sur lui, et celui-ci valait bien un premier.

Elle n'avait aucune idée de ce qui les attendait. Mieux encore, elle ne savait pas ce qui était censé se passer ensuite. Elle laissa les moments se dérouler devant elle, chacun chargé de son propre potentiel. Elle se détacha et se tourna vers l'écran d'ordinateur de Toby.

— Juste un truc, murmura-t-elle.

— Quoi ?

— Quand je suis entrée, en bas, et que je suis passée sous ce portique gris à l'accueil...

— Le détecteur de métal ?

— C'est... ? Ah, d'accord. Ce n'est pas un de ces scanners à rayons X où on peut voir les gens nus ?

— Non. Tu confonds avec l'aéroport d'Heathrow. On est des espions, pas des pervers.

— Tant mieux.

— En tout cas, je n'aurais pas regardé.

Kate sourit en songeant à cette étonnante galanterie dans la chambre d'Amy, quand elle enfilait son jean.

— Je sais que tu n'aurais pas regardé.

Elle adopta une expression solennelle, comme si elle s'apprêtait à dire quelque chose d'important.

— Je ne voulais pas que la toute première fois où tu vois mes seins, ils soient écrasés dans ce soutien-gorge. Ça doit faire bizarre.

Cette remarque ravit Toby, mais il garda son flegme.

— Dans ce cas, y a-t-il... une probabilité que je voie tes seins non écrasés dans un futur proche ?

Kate enfonça son doigt dans ses côtes.

— Oh, Mr. Darcy ! Enfin vous me demandez !

Il rit. Elle mit les mains derrière le dos et recula de quelques pas.

— Mais pour cela, il faudrait que vous m'invitiez en bonne et due forme.

— Avec plaisir. Un café ? Un déjeuner ? Un dîner et un film ?

L'esprit de Kate était en fleurs.

— Emmenez-moi danser, dit-elle.

Épilogue

Neuf mois plus tard

— Marsden ! Tu as bouffé toutes les chips !

— Tu es assis dessus.

Kes se souleva du vieux canapé défoncé et récupéra un paquet de chips à moitié vide.

— Ah, oui. Elles sont bien chaudes maintenant. Parfait.

Le petit groupe rassemblé dans le sous-sol de la librairie de Danielle était sur le départ. Ce soir-là, à l'étage, Danielle et sa compagne Betty organisaient une fête pour le départ à la retraite. Elles avaient invité le plus de clients réguliers qu'elles pouvaient en faire tenir dans le magasin, ainsi que quelques auteurs du quartier. La présence de célébrités ne faisait jamais de mal, et Danielle leur avait demandé de lire des extraits de leurs dernières œuvres en espérant qu'elles auraient le tact de décliner. Toutes avaient refusé, à l'exception d'une star de YouTube reconvertie dans la littérature jeunesse.

— La pauvre petite va découvrir son œuvre, dit Danielle. Espérons que son porte-plume n'a pas eu l'audace d'employer des mots de plus de deux syllabes.

— D'aucuns pourraient te trouver monstrueusement snob, dit Kate.

— Mais pas toi.

— Non. Je trouve que tu es une snob parfaite.
— Dans ce cas, la boutique est entre de bonnes mains.

Danielle avait donné sa librairie à Kate.

C'était une affaire de famille, mais Danielle n'avait plus de famille. Au cours des neuf derniers mois, Kate avait passé de plus en plus de temps à aider Betty, dont l'arthrite l'empêchait de déployer de gros efforts physiques. Ici, au sous-sol, la pré-fête était autant en l'honneur de Kate que des libraires qui partaient à la retraite. Le testament de Danielle était déjà honoré : Kate était la nouvelle gérante de Northcote Books.

Toby avait vendu son appartement pour emménager chez elle. À la maison, ils étaient en pleine lune de miel faite de sexe merveilleux et de disputes hystériques sur la meilleure manière de préparer des œufs brouillés. Comme elle l'avait prévu, Toby était insupportablement facile à vivre. Il était autonome, mais encore juste assez jeune pour redécouvrir les plaisirs de la vie à deux. Quelques années de plus à vivre seul et Toby aurait facilement pu virer vieux garçon, avec ses maniaqueries et ses séances de repassage à poil. Kate savait qu'elle avait elle-même failli tomber dans les mêmes pièges, malgré sa santé retrouvée et le fait que Luke pouvait maintenant lui manquer sans qu'elle vive son absence comme une présence. Du moins la plupart du temps. Parfois, il était encore là dans une chanson, une pêche ou un bulletin météo – mais cette cohabitation-là était la bienvenue : Kate faisait la paix avec le présent.

Dans la salle de stockage au sous-sol, Kes termina les chips en deux bouchées tandis que Josh, son mari, remettait son chapeau en disant :

— Viens, mon cher, ne soyons pas une fois de plus les derniers à partir.

Kes émit un faible rot et se mit debout.

— Mon chéri, tu sais parfaitement que lorsque tu quittes une pièce, la fête meurt de toute façon.

Josh possédait la méfiance étudiée du jeune acteur. Il leva les yeux au ciel sans insister.

— Très bien, lança Kes. Mocktails au Ritz ! Qui vient ? Toby ?

Toby ne bougea pas du cageot en bois sur lequel il était assis et haussa les épaules.

— Ça m'a l'air délicieusement cher, mais je reste pour la vraie fête.

Danielle commençait à ranger les gobelets en carton.

— Ne te sens pas obligé de t'éterniser, Toby. Déjà que cette pauvre Kate doit s'infliger de regarder les vieux fossiles se faire enterrer par Mrs. Gloss de YouTube – tu ferais mieux d'aller t'amuser.

Toby vida son verre de prosecco et sourit avec complaisance.

— Je ne quitte pas le vaisseau, cher coéquipier.

Kate se pencha et lui enlaça les épaules par-derrière.

— Dans ce cas, Mr. Spock, monte aider Betty à installer les chaises, lui murmura-t-elle.

— Bien sûr.

Toby se leva et lui passa les bras autour de la taille.

— Mais sache que, si tu penses que je citais Spock dans *Retour sur Terre*, alors c'était « capitaine » Spock. Pas « Mr. » Spock.

— Oh, mon Dieu, s'exclama Kes. Vous vous êtes rencontrés sur Geek-O-Vision ?

Kate embrassa son amoureux espion-geek.

— Viens, Josh ! poursuivit Kes. Il n'y a pas cinq minutes, ont était entourés de lesbiennes !

Il passa un bras autour des épaules de Danielle, qui se pinça les lèvres et tendit la main pour lui redresser son chapeau.

— Mais maintenant, Toby et Kate prêchent violemment l'orthodoxie. Je me sens vaciller, et nous devons nous rééquilibrer dans la direction de…

— Arrête de dire des conneries, mon chou. Allons-y.

— Tu as raison, Josh. J'essaie juste d'être à la page.

Josh adressa un sourire d'au revoir général aux autres et monta l'escalier en premier. Kes le suivit à reculons en saluant du chapeau.

— Puisque me voici littéralement au pied du mur, je ne céderai pas à l'esprit de l'escalier et je vous dis simplement : à bientôt, mes beaux salauds.

Toby attendit qu'ils se soient éloignés pour dire :

— Encore six mois ou trente ans ?

Kate lui donna une bourrade dans les côtes.

— Une vraie commère ! Mais ouais… Avec eux, c'est l'un ou l'autre. Je dirais trente ans, tant que Kes ne picole pas trop et réussit à maintenir une érection viable.

Danielle feuilletait innocemment une liasse de bons de livraison.

— Une érection de trente ans. Celle-là est pour toi, Toby, glissa-t-elle. Tu ne pourras pas dire que tu n'as pas été prévenu des attentes de Kate.

Toby rougit et murmura :

— Bon, je ne crois pas pouvoir apporter grand-chose à cette conversation, je vais aller aider là-haut.

— À tout à l'heure, copain !

Toby adressa un hochement de tête courtois à Danielle et monta, donnant au passage une tape ferme sur les fesses de Kate.

Kate et Danielle échangèrent un sourire complice. Danielle reprit la lecture de ses bons de commande.

— Vous êtes merveilleux, tous les deux.

Kate ne put s'empêcher de demander :

— Plus merveilleux que la dernière fois ?

Le regard de Danielle se brouilla, comme si elle regardait le sol à travers la liste. C'était la première fois depuis son esclandre des mois plus tôt que Kate faisait même indirectement référence à Luke.

— Différemment merveilleux, répondit-elle avec prudence.

Kate s'approcha et posa la main sur le bras de la vieille femme, un geste qui se transforma aussitôt en une étreinte chaleureuse. Danielle la serra fort puis se dégagea, gardant une main sur l'épaule de son amie, en lui adressant un grand sourire.

— Regarde-toi, dit-elle.

Au bout d'un moment, elle ajouta :

— Merci de prendre soin de cette vieille boutique.

— C'est un honneur.

— Mais tu n'as pas toujours rêvé de tenir une librairie.

— Non, je voulais battre Skeletor. Et toi non plus tu n'as pas toujours rêvé d'être libraire, pourtant tu ne t'en es pas trop mal sortie.

— Pas trop mal ! Je prends ça comme un compliment.

Danielle épousseta une peluche inexistante sur l'épaule de Kate.

— Un jour, tu m'as dit que je m'étais retrouvée dans le commerce par hasard, mais que j'étais une enseignante-née. Ça m'a bien plu.

— Tous les libraires sont des enseignants.

— AH ! Une idéaliste !

Danielle s'écarta joyeusement et reprit son bloc-notes.

— La clientèle te fera rapidement déchanter.

— Oh, non.

— Essaie juste de les aimer. Ce n'est pas difficile – ils sont toi.

— Et si je ne m'aime pas particulièrement ?

— En matière d'estime de soi, il faut faire semblant et ça finit par marcher !

Kate cligna des yeux et baissa le regard vers ses pieds.

Danielle soupira.

— Bon. Il est temps de monter pour installer les chaises et les vol-au-vent. Tu veux bien vérifier la livraison ?

Elle tendit la liasse de bordereaux à Kate.

— C'est la partie la plus ennuyeuse du métier, je n'arrive pas à croire que je ne t'aie pas confié cette tâche avant toutes les autres.

— Oui, madame.

— Arrête, je vais y prendre goût !

Danielle gravit quelques marches.

— Betty ! Kate vient de m'appeler « madame » ! Je te suggère vivement de suivre son exemple.

Une voix éraillée à l'accent canadien leur parvint de l'étage.

— Tu peux toujours rêver, ma chérie ! Tu peux toujours rêver.

Kate sourit puis se tourna vers les bordereaux de livraison. Elle songea que ce serait plus amusant de commencer par les livres puis de cocher la liste, comme si elle ouvrait des cadeaux puis écrivait une lettre de remerciements. Elle sortit un cutter et ouvrit le carton le plus proche.

C'est ainsi que Kate avait choisi de « faire de la vie un devoir ». Elle essaierait d'aider les gens à mieux se comprendre grâce aux mensonges. En matière de fiction, le contrat était complexe mais stable. Le romancier disait : « Rien de tout cela n'est arrivé, mais c'est ce que je pense être la vérité. » Et le lecteur répondait : « OK, mon pote, dis-moi ce que tu penses être la vérité. Mais je veux croire que c'est vraiment arrivé, au moins pendant un moment. Alors… bonne chance. » Le succès de l'entreprise était variable, mais l'auteur et le lecteur faisaient preuve de bonne foi. Ça ne pouvait fonctionner que comme ça : avec une innocence consentie.

Elle découpa les deux extrémités du carton puis fit glisser légèrement la lame au centre. Les rabats écartés laissèrent apparaître la première rangée de livres : six exemplaires de…

Kate lâcha le cutter et recula en titubant. Elle heurta une étagère, et une avalanche de cartes de vœux s'écroula sur sa tête. Elle s'avança précautionneusement et examina les couvertures avant de saisir un exemplaire dans le carton.

C'était un livre à la jaquette colorée représentant une jeune femme non identifiée – une actrice inconnue ou un mannequin d'une vingtaine d'années. Elle regardait en biais, l'air distrait, ses cheveux bruns écartés par le vent masquaient en partie ses yeux bleus hagards. Mais ce n'était pas l'image de la femme qui faisait battre le cœur de Kate si fort qu'on pouvait l'entendre depuis la lune. C'était le titre du livre et le nom de son auteur.

La Fille du futur
par le docteur Luke Fairbright

Elle retourna le livre et lut la quatrième de couverture.

Comme il est étrange d'avoir vécu une histoire impossible…

Dans cette autobiographie surprenante et originale, le docteur Luke Fairbright nous fait part de son invention de la thérapie par imagerie photonique, que lui inspira une femme mystérieuse rencontrée lorsqu'il était étudiant dans une université anglaise.

Je perds l'équilibre au sommet de l'escalier. Elle tend la main pour me sauver, mais déjà, je tombe...

Fairbright raconte pour la première fois comment la disparition inexplicable de la Fille du futur l'a mené à poursuivre une carrière dans la recherche médicale aux États-Unis, où il a mis au point un traitement révolutionnaire contre le cancer qui sauverait des millions de vies...

Kate s'empressa d'ouvrir le livre pour regarder le rabat. Elle y trouva une photo de Luke, entouré de ce qui semblait être sa famille. Il avait la quarantaine et tous les signes de la classe moyenne américaine : des dents blanches illuminant son sourire confiant, un teint hâlé et des cheveux gris peignés en une coiffure bouffante. Il enlaçait une femme du même âge, soignée, au carré blond sage décoiffé, et qui riait aux éclats. Entre eux s'alignaient trois enfants incroyablement photogéniques – deux garçons et une fille plus petite –, eux aussi respirant un bonheur quasi hystérique. Kate lut la légende : « Le docteur Luke en vacances dans son ranch, avec sa femme Anne et leurs enfants – Richard, Rodney et Katherine. »

Kate fixa la photo.

Oh mon Dieu. Alors tu as vraiment trouvé ton Anne. Non seulement elle est blonde, mais elle t'a laissé donner à tes enfants le nom de ton père, de ton poisson rouge et le mien.

Kate posa le livre et sortit son téléphone. Elle chercha le nom de Luke sur Safari, et voilà : trois images en aperçu, et six liens sur la première page. Elle cliqua sur celui de Wikipédia.

Le docteur Luke Fairbright (né le 20 octobre 1972) est un neuro-oncologue renommé. Il dirige le département de neuro-radiation à l'institut neurologique Barrow de Phoenix, Arizona…

Kate descendit jusqu'à « Biographie » :

Fairbright est né à Salisbury, en Angleterre. Il est le fils de Barbara Jane Fairbright (née Walters ; 1946-) et de Richard Maddox Fairbright (1943-), médecin généraliste à Salisbury, en Angleterre…

Les photos ne laissaient guère de doute sur le fait qu'il s'agissait du même Luke, et les détails de son passé le confirmaient point par point. Kate cliqua impatiemment sur « Œuvres récentes » :

Au printemps 2020, Fairbright publie *La Fille du futur*, une autobiographie sur sa jeunesse et le début de ses travaux novateurs sur la thérapie par imagerie photonique. Le livre a reçu un bel accueil critique et est entré dans la sélection des meilleures ventes du *New York Times* à la 4ᵉ place dans la catégorie non-fiction. Fairbright structure son récit autour de sa rencontre avec une jeune femme à laquelle il donne le pseudonyme de « Jess Larsden », pour ensuite l'articuler autour de la disparition de celle-ci.

Malgré sa surprise, Kate gloussa. Jessica Zed était bel et bien vivante, mais Luke n'avait pu s'empêcher de faire rimer son nom de famille avec le sien.

Il évoque une rencontre en 1992 lors de sa première soirée à l'université de York, en Angleterre. Fairbright rapporte la conversation qu'il a eue ce soir-là avec Jess Larsden, qui affirmait non seulement venir du futur, mais d'un futur où elle était sa veuve éplorée. En raison de ses déclarations insistantes selon lesquelles le cerveau de Fairbright abritait un méningiome (voir : tumeur cervicale), une altercation a éclaté, à la suite de quoi Fairbright est tombé dans l'escalier d'une disc othèque.

Kate soupira en songeant que, inévitablement, le document le plus important qu'elle ait jamais lu avait été écrit par un Wiki-geek bedonnant, avec ses « altercation » et ses « discothèque ». Elle lut en diagonale.

Une IRM confirma l'existence de la tumeur. Fairbright attribue ses souvenirs de Jess Larsden à une fugue dissociative rétroactive causée par le choc au cerveau lors de sa chute dans l'escalier.

Kate posa son téléphone et saisit l'ouvrage. Elle s'assit sur le cageot récemment libéré par Toby et ouvrit le livre à la première page.

Introduction

Comme il est étrange d'avoir vécu une histoire impossible. Mais après tout, j'aime les histoires. Vous ne me croirez peut-être pas, mais je rêvais autrefois de devenir écrivain. Je suis entré à l'université avec cette idée en tête. Rétrospectivement, il s'agissait surtout d'écrits de jeunesse pénibles, emplis de références cryptiques à mes « influences » adolescentes. Voilà où j'en étais quand je me suis inscrit dans un cursus de littérature anglaise. Car je suis originaire d'Angleterre. Cela ne s'entend pas trop à la télévision. Les animateurs me demandent parfois de faire entendre mon accent natal, et le public l'accepte. C'est fort aimable à eux, mais à vrai dire, il ne s'agit plus que d'une imitation à présent. J'ai élu domicile à Phoenix, dans l'Arizona, depuis maintenant vingt-huit ans et je suis

citoyen américain depuis vingt-cinq ans. J'aime le soleil. Connaissez-vous Salisbury ? C'est très beau, mais il pleut. Beaucoup.
Je vais donc vous raconter une histoire. Tandis que j'écrivais ce livre chez moi, quand Anne m'apportait un café ou que la petite Kate venait demander à son papa d'attacher son nœud dans les cheveux, j'ai pris conscience que mon histoire était littéralement incroyable. À moins de croire en Dieu, ce qui n'est pas mon cas. Ou à moins de comprendre la théorie de la relativité, ce qui n'est le cas de personne.
Cher lecteur, vous connaissez peut-être déjà l'essentiel – tout ce qui est de notoriété publique. J'ai longtemps travaillé avec mes collègues de Barrow au développement d'un nouveau traitement contre le cancer. La meilleure manière de le décrire est qu'il permet à des photons de… prendre une photographie. Mais une photographie active. Vous savez, cette vieille idée que nous nous faisons des Indiens d'Amérique, qui croyaient que si l'on prend quelqu'un en photo, on lui retire une part de son âme ? Eh bien la thérapie par imagerie photonique fonctionne un peu selon le même principe, mais sans dégâts. Quand on enregistre l'image, celle-ci se modifie. Plus précisément, une tumeur cancéreuse, mettons, se retrouve exposée à la lumière à un endroit où elle ne veut pas être éclairée. Cela cause des problèmes à la tumeur. De gros problèmes. Depuis le développement de cette technique en 2012, plusieurs études ont mesuré son impact sur le traitement des tumeurs cérébrales malignes et les perspectives thérapeutiques pour d'autres cancers. Permettez-moi, en tant qu'Anglais, de partir de l'estimation la plus modeste. (Je ne suis pas vraiment modeste ! Je suis incroyablement fier de ce que nous avons accompli !) Le Rapport 2019 des Nations unies sur les progrès médicaux dans le monde estime que la TIP a sauvé au moins trois millions de vies. Et on peut faire tellement plus…

Kate marqua une pause. Cet exposé scientifique était bien beau, mais la ré-existence de Luke posait un tout autre problème. Son cerveau doué mais fondamentalement primate faisait de son mieux pour analyser les possibilités en quatre dimensions. Elle s'agaça soudain de ne jamais s'être intéressée à la physique quantique et reprocha aux auteurs de théâtre des années 1990 de l'en avoir dégoûtée.

Mais bon. Il existait un Luke parallèle – ce qui faisait au moins deux Luke en tout. Il y avait celui qu'elle avait rencontré la première fois, qu'elle avait aimé et épousé. Celui-là était mort. Très bien. Pas très bien, mais c'était comme ça. Elle y travaillait.

Et maintenant, il y avait un autre Luke qui existait parce que son voyage involontaire en 1992 avait provoqué une bifurcation. Personne d'autre ne s'en souvenait – sa deuxième apparition en 1992 –, ni Toby, ni Kes, ni Amy, ni personne d'autre. En ce qui les concernait, elle pouvait simplement avoir rêvé. Elle aussi avait commencé à y croire – c'était le plus simple.

Mais Luke s'en était souvenu. Ce Luke-là se rappelait si bien leur rencontre que celle-ci avait changé sa vie. Et à son tour, il avait transformé la vie de beaucoup, beaucoup d'autres. De ce point de vue, c'était *elle*, le rêve. Kate poursuivit sa lecture : le Luke américain possédait un charme populaire, mais il prenait son temps. Elle lut directement la fin de l'introduction.

En fin de compte, voici le plus difficile : ce que vous seriez fou de croire. Je sais un ou deux trucs sur le fonctionnement du cerveau humain, et j'ai des collègues qui en savent bien davantage. La meilleure explication que nous ayons trouvée est que la personne que j'appelle Jess était le fruit de mon imagination. Après mon accident, ma chute dans un escalier, Jess était une invention nécessaire que mon cerveau a improvisée pour protéger ma santé mentale. Ce qu'elle savait sur moi était si précis que mon esprit a fait un saut périlleux, et la seule manière d'expliquer son existence était de l'inventer. Ça paraît un peu tiré par les cheveux, mais tout de même possible, non ?

Eh bien, je n'y crois pas. Je sais qu'elle était réelle. Je sais que j'ai rencontré une voyageuse dans le temps. Mais ce n'est pas le genre de chose que l'on raconte à tout le monde quand on vient de s'installer dans un nouveau pays. Ce n'est pas le genre de chose que l'on raconte quand on s'inscrit à la faculté de médecine, et ce n'est certainement pas le genre de chose que l'on raconte quand on présente sa candidature pour un poste de chercheur scientifique.

Mais aujourd'hui ? Eh bien, allons-y. Laissez-moi vous raconter. Certains me prendront pour un fou. Au point où j'en suis, ça ne me dérange pas – d'une manière ou d'une autre, je crois que je l'ai mérité.

Croyons en la Fille du futur. Peu importe si ça n'est pas vraiment arrivé – ça m'est arrivé, à moi. Jess est revenue me sauver, et cela a eu des conséquences réelles. Je parie que vous avez déjà entendu des histoires plus folles. Le fait que cela ait été réel pour moi n'a presque pas d'importance. Ce qui compte, c'est ce que nous croyons au sujet des autres. Nous sommes des humains, des êtres sociaux. Nous vivons dans l'imagination les uns des autres. Nous nous sauvons les uns les autres.

Kate revint au début : « … a sauvé au moins trois millions de vies… ».

Elle voulut s'appuyer contre le dossier mais se rappela juste à temps qu'elle n'était pas assise sur une chaise. Sans se mettre debout, elle tendit les jambes et agita les bras. Cet instant grotesque la fit rire et elle referma lentement le livre.

Et si on pouvait tout recommencer…

Luke avait changé son nom à elle et il n'était pas venu la chercher. « Kate Marsden » n'avait rien d'original, mais il aurait pu la trouver s'il l'avait réellement cherchée. Elle sourit en pensant à lui dans son ranch, avec Anne et leurs trois enfants.

Tu as bien raison, Luke, à quoi bon chercher ? Quand ton présent a un sens, pas la peine de fouiller dans le passé.

Les amis de Kate n'en savaient pas plus qu'elle sur les progrès médicaux les plus récents. Mais la soudaine célébrité du docteur Luke Fairbright ne tarderait pas à changer ça. Toby, par exemple. Le deuxième amour de sa vie allait bientôt s'apercevoir que le mari décédé de sa copine venait de publier un best-seller.

C'est la vie… accepte-la.

Kate s'assit et écouta le brouhaha des conversations et des rires qui lui parvenait de là-haut. Elle parcourut du regard les murs du sous-sol, pleine de gratitude.

Tendrement, elle reposa le livre dans son carton et se leva.

Remerciements

Mes remerciements vont à Francis Bickmore, mon sage et patient éditeur, ainsi qu'au lumineux Jamie Byng et à l'adorable équipe de Canongate, notamment aux superstars Anna Frame, Jenny Fry, Megan Reid et Neal Price.

Merci à mon agent littéraire, Ivan Mulcahy, pour la constance de ses conseils et de son amitié. Je suis également reconnaissant à plusieurs membres de son excellente équipe – Sallyanne Sweeney et Samar Hamman.

Merci par avance à mon agente théâtrale, télévisuelle et tout le reste depuis vingt-trois ans, Michele Milburn, pour toute l'aide qu'elle s'apprête à m'apporter pour organiser les activités extrascolaires de ce livre. Et pour sa patience qui m'a permis de dégager le temps nécessaire pour l'écrire. Sans oublier la splendeur de Tara Lynch et de toute l'équipe de MMB Creative.

Et si on pouvait tout recommencer... est un roman d'aventure, et bien que je doute qu'on m'accuse de surcharger le lectorat avec une abondance de recherches détaillées, j'ai plusieurs personnes à remercier. Pour m'avoir indiqué que certains événements de mon histoire sont improbables mais pas impossibles, merci à Sarah Logan, Niraj et Shama Goyal, Tom Hilton, James Bachman et Ellis Sareen. Toutes les invraisemblances dans les domaines de la médecine, du karaté, de l'informatique et de la sécurité nationale sont de mon fait, mais je les remercie pour leurs conseils.

Merci à mes collègues écrivains. J'ai gâché ce qui aurait pu être un déjeuner agréable avec le brillant Robert Thorogood en lui racontant l'histoire du livre et en me plaignant de devoir l'écrire. Incroyablement méconnus au regard de leur talent, Mark Evans a été consulté pour l'indice de mot croisé et Jason Hazeley pour la note de musique la plus drôle. Je croyais avoir volé l'idée d'interpréter une comédie musicale sur une seule note à Robert Popper, mais il s'avère que je la dois à Peter Serafinowicz. Merci, Peter.

Dieu seul sait ce que j'ai volé à David Mitchell. Bien souvent, quand une idée ou une tournure me venait, je me demandais : « C'est de moi, ou de David en 1996 ? » David n'a eu aucune influence sur ce livre en particulier, mais beaucoup sur celui qui en est l'auteur. Je vais donc devoir le remercier à jamais, non ? Oui ! Merci, David.

À propos de longs mariages entre auteurs et interprètes, je tiens à remercier ma femme, Abigail Burdess. Le personnage de Madeleine Theroux se voulait un double comique mais admiratif de la mère d'Abbie, Marion. On m'a expliqué au cours de plusieurs conversations conjugales calmes et alambiquées que je me trompe. Madeleine n'est pas ma version de Marion. Madeleine est ma version de la version d'Abbie de Marion, qu'Abbie écrit et interprète depuis plus de vingt ans, notamment dans sa magnifique pièce *All The Single Ladies*, mais aussi sous de nombreuses autres formes. Je tiens à dire à Marion : on t'aime. Si tu apparais tout le temps dans nos créations, c'est parce que tu es magnifique.

Plus généralement, je remercie Abbie de ses conseils sur la structure du récit, qui l'ont considérablement amélioré. Mais surtout de l'amour et du soutien qu'elle m'a offerts pendant toutes ces années.

C'est évidemment elle, la vraie Fille du futur.

Composition et mise en pages
Nord Compo à Villeneuve-d'Ascq

Achevé d'imprimer sur Roto-Page
par l'Imprimerie Floch à Mayenne
en avril 2021

N° d'édition : 4309/01 – N° d'impression : 98164
Dépôt légal : avril 2021

Imprimé en France